잃어버린
시간을 찾아서

일러두기

1. 『잃어버린 시간을 찾아서』 원문은 프랑스 갈리마르출판사(Editions Gallimard)에서 출간한 『A La Recherche Du Temps Perdu』(2002)를 번역하여 실었다.

2. 인용된 원문 속에 나오는 소괄호 '( )'는 원전에 본래 있던 글이다. 이와 구분하기 위해 편집자가 보충한 내주는 대괄호 '[ ]' 안에 묶었다.

3. 원전의 작중 화자 마르셀의 친척들에 대한 호칭은 민음사에서 출간된 김희영 선생님의 번역본을 따랐다. 특히 두드러진 차이점은 레오니 고모(혹은 이모)를 레오니 '아주머니'로 부른 것이다. 레오니는 마르셀의 외할아버지의 사촌(작중의 고모할머니)의 딸이므로, 마르셀의 입장에서는 아저씨나 아주머니라고 부르는 것이 우리식 촌수관계에 타당하다고 판단한 까닭이다. 참고로, 마르셀이 어린 시절을 회상하며 등장하는 친척들은 모두 외가 쪽 식구들로 보인다.

4. 외래어 표기는 국립국어원이 정한 원칙을 따랐다.

고전 찬찬히 읽기

03

Marcel Proust
À la recherche du temps perdu

한 작가의 배움과 수련

오선민 지음

잃어
버린
시간을
찾아서

작은길

Swann et le monde

자신을 조각하는 자, 마르셀 프루스트

'오래전부터 나는 일찍 잠자리에 들어 왔다.'『잃어버린 시간을 찾아서』의 첫 문장을 내 식으로 바꾸면 이렇게 될 것이다. '오래전부터 나는 이 작품을 읽어 왔다.' 돌이켜보면 처음 책을 접하게 된 것이 2001년이니까 이 작품이 내 책상 위를 떠나지 않은 세월이 올해로 딱 14년이다. 프루스트가 이 작품을 집필한 기간에 맞먹는다. 하지만 이 책을 쓰기로 결심하기 전까지는 그저 흰 것은 종이요, 까만 것은 글자였을 뿐! 프루스트는 내게 외계인이나 다름없었다. 몇 번을 읽어도 줄거리가 파악되지 않았다. 그런데 작품을 놓을 수도 없었다. 이게 무슨 운명인가? 그런데 어떻게 내가 잃어버린 시간의 지도를 그리게 되었단 말인가? 지금부터 프루스트를 만나러 떠났던 나의 긴 여행을 소개하려 한다.

처음 프루스트를 읽기로 결심했던 것은 영화『러브레터』를 보고 나서였다. 여주인공은 이 작품을 계기로 잃어버리고 있던 과거의 사랑을 깨닫는다. 20대 중반이었던 나는 작품의 제목에 매료된 채, 성공적인 인생을 위해 놓쳐서는 안 될 것들을 찾고자 책을 펴들었다. 평균 500페이지에 11권이나 되는 엄청난 책을 의무감과 자존심으로 독파했을 때 완전히 시간을 낭비한 느낌이 들었다. 그래서 뭘 어쩌라는 거지? 주인공 마르셀은 자신의 기억이 틀렸다는 것만 깨달으면서 평생을 소진했다. 그는 걸작을 쓴 작가도 인생의 비밀을 통찰한 현자도 아니었다.

그런데 실망과 함께 신비한 일도 일어났다.『잃어버린 시간을 찾아서』를 읽고 나서는 가만히 놓여 있는 의자나 먹다 남은 과자 등이 심상치 않게 느껴졌다. 저런 사물 안에 시간이 들어 있다고? 그럼 시간이란 것이 흘러가버리는 게 아니란 말인가? 잃어버린 시간만이 낙원이라니? 뭔가 우울하잖아! 처음에는 모두 뜬구름 잡는 소리라고 생각했다. 하지만 조용필의 노래를 듣다가, 곡선선로를 달리는 기차의 차창 밖을 보다가, 운동장을 뛰다가, 갑자기 프루스트가 묘사한 딱 그대로의 심상이 펼쳐지는 것을 경험할 때가 있었다. 내가 무심히 스치고 지나쳤던 사람의 옆모습이 확대된다든가, 각기 다른 풍경을 보고 있던 내가 동시에 나타나 길을 걷는다든가 하는 식으로 말이다. 그럴 때엔 이유 없이 눈물이 나기도 했다. 왜일까? 내가 세월 속에 있는 존재라는 것이 그렇게 감동적인 깨달음이란 말인가? 어쩌면 프루스트가 몽상가가 아닐 수도 있겠다는 생각이 들었다. 또 프루스트가 사랑, 탐욕, 위선, 희망, 절망 등 워낙 방대한 인생사의 순간을 다루다 보니, 내가 겪는 갖가지 사건사고 중 비슷하지 않은 것이 거의 없었다. 그래서 도저히 어떻게 처신해야 할지 막막할 때는 스완 씨나 게르망트 공작 부인에게 빙의된 듯 행동하기도 했다. 결정적으로 이 책을 멀리 치워버릴 수 없었던 이유가 있다. 나는 첫 완독에서 마지막 권인「되찾은 시간」의 책장을 덮었을 때 아주 크고 따뜻한 격려를 받았다. 줄거리도 모르겠는데 위안을 느꼈다고? 놀랍도다! 그렇게

나는 시나브로 프루스트의 세계를 의지하게 되었다.

어느 날 나는 『잃어버린 시간을 찾아서』의 비밀을 찾고자 동지들을 규합했다. 세미나에 모인 사람은 모두 네 사람. 불문과 졸업생, 소설가, 소설 애호가, 그리고 문학 전공자라며 으스대던 나. 매주 한 권씩 읽자! 불문학도는 불어 원문과 번역을 대조하느라 바빴다. 소설가와 소설 애호가는 프루스트의 문체를 베끼기까지 했다. 그리고 나는 내가 받은 인상을 객관적으로 설명할 방법을 찾기 위해 번역된 모든 프루스트 연구서들을 찾아 읽었다. 하지만 오래지 않아 초조함이 밀려왔다. 그 어떤 권위자도 나의 감상을 해석해 주지는 않았던 것이다. 그렇게 되자 나는 세미나에서 이루어지는 토론을 의심하기 시작했다. '비전공자인 우리가 이런 식으로 읽어도 되는 것일까?' 그때부터 작품 읽기가 일주일 내내 사전 없이 화성의 언어를 번역하는 것처럼 답답하고 불안한 일이 되었다. 결국 나는 세미나를 흐지부지 해산시켰다. 어딘가에 정답이 따로 있으리라고 믿었기 때문에 위대한 작가와 무식한 나 사이에 가로놓인 일억 광년의 거리만을 쓰디쓰게 맛본 것이다.

몇 년의 시간이 흐른 뒤, 두 번째로 마련한 완독 도전 세미나에서는 전체 기간 동안 드나듦이야 있었지만 무려 20명이나 되는 사람들이 참여했다. 우리는 '문학과 치유'라는 슬로건을 내세웠는데, 평생 골골했으면서도 불멸의 작품을 남긴 이 작가에게 많은 사람들이 매료되었다. 간호사, IT 기술자, 회사원, 고등학교 문학 교사, 출판 편집인, 백수, 주부, 그리고 내 식으로 프루스트를 해석한 책을 쓰고 영광 보겠다는 야심증을 가졌던 나. 저마다 크고 작은 병증이 있어서였는지 세미나는 활발히 진행

되었다. 나 또한 문장 위에 곡절 많은 인생사를 오버랩시키고 보니 구절 구절 이해 안 가는 곳이 없었다. 하지만 세미나가 끝났을 때엔 처참했다. 내가 하나의 예술 작품을 조각조각 찢어서 취향에 맞는 부분만 취사선택하고 나머지는 폐기해버렸던 것이다. 되찾은 것은 프루스트의 '잃어버린 시간'이 아니라 익숙하기 그지없는 나의 회한과 비애였다. 객관적 지식에 대한 맹목이 사라진 자리를 자폐적 자기애로 채운 셈이었다. 안타깝게도 나는 객관적 진리와 주관적 인식 양쪽 어디에서도 프루스트를 만나지 못했다.

이 책을 쓸 것을 제안받았을 때 내 자아상실감은 극에 달해 있었다. 막 백일을 지난 쌍둥이 딸들 곁에서 소위 '경단녀'가 될까 두려워하고 있던 터라, 작가가 될 수도 있다는 꿈에 부풀어 마음이 급해졌다. 이번에야말로 어떻게든! 나는 낮밤이 뒤바뀐 채로 자다 깨다 하는 딸들 곁에서 몇 번을 되풀이해서 읽고 또 읽었다. 그런데 언제부터인지 딸아이들과 있는 시간이 초조하기만 했다. 어서 먹어 줬으면, 어서 잠들었으면, 어서, 어서! 해야만 하는 일과 도달해야만 하는 목표 때문에 기다가 구르고, 흘리면서 먹고, 악을 쓰고 울다가 돌연 햇살같이 밝은 웃음을 터뜨리기도 하는 딸들의 사랑스런 모습을 충분히 만끽할 수 없었던 것이다. 잃어버린 시간이야말로 낙원이라는 말이 딱 맞았다. 아이들과 물고 빠는 이 시간이야말로 미래의 어느 날, 내가 타임머신을 타고서 되돌아오고 싶어질 그 순간인데! 의무와 목표에 사로잡힌 채로 나는 허망하게 시간을 흘려보내고 있었던 것이다.

결단을 내려야만 했다. 체력도 정신력도 바닥이었고 나를 대신해서 쌍

둥이를 업고 이리 뛰고 저리 뛰고 계신 엄마를 보니 작가의 꿈도 어리석게 느껴졌다. '다음에 시간이 날 때 쓰면 될 것이지! 왜 굳이!' 나는 욕망과 현실 사이에서 찢어지고 있었다. 그러던 어느 날 밤이었다. 문득 궁금해졌다. 그는 왜 작가가 되려고 했을까? 번다한 현실로부터 도망치려 했다면 굳이 글쓰기라는 고난의 길을 걸을 필요가 없었으리라. 많은 돈, 높은 교양으로 글쓰기밖에 달리 할 일이 없었다고 한다면 왜 굳이 시대의 금기인 동성애를 건드린단 말인가? 그리고 어째서 단 하나의 작품만을 썼는가? 경력과 명성이 필요했다면 다른 작품도 기획했어야 했다. 도대체 무엇 때문에 그토록 난해하고 어지러운 문장을 쓰지 않을 수 없었던 걸까? 작가가 될 것이냐 말 것이냐? 내가 모든 것을 다 포기하려고 한 바로 그 순간, 『잃어버린 시간을 찾아서』가 전혀 다른 이야기로 펼쳐지기 시작했다.

프루스트가 쓰려고 했던 것은 주인공이 경험한 사건들의 인과(줄거리)가 아니라 한 인간이 작가로 거듭나기 위해 갖추어야 할 '태도'였다. 생각이 여기에 미치자 『잃어버린 시간을 찾아서』를 관통하는 번민들이 확연히 눈에 들어왔다. 그리고 거짓과 실패 속에서조차 부단히 질문을 던지려는 마르셀의 노력이 지면 위로 솟아오르기 시작했다. 『잃어버린 시간을 찾아서』를 관통하는 거대한 주제는 '무엇을, 어떻게, 배울 것인가'였다. 욕망이냐 현실이냐, 문장에 재능이 있냐 없냐는 거론할 가치조차 없는 문제였다. 내가 작가의 길을 걷고자 한다면 숨차게 돌아가는 생업의 한가운데에서 사유를 멈추지 않는 것으로 우선 충분하다. 쓰여진 진리가 아니라, 내 삶이 품은 질문을 진지하게 붙드는 것이 먼저였다.

그런데 삶에 대한 태도라면 왜 더 간단히 설명하지 않았을까? 이 작품의 모든 문장들, 무엇보다 작품 자체가 길어도 너무 길다. 작가의 존재의 미를 규정하는 것 이상으로 프루스트에게 글을 쓴다는 것은 어떤 필연성을 갖고 있는 것 같다. 어쩌면 그는 독자가 아니라 자신을 위해서 그럴 수밖에 없었던 것이 아닐까? 인간은 자연의 산물일 뿐 아니라, 자기 자신의 산물이기도 하다는 카프카의 말처럼 프루스트도 그동안 어둠 속에 있던 무엇을 눈에 보이게 하려고 초인적 힘을 발휘했던 것일까? 그럼 그가 그토록 애써 드러내고자 한 것이 무엇이란 말인가? 바로 그 자신이었다. 1907년 허랑방탕한 부르주아 청년은 자신의 삶을 글쓰기에 바칠 것을 결심한 그 순간부터 1922년 죽기 몇 시간 전까지 오직 글을 고치는 일에만 전력을 쏟았다. 그리하여 그가 창조한 것, 그것은 하나의 소설이 아니라 바로 작가 프루스트였다. 길고 긴 그의 문장들은 허영에 찬 시대의 한가운데에서 그 세계의 온갖 약속들과 명령들에 붙들리지 않는 자기 자신을 만들기 위한 어쩔 수 없는 선택이었다. 그리고 그토록 철저한 퇴고라니! 자신이 쓴 모든 문장들을 검토한다는 것은 통념과 위선으로 채워진 자신의 삶을 남김없이 되묻는 일인 것이다. 마침내 나는 행간에서 프루스트가 보이기 시작했다.

프루스트로부터 작가란 작품을 남기는 존재가 아니라 번민하고 배우고 수련하는 자라는 깨달음을 선물받았을 때, 비로소 나는 오랫동안 시달려 온 초조함으로부터 조금 헤어 나올 수 있었다. 최후까지 충분히 조각하기 전까지 우리가 스스로를 안다고 말할 수는 없으리라. 자기 자신에 대한 깨달음은 최종적인 것이다. 그 마지막 순간까지 우리가 해야 할 일은 알을 깨고 나오기 위해(『데미안』) 펜을 연장 삼아 수련하는 것뿐이다. '영감이 아니라 인내 속에 길이 있으며 오래도록 에너지를 모으는 가운데에서만 아름다운 것들은 창조되기'(플로베르) 때문이다. 아름다운 자신을 창조하는 것, 이것이 바로 프루스트가 일생 동안 도전한 일이었다.

* * *

프루스트와 나의 운명적 만남을 지켜봐 주신 모든 분들께 감사드린다. 감히 『잃어버린 시간을 찾아서』에 도전할 용기를 불어넣어 주시고 삶 자체가 공부의 현장임을 일깨워 주시는 고미숙 선생님, 내 사유의 한계와 넘어가야 할 문턱들까지 아끼고 사랑해 주시는 채운 선생님. 열심히 살고 성실하게 공부하는 것만이 두 분의 가르침에 보답하는 길이다. 프루스트와 함께 울고 웃었던 세미나 멤버들에게도 고마움을 전하고 싶다. 프루스트가 사랑한 길, '작은길' 출판사도 만세! 그리고 할머니, 할아버지, 현서, 은서, 상민, 선민의 좌충우돌하는 일상에 번개맨도 놀랄 만한 번개파워를 날리겠다.

2014년 10월
오선민

• 차례

chapter. 01

프루스트와
글쓰기

오래전부터 나는 일찍 잠자리에 들어 왔다.
때로는 촛불을 끄자마자 곧바로 눈이 감겨서 '잠이 드는구나'라고 생각할 틈조차 없었다.
그러다가 한 삼십 분이 지나면 잠 자야 할 시간이라는 생각이 들어서 잠이 깨기도 했다.
그러면 나는 여전히 책이 손에 있다고 생각하며 그것을 놓고 촛불을 끄려고 했다.

:: 상실의 시대와 함께 도래한 소설

1913년 11월의 파리. 한 권의 소설이 출현했다. 3페이지에 걸쳐 이어지는 한없이 긴 문장, 뫼비우스띠처럼 돌고 돌아 반복되는 에피소드들, 주방의 하녀부터 공작 부인까지 모두가 주인공인 소설이! 당대 파리지앵들은 비난을 퍼부었다. "이것은 예술이 아니다! 변태 부르주아의 레저다!" 하지만 이 화려한 문장의 행진은 이제 막 시작되었을 뿐. 작가는 첫 권의 여섯 배나 되는 분량을 더 준비하고 있었다. 한없이 이어지는 이미지들의 연쇄, 쉼 없이 펼쳐지는 대화의 향연! 쓰기라는 유령에 사로잡힌 듯 절박하고도 집요한 글쓰기였다. 기획에서 집필까지 모두 14년이 걸렸다. 이 연작 소설의 이름은 『잃어버린 시간을 찾아서』. 그리고 작가의 이름은 마르셀 프루스트(1871~1922)였다.

1913년을 강타한 문제작의 제목은 「스완네 집 쪽으로」다. 파리지앵들은 작가가 돈 많은 부르주아의 아들이라는 것을 알고 비웃었다. "역시 시간과 돈이 없으면 쓸 수 없는 글이야!"라며 냉대했다. "간도 크지! 이런 사치스러운 작품을 발표해서 뭘 어쩌자고!" 사실, 어느 정도는 예고된 일이었다. 사교장의 한량에게 책을 내주고 싶어한 출판사는 어디에도 없었다. 프루스트는 앙드레 지드가 편집장으로 있던 출판사 누벨 르뷔 프랑세즈La Nouvelle Revue Française(NRF)에서 책을 내고 싶어했지만, 편집인들의 완강한 반대에 부딪혀 결국 자비로 책을 내게 된다. 사정이 이러했으니 제2부의 출판은 더욱 쉽지 않았다. 게다가 1914년 1차대전이 발발하고 혼란스러운 전시 상황 속에서 출판계가 큰 불황을 맞은 탓에 『잃어버린 시간을 찾아서』는 사람들로부터 잊혀져 갔다.

1918년, 드디어 4년 간의 전쟁이 끝났다. 프랑스는 독일에 맞서 승리했다. 그리고 1918년 11월, 제2부 「꽃피는 아가씨들 그늘에」가 출간된다. 아무도 기다리지 않았던 '잃어버린 시간'의 귀환이었다. 하지만 파리지앵의 반응은 5년 전과 달랐다. 그들은 목마른 사람이 물을 찾듯 이 작품을 찾았다. 그리고 이듬해인 1919년 12월 「꽃피는 아가씨들 그늘에」는 프랑스 최고의 문학상인 공쿠르상을 받게 된다. 『잃어버린 시간을 찾아서』는 이렇게 화려하게 부활했다. 작가 나이 49세 때의 일이다. 프루스트는 이 상을 수상하고 나서 겨우 2년을 더 살았고, 이 작품은 그가 죽고 난 뒤 5년이 지나서야 친구들의 도움으로 완결되었다.

도대체 1913년과 1919년 사이에 어떤 일이 있었던 것일까? 프루스트가 첫 출판의 실패를 만회하기 위해 작품의 줄거리나 문체를 바꾸기라도 했던 것일까? 전시戰時 파리의 풍경이 작품 속 배경으로 추가 되기는 했지만 프루스트는 자신의 기획 자체를 수정하지는 않았다. 그러니까 결국 이것은 대중적 정서의 변화 때문이었다. 파리지앵들은 전쟁의 상흔으로 고통받고 있었다. 물론 모든 전쟁은 폭력의 무대일 수밖에 없고 그때마다 사람들은 죽음의 공포에 시달리게 된다. 하지만 이 전쟁은 완전히 다른 종류의 파괴적 상실의 이미지를 탄생시켰다.

먼저 지적해 두어야 할 것은 세계대전 발발 전부터 형성되어 온 시간관이다. 대략 1880년경부터 전쟁 전까지 과학기술은 엄청난 문화격변을 낳았다. 전신, 전화, 사진과 축음기, 기차, 자동차, 그리고 비행기 등 일상의 리듬을 보다 빠르고 정확하게 운용할 수 있는 기술들이 상용화되면서 사회 전반에 큰 영향을 미쳤다. 가장 결정적이랄 수 있는 것은 계급구조의 변화였다. 전신과 기차는 그 유통 범위 내의 모든 사람들에게 균질적인 시공간 체험을 제공했다. 같은 날 같은 시각에 집집마다 도착하는 신문, 등하교나 출퇴근을 결정짓는 표준시의 일괄적 적용. 신분이나 재력 이상으로 막강한 힘을 행사하는 것, 그것은 누구나에게 주어진 24시간이라는 시간이었고, 태생적으로 별다른 지위를 갖지 못했던 부르주아들은 이런 변화를 재빠르게 감지하면서 사회적 헤게모니를 선취할 수 있었다.

이런 분위기 속에서 사회 전반적으로 과거에 대한 불신감이 팽배해졌는데, 몇몇 문학 작품은 상징적으로 이러한 시대 분위기를 포착했다. 입센(1828~1906)의 여주인공들, 노라(『인형의 집』, 1879)와 아르빙 부인(『유령』, 1881)은 모두 인습에서 벗어나기 위해 가출을 하지만 남편과 자식이라는 과거의 사슬들은 쉽사리 그녀를 놓아주지 않고 유령처럼 삶을 잠식한다. 제임스 조이스(1882~1941)의 『더블린 사람들』역시 실수와 오해로 점철된 더블린 생활을 벗어나고 싶어하지만 과거의 중력 때문에 그저 더블린에 갇혀 늙어 간다. 이런 인물들과 독자들 모두의 꿈은 과거와 단절하고 미래의 맑고 신선한 공기를 맛보는 것이었다.

1차 세계대전이 초반에 유럽의 많은 지식인들과 예술가들로부터 열렬한 지지를 받을 수 있었던 이유는 이 전쟁이 과거를 혁신시키리라는 기대 때문이었다. 심지어 미래파 예술가들은 과거를 전소시킬 수 있는 유일한 위생학적 조건으로서 전쟁을 찬미하기도 했다. 그들이 1909년에 발표한 미래주의 선언문의 일부를 살펴보자.

4. 우리는 새로운 아름다움, 속도의 아름다움 때문에 세계의 아름다움이 더욱 풍요로워졌다고 확언한다. 폭발하듯 숨을 내뿜는 뱀 같은 파이프로 덮개를 장식한 경주용 자동차, 총알 위에라도 올라탄 듯 으르렁거리는 자동차가 〈사모트라케의 니케〉보다 아름답다.

8. 우리는 세기의 마지막 곶에 선다! 불가능이라는 신비한 문을 열어젖히고자 하는 순간에 무엇 때문에 뒤를 돌아본단 말인가? 시간과 공간은 어제 죽었다. 우리는 이미 절대적인 것 속에 산다. 왜냐하면 우리가 이미 영원하고 편재하는 속도를 창조했기 때문이다.

9. 우리는 세계를 위한 단 하나의 치료제인 전쟁, 군국주의, 애국심, 무정부

우리에게도 친숙한 '오리엔트 익스프레스' 열차를 광고하는 포스터. 이 열차는 1882년 10월 시운 전에 성공하면서 개통되어, 파리를 출발, 터키의 콘스탄티노플까지 유럽 대륙을 서에서 동으로 횡 단했다. 근대적 시공간의 상징인 기차는 자연지형의 굴곡을 직선으로 주파하고, '열차 시간표'라 는 균질적인 시간을 체험하게 했다. 기차역사의 전면에서 몰려드는 군중을 맞이하는 광장의 시제 도 그것을 가시화시킨다.

자코모 발라(Giacomo Balla), 〈자전거의 속도〉, 1913

미래파 화가들은 기술문명과 동의어인 속도, 기계, 힘 같은 상징들을 형상화하는 데 있어 이전에
없던 회화기법을 창조해냈다. 미래파 예술가들이 이끈 이 같은 시대현상은 머지않아 정치적으로는
파시즘에 기여하여 크나큰 오점을 남김과 동시에, 더 나중에는 다다이즘과 초현실주의 사조가 탄
생하는 데에도 영향을 주었다.

주의자의 파괴적인 몸짓, 목숨을 걸 만한 아름다운 이념, 여성에 대한 조롱을 찬미하기를 원한다.

이것이 미래파의 일원이었던 이탈리아의 시인 필리포 마리네티(1876~1944)가 전함 위에서 찬미했던 '기하학적이고 기계적인 광채'의 실상이다. 하지만 전쟁에 대한 그의 낙관적 믿음이 깨지는 데는 몇 달 걸리지 않았다. 순식간에 점화되는 대포와 광범위한 살상을 가능케 하는 신무기는 기술문명의 가공할 만한 위력을 보여 주었기 때문이다. 개전 초기의 솜 강 전투에서 단 하루 동안 약 6만 명의 영국군 사상자가 발생했고, 그중 2만 2천 명이 돌격 한 시간 만에, 그것도 단번에 죽음을 맞았던 것이다. '신속정확'을 표방한 신기술 끝에 도사리고 있었던 것은 바로 섬뜩할 정도로 빨리 도착한 미래, 즉 막대하고 무참한 죽음이었다. 과거와 결별하기 위해 발버둥쳤던 사람들이 그토록 빨리 도달하고 싶어한 미래가 죽음이었으니, 이 전쟁을 겪은 유럽인들은 승리나 패배에 상관없이 허무와 상실을 온몸으로 체험했다.

때문에 종전 직후 프랑스에는 전쟁 전까지 찬미되었던 갖가지 '진보' 사상에 대한 회의적 분위기가 팽배했고 불안과 동요 속에서 방향을 찾지 못한 젊은이들의 이야기가 난무했다. 이 시기 프랑스 문학은 도망자들의 이야기나 고통의 수기가 점령하고 있었다.(미셸 레몽, 『프랑스 현대소설사』, 287쪽) 특히 낯선 이국, 꿈, 환상 등을 방랑하는 이야기나 사회적 패배자들이 원인 모를 번민으로 고통받는 이야기가 많이 읽혔다. 앙드레 지드는 『위폐범들』(1926)을 통해 탈선한 중학생, 공적 의무를 잊은 법관, 절망한 무직자들이 돈에 매달려 사회의 여기저기를 헤매는 이야기를 다룸으로써 이 두 경향을 종합한 작품을 완성했다. 프루스트는 이처럼 방향타 없는 허방의 시대 위에 나타났던 것이다.

『잃어버린 시간을 찾아서』의 주인공 마르셀도 모험을 떠난다. 그러나 그가 탐험하고자 하는 장소는 추상적인 이국이나 몽상 속이 아니라 그 자신의 과거다. 그도 오욕 속에서 방황하고 고통받는다. 그러나 그의 임무는 미래를 기획하는 것은 아니다. 1차대전은 과거로부터 떠나 멋진 신세계를 선취하려는 낭만적 서사의 공허한 종말을 확인시켜 주었다. 마르셀은 동시대의 '진보적' 시간관에서 조금 비껴나 자신의 과거와 삶의 무상함을 직시한다.

:: 프루스트 씨, 잃어버린 문체를 찾다

전쟁 기간 동안 동시대인들이 과거와 미래 사이에서 갈팡질팡하는 동안, 프루스트는 어떻게 살았는가? 그는 당황하지 않았다. 이는 그가 작품의 집필 방향과 문체를 바꾸지 않았던 것에서도 알 수 있다. 그는 요양소와 파리를 전전하면서 전쟁 전에 구상을 마친 이 방대한 작품을 쓰고, 수정하고, 또 편집하는 일에 매진했다. 프루스트의 하녀 셀레스트는 파편들이 쏟아져 내리는 파리의 밤하늘을 묘사하려고 포탄을 향해 걸어가는 프루스트를 도저히 막을 수 없었다. 전쟁은 프루스트에게 그 어떤 당혹감이나 상실감을 안겨 주지 못했으며 소설의 재료로서만 활용되었다.

『잃어버린 시간을 찾아서』를 구상하고 집필할 무렵, 즉 1909년의 프루스트는 이미 결혼이나 재산 증식과 같은 세속적인 즐거움, 심지어 문학적 명성과도 완전히 거리를 두고 있었다. 작품 속에 필요한 인물들과 장소를 연구할 때가 아니면 외출조차 하지 않았다. 평범한 부르주아 문학청년에 불과했던 프루스트가 이토록 절실하게 글을 쓰게 된 것은 1905년 어머니의 죽음 이후다. 프루스트에게 어머니의 죽음은 오히려 어머니의 존재감을 증폭시키는 역할을 했다. 그에게 어머니는 단순한 양육자 이상이었다. 여기서 잠깐, 프루스트가 『잃어버린 시간을 찾아서』에서 그려내는 마르셀의 어머니 모습을 읽어 보자. 「스완네 집 쪽으로」의 첫 도입부는 밤중에 깨어나 어머니를 추억하는 장면이다. 어머니는 어린 아들의 침대 곁에서 조르주 상드의 소설 『프랑수아 르 샹피』를 읽어 주는데, 자연과 타인의 삶에 대한 깊은 애정이 담긴 어머니의 목소리는 흔해 빠진 산문에 생기로운 생명력을 불어넣는다.

어머니는 책을 읽어 주시면서 연애 장면은 모두 그냥 지나가곤 했다. [중략] 어머니가 원문에 충실한 낭독자는 아니었지만 진실한 감정이 느껴지는 작품일 때에는 경건하면서도 담백한 해석을 담은 아름답고도 부드러운 목소리로 읽었기 때문에, 역시 훌륭한 낭독자라고 할 수 있었다. 어머니가 예술 작품이 아니라 실생활에서 사람으로부터 감동과 감탄을 받을 때에도 대단히 공손하게 목소리, 몸짓, 말투를 조심했다는 점은 참으로 감동적이었다. 예를 들어 자식을 잃은 어머니 앞에서는 그 마음이 아플지도 모를 즐거운 표현을 삼가고, 노인에게는 노령을 생각나게 할 수도 있는 생일 또는 기념일 같은 것을 떠오르지 않게 하고, 젊은 학자에게는 그가 대수롭지 않게 생각할지도 모를 살림 이야기 등을 하지 않는 등, 어머니는 무척이나 조심했던 것이다. 어머니가 조르주 상드의 글을 읽을 때에는 거기에서 착한 마음과 도덕적인 고귀함이 풍겨 나왔는데, 그것은 어머니가 할머니로부터 인생에서 가장 훌륭한 것으로 배웠으며, 나중에는 책에서도 똑같이 훌륭한 것을 생각할 수는 없다고 가르쳐 드려야 했던 것이다. 어머니는 정신적인 우월함을 곳곳에서 풍기는 상드의 산문을 읽으면서 거기에서 흘러나오는 힘찬 어휘의 물결을 막을지도 모를 잔재주나 겉멋을 자신의 목소리에서 모조리 내쫓으려 하면서, 오직 자신의 목소리를 위해 쓰인 글인 듯 마치 글에 나타난 전부가 어머니의 감수성 장부에 기재되어 있는 듯 글에 꼭 맞는 자연스러운 애정과 풍요로운 부드러움을 충실히 표현하려고 했다. 어머니는 글 이전에 존재하면서 글을 쓰게 한, 하지만 그 낱말 자체에는 드러나 있지 않은 작자 내면의 억양을 몸으로 느끼고, 마침내 그 글에 필요한 리듬을 실어 그 억양을 살려내는 것이었다. 그런 리듬 덕분에 읽을 때에 느끼게 되는 동사 시제의 낯섦이 줄어들면서, 반과거나 전과거에 자비로운 부드러움과 애정어린 우수가 곁들여지게 되었다. 그리고 어머니는 한 문장에 이어 다른 문장을 빠르거나 느리게 읽어 가면서 길이가 제각각인 문장들을 모두 균등한 리듬으로 만들면서, 평범하기 이를 데 없는 글에 정서가 풍부한 생명력을 불어넣으셨다.

— 「스완네 집 쪽으로」

많은 독자들이 어머니와 굿나잇 키스를 못해서 전전긍긍하는 소년의 이야기(「스완네 집 쪽으로」) 때문에 작가 프루스트도 마마보이일 거라고 생각한다. 하지만 작품 속에서 마르셀의 어머니는 삶의 본질을 통찰하려고 애쓰는 지성인, 풍요로운 감수성으로 일상의 세밀한 기쁨들을 포착하는 생활의 미식가다. 실제로 프루스트의 어머니는 아들과 고전문학이나 예술작품을 함께 감상하고 토론할 수 있는 지적 동반자였다. 프루스트가 영국의 예술 비평가 존 러스킨에게 매

스무 살 무렵의 프루스트. 유행의 최전선을 지키는 멋쟁이 남자, '댄디'. 프루스트에게도 살롱을 주름잡던 댄디 시절이 있었다.

료되었을 때, 그와 함께 러스킨을 읽고 프랑스어로 번역한 사람도 어머니였다. 무엇보다 프루스트는 어머니의 감수성에 깊은 영향을 받았다. 어머니가 세상을 떠났을 때, 프루스트가 잃어버린 것은 자애로운 어머니뿐 아니라, 풍요롭고 섬세했던 사유의 동반자였다.

프루스트는 어머니가 없는 집안을 홀로 서성이면서 매 순간 어머니를 느꼈다. '어머니는 점점 더 심각해지는 반유대주의를 어떻게 생각하실까?' '어머니가 아주 감탄하실 만한 앙드레 지드의 새 작품이로군!' 그에게 어머니는 여전히 영감과 격려의 원천이었다. 어머니의 사랑에 새로운 생명력을 부여할 수는 없을까? 프루스트는 긴 애도 기간 동안 생의 무상함을 깊이 느끼면서도 죽음을 초월한 삶이 가능하지 않을까라는 생각을 하게 되었다.

1907년 무렵부터 프루스트는 서서히 소비적인 사교모임을 줄이면서 연구와 집필에 매진했다. 어머니의 죽음 전까지의 그는 전형적인 부르주아 청년이었다. 병약하고 예민한 모습으로 사교계 이곳저곳에 출몰하면서 재기발랄한 지성을 자랑하는 '댄디 보이'. 그는 친구들과 문학 동아리를 만들기도 하고 번역이나 예술 비평도 곧잘 했지만 그것들은 모두 단편적이었으며 방만한 관심사의 나열에 불과했다. 그런 그가 오직 글쓰기와 삶에만 집중하기 시작한 것이다. 동시에 자신의 병약한 심신이 공부의 리듬을 깨뜨릴까 봐 철저한 체력관리에 들어갔다. 그는 더 이상 사교계의 총아가 아니었으며, 하루하루 철저한 계획 속에서 밤을 낮 삼아 궁리하는 글쓰기의 장인으로 거듭나고 있었다.

프루스트는 『잃어버린 시간을 찾아서』에 착수하기 전까지 두 개의 연구 과제를 수행하게 된다. 첫 번째 연구는 타인의 문체를 모방하는 것이었다. 프루스트는 '르무안느 사건'이라는 당대 다이아몬드 사기 사건을 발자크, 플로베르, 샤토브리앙, 공쿠르, 미슐레 같은 문학가뿐만 아니라 사회학자 생시몽과 철학자 에른스트 르낭의 문체를 흉내내어 편집한 뒤 하나의 작품으로 만들 계획을 세웠다. 예를 들면 이렇다.

A. 발자크 소설에서의 르무안느 사건

1907년 마지막 달 어느 날 에스파르 후작 부인이 큰 야회를 열었고, 파리의 귀족들 중에서도 엄선된 사람들이, 예컨대 메르세와 라스티냐크, 펠릭스 드 방드네스 백작, 드 레토레, 드 그랑디외 공작, 아랑 라진스키 백작, 옥타브 드 캉 부인, 뒤들레 경 들이 모여들어 카다냥 공녀 주변에 운집해 있었다. 하지만 그로 인해 후작 부인이 질투에 사로잡히지는 않았다. 사실, 자신의 라이벌들을 자신의 살롱의 가장 매력적인 장식품의 하나로 만들어야 한다는 필요성에 의해서 자신의 멋부림, 자존심, 심지어는 사랑까지 포기한다는 것, 바로 거기에 이 집 여주인, 사교계에서 성공한 카르멜회의 수녀인 그녀의 위대함이 있는 것이 아닐까?

B. 귀스타브 플로베르에 의한 르무안느 사건

습막힐 정도로 더위가 심해졌고, 종이 울렸으며, 멧비둘기가 날았다. 사장의 명에 의해 창문이 닫혀져 있었기에 먼지 냄새가 자욱했다. 사장은 우스꽝스런 얼굴을 한 노인네였는데, 체격에 걸맞지 않게 꼭 끼는 옷을 입은 채 고상한 척 폼을 잡고 있었다. 그리고 그가 언제나 즐겨 피우는 담배꽁초가 그리는 인물이 어딘가 가식적이고 속되다는 인상을 주었다.

C. 샤토브리앙에 의한 르무안느 사건

그 당시 파리에는 자신이 다이아몬드 제조 기술을 발명했다고 생각하는 르무안느라는 가엾은 악마 같은 사내가 하나 있었다. 그가 품고 있는 것이 단지 환상에 불과하더라도, 그는 그것만으로도 나머지 다른 사람들과는 구별되는 것이 아니었겠는가?

— 진형준, 「프루스트의 패스티시」, 『프루스트와 현대 프랑스 소설』, 민음사,
323~324쪽 재인용

　발자크는 이 사건에 관여하게 된 사람들의 행위에서 어떤 인물의 '위대함'을 본다. 반면 플로베르는 사건의 정황을 둘러싼 인상을 묘파하기에 여념이 없다. 샤토브리앙은 사건의 핵심을 간결하게 짚어내면서 사건의 본질을 드러내려고 한다. 이렇게 하나의 사실도 문체에 따라 저마다 다른 현실로 표현되고 그때마다 사건의 의미도 다 달라진다. 그렇다. 쓴다는 것은 사건을 해석하는 일이다. 하나의 문체란 말 그대로 세계를 보는 방식, 세계를 이해하는 방식이다.

　우리가 화성에 가더라도 지구에서와 같은 감각기관을 사용하는 한, 늘 보고 느끼던 방식으로밖에 화성을 경험할 수 없다. 그런데 만

약 다른 방식으로 세상을 볼 수 있다면 어떻게 될까? 처마 밑 거미줄 위의 거미가 빗방울을 맞을 때나, 500년도 넘은 고목의 가장 높은 가지가 일출과 일몰을 맞이할 때처럼 말이다. 미야자키 하야오의 애니메이션 〈마루밑의 아리에티〉(2010)에 나오는 것처럼 곤충과 식물, 각각의 존재가 느끼는 저마다의 세계가 지금 이 순간에 함께 공존한다. 현실을 바라보는 인간의 시선만 있다고 생각하는 것은 착각이다. 세계는 단일한 방식으로 경험되지 않는다. 그래서 매 순간은 한없이 풍요롭다. 프루스트는 이 점에 대해 다음과 같이 말했다. "실은 단 하나의 세계가 아니라, 몇 백만의 세계, 인간의 눈동자나 지성과 거의 같은 수의 세계가 있고, 그것이 아침마다 깨어난다."(「되찾은 시간」) 프루스트는 모작 훈련을 통해 문체만큼의 세상이 있을 수 있다는 것을 알게 되었다. 그렇다면 새로운 문체를 발명하는 일이야말로 지금 살고 있는 이 시공간을 다시 창조하는 일이자, 과거나 미래로 빨려 들어가지 않고 현재를 풍요롭게 만드는 길이 될 것이다.

프루스트는 자신이 모방하려는 작가들의 문체를 면밀히 연구하여 그들의 시각으로 당대의 사건을 해석해냈다. 작가들의 문체를 모방함으로써 그들 각각의 관점으로 세계를 볼 수 있었다. 이렇게 하나의 문체를 갖는다는 것, 글을 쓴다는 것은 특정한 관점으로 세계를 구성하는 일이다. 글을 읽는다는 것은 그렇게 구성된 세계를 체험하는 일이다. 글을 통해 우리는 자신의 일회적 삶을 뛰어넘게 되는 것이다. 이제 프루스트의 과제는 분명해졌다. 나만의 문체를 발명해야 한다!

:: 글쓰기 — 허무한 과거를 충만한 현재로 바꾸는 힘

　프루스트는 자신의 모작들을 뒤로 하고 신속히 두 번째 연구에 들어갔다. 새로운 문체를 발명하기 위해서는 기존의 문체가 갖는 역할과 기능, 그 한계를 검토할 필요가 있었다. 그가 보기에 가장 적당한 대상은 바로 생트뵈브의 비평관이었다. 생트뵈브(1804~1869)는 프랑스 최초의 직업 비평가이자 프랑스 근대문학의 아버지다. 그는 작품을 이해하는 최고의 방법은 작품 자체의 주제나 미의식에 집중하기 이전에 작가의 사회적 출신, 그가 받은 지적·도덕적 교육을 이해하는 것이라고 생각했다. 생트뵈브에 따르면 작가와 작품은 완전히 일치한다. 작가는 작품의 과거요, 작품은 작가의 미래다. 그렇게 둘은 한 권의 책이라는 형태로 완전히 포개진다. 그런데 좀더 생각해 보면, 이런 문학관은 '과거를 똑같은 방식으로 재생하는 현재, 재생된 현재를 똑같이 반복하는 미래'라는 시간관을 전제한다. 더구나 생트뵈브식대로라면 '훌륭한 과거'만이 현재를 위해 되돌아와야 한다. 하지만 그 '훌륭함'의 기준은 무엇인가? 지금을 기준으로 평가된 '훌륭함'이 아닌가? 프루스트가 보기에 생트뵈브식 문학관은 오늘이 승인한 '어제', 그 어제를 오늘과 내일로 연이어 실어 나르는 지루한 반복 작업에 불과했다. 이 관점에 기대어서는 그 어떤 새로운 문체도 발명할 수가 없었다.

　그렇다면 생트뵈브를 비평한다는 것은 어떤 의미인가? 프랑스 문학

사에서 '생트뵈브의 시대'란 곧 사실주의 시대다. 사실주의의 모토란 무엇인가? '있는 그대로의 현실을 쓴다'이다. 공쿠르 형제와 같은 '사실'의 찬미자들은 자신들의 영광스러운 임무를 다음과 같이 천명했다.

"예술이란 어떤 피조물이나 인간적인 것의 지나가 버리는 덧없음을 지극하고 절대적이며 결정적인 어떤 형태로 영원하게 만드는 것이다."

— 미셸 레몽, 김화영 옮김, 『프랑스 현대소설사』, 현대문학, 218쪽 재인용

그들은 흘러가버리는 시간에 대해 무상함을 느꼈으며, 그 덧없는 흐름을 정지시키고자 현실을 결정적인 형태 속에 박제시키기를 원했다. 그런데 프루스트가 보기에 이것은 불가능할 뿐만 아니라 무용한 시도였다. 현실을 포착하려고 하는 바로 그 순간조차 흘러가버리고 있기 때문이다. 과연 그 어떤 예술가가 정지된 시점에서 작업할 수 있는가? 게다가 사실주의자들은 이렇게 현실을 고정시킨 다음 그것이 절대 불변인 '사실'이며 영원히 보존될 '진실'이라며 찬미한다. 하지만 프루스트가 보기에 그들의 사실주의적 노력은 현재를 화석화시킴으로써 불변하는 과거로 만드는 시도에 지나지 않았다. 그들에게 과거란 현재의 무덤이나 다름없었던 것이다. 이런 방식으로는 이미 지나가버린 과거에 대해서 갖게 되는 무력감과 허무함을 극복할 수가 없다.

프루스트는 생트뵈브를 비판하기 위해 논문이나 에세이가 아니라 소설을 쓰기로 결심했다. 먼저 이 소설에서 '줄거리'라는 개념을 빼버

리기로 했다. 발단-전개-절정-결말로 이어지는 사실주의 소설의 문법은 한 인물의 인생을 그가 어떤 사람이고, 무엇을 성취하는가, 라는 결론에 초점을 맞춘다. 주인공의 모든 행동은 미래를 위해 차근차근 준비되지 않으면 안 된다. 결과를 위해 착실히 그의 전全 과거를 조정하는 것이다. 이에 반해, 프루스트는 현재와 과거, 심지어 미래까지 동시에 배치하는 구성을 선택했다. '대화'와 '회상'이 모든 장면을 지배하게 할 것이다. 주인공이 가족과 하인들, 그리고 친한 벗들과 함께 응접실, 산책길, 그들 각자의 사설 도서관이나 아틀리에에서 긴 담소를 나누는 것도 좋겠지. 그런데 어머니와 친구 사이의 대화라고? 목자와 신도 사이의 교리문답도 아니고, 교사와 학생 사이의 진리 탐구도 아니다. 가장 친밀한 사이에서 이루어지는 대화. 가족사에서부터 시사문제까지, 결혼 같은 인생사에서부터 학교나 직장에서 겪은 여러 에피소드들에 이르기까지, 이야기는 얼마든지 자유자재로

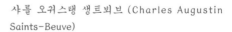

샤를 오귀스탱 생트뵈브 (Charles Augustin Saints-Beuve)

19세기 프랑스 문단에서 작가로서보다는 비평가로서 활약이 컸다. 그의 실증주의 혹은 전기주의적 비평관은 작가의 개인사, 사상사, 시대적 상황과의 밀접한 관련하에 작품을 이해하고 고찰하여 평가한다. 지금도 유효한 문예비평 방법론이지만 한계와 오류는 있다.

번져 나갈 수 있다. 회상이라고? 그것 역시 무방향적이고 무목적적으로 그 어떤 생각도 한없이 이어갈 수 있는 자기와의 대화 아닌가? 프루스트는 어디로 튈지 모르는 이 대화와 회상 속에 '과거'를 불러들이기로 했다. 예측 불가능한 과거들이 모두 우연한 기회에, 생각지도 못했던 방식으로 귀환하게 될 것이다. 그때는 몰랐던 것이 이야기를 하다 보니 알게 되고, 그때 잘못 알고 있었던 것이 어쩌다 보니 전모가 드러나기도 하겠지. 1912년, 프루스트는 마침내 자신의 기획이 「생트뵈브에 반대하며」라는 제목과 맞지 않는다는 판단을 내렸다. 그리고 자신의 작품이 단 한 권에 그칠 수 없다는 것도 깨달았다.

프루스트는 처음부터 서적이나 신문을 통해서 취한 정보들로 작품 속 내용을 채우려 하지 않았다. 소위 객관적인, 즉 '사실적인 사실들'을 거부했다. 대신 그 자신이 살아오면서 직간접적으로 경험한 사건들, 방문했던 장소들, 그리고 사랑하거나 미워했던 친구와 연인 들을 떠올렸다. 자신이 거쳐 온 인연들을 이야기의 원석으로 삼으려 했다. 잊어버리고 있던 기억, 미처 생각지 못했던 기억, 잘못 알고 있었던 기억 들과 조우하려 했다. 바로 망각된 기억들 말이다. 죽고 없어져버린 과거, 무상하게 흩어져 날아가버린 과거, 즉 '잃어버린 시간'을 부활시킬 필요가 있었다. 의도적으로 기억한 과거들은 모두 영광과 원한 속에 박제된 것, 아무리 멋지고 화려해도 죽은 과거일 뿐이기 때문이다.

물론 놓쳐버린 과거를 회상한다는 것은 고통스러운 일이다. 망각된 과거가 영광스럽고 아름답다면 상실감은 더 커질 것이고, 어리석고 추하다면 그것을 다시 직면하는 고통을 감수해야만 한다. 게다가 과거가 되돌아올 때마다 매번 달라지기만 할 뿐이라면, 그 또한 공허하고 무의미한 반복에 불과하지 않겠는가? 오늘의 방식으로 되살아난 과거들은 새롭게 의미화되어야 했다.

정숙했던 연인이 실은 바람둥이였고, 알고 보니 레즈비언이었으며, 그럼에도 불구하고 나에게 신의를 지키기 위해 애썼구나! 나는 이미 죽고 없는 연인의 부정을 뒷조사하느라 그만 이렇게 늙어버렸구나! 도대체 '사랑'이란 무엇일까? '이 사랑'을 해석하려면 어떤 참고서를 읽어야 하고, 어떤 연애고수를 만나야 할까? 이처럼 사랑이 품고 있는 진실은 오직 시간 속에 펼쳐진 '이 사랑'의 편린들 속에서만 탐구될 수 있다. 이 사랑에서 뭔가를 배울 수 있는 사람도 오직 나뿐이다! 프루스트는 망각된 과거들이 매번 다른 방식으로 되살아나는 것을 보여 주면서, 그 과거들 속에서 사랑, 우정 같은 가치에 대해 질문하고 답하는 주인공을 창조하기로 했다. 한 사람 한 사람의 인생은 유한한 시간의 흐름을 거스를 수 없다. 그러나 그 인생은 무궁무진한 이야기의 씨앗을 품고 있다. 관건은 우리가 그 씨앗들을 발아시킬 수 있느냐 없느냐다. 우리들이 살아온 삶 혹은 허무해 보이는 과거가, 실은 배움의 씨앗을 가득 품은 풍요로운 대지라는 것을 프루스트는 자신의 주인공과 함께 증명해 보이기로 했다.

프루스트는 망각된 것들 중에서도 사소하고 유치한 과거, 나쁜 과거에 더욱 집중하기로 했다. 또 유대인 부르주아나 남색가 귀족, 속물적인 예술가들을 중요한 인물로 설정하려고 했다. 바로 이 지점이 생트뵈브를 본격적으로 반박하는 대목이랄 수 있다. 프루스트는 고상한 교육을 받은 선한 인간만이 행복한 삶을 누릴 자격이 있는 것은 아니며, 오히려 가장 비천한 장소와 불결한 도덕관 위에서 인간의 본성과 삶의 의미에 대한 통찰이 가능하다는 것을 보여 주려 했다. 첫사랑과 결혼하고 아이 낳고 그렇게 오래오래 행복하게만 살았던 부부는 '사랑'의 본질에 대해 생각해 볼 기회조차 얻지 못할 것이다. 드라마나 영화를 비롯한 예술, 대중문화가 근친상간이나 불륜과 같은 극단의 사랑만을 다루는 까닭이 무엇일까? 우리가 사랑의 한계와 마주했을 때 비로소 '사랑'에 대해 질문하게 되기 때문이다. "이것도 사랑일 수 있단 말인가!" 『잃어버린 시간을 찾아서』에서는 소심하고 가난한 시골의 피아노 선생 뱅퇴유 씨가 불멸의 소나타를 창조하고, 매춘부와 살롱의 마담들에게 아첨하는 천박한 화가 엘스티르가 회화사의 혁명을 이끌어낸다. 당시는 미래를 위해 봉사하는 과거만을 찬미하던 시대였다. 하지만 프루스트는 쓸모없는 과거를 예술의 창조와 함께 부활시키고자 했다.

프루스트에게 글쓰기란 과거를 전혀 다른 방식으로 되살아나게 만드는 기술, 되돌아온 과거를 통해 현재를 무한한 배움의 시공간으로 바꾸는 방법이었다. 삶에서 사소하거나 어리석기만 한 것은 하나도 없다. 이런 글쓰기와 함께 프루스트의 인생도 서서히 바뀌고 있었다. 평범한 부르주아에서 삶의 진실을 탐험하는 작가로 말이다. 밀란 쿤

데라는 과거를 바꾸는 일의 의미를 다음과 같이 말했다.

> 사람들은 나은 미래를 만들고 싶다고 외치지만 그건 사실이 아니다. 미래
> 는 아무도 관심을 갖지 않는 무심한 공허에 불과할 뿐이지만 과거는 삶으로
> 가득 차 있어서, 그 얼굴이 우리를 약 올리고 화나게 하고 상처 입혀, 우리는
> 그것을 파괴하거나 다시 그리고 싶어한다. 우리는 오직 과거를 바꾸기 위해
> 미래의 주인이 되려는 것이다.
>
> — 밀란 쿤데라, 백선희 옮김, 『웃음과 망각의 책』, 민음사, 49쪽

프루스트가 옳거니! 무릎을 치며 기뻐했을지도 모른다. 글을 쓸 때
우리 앞에 펼쳐지는 시간은 과거인가, 현재인가, 미래인가? 우리는 있
었던 일을, 했던 생각을 쓰기 위해 펜을 들거나 컴퓨터를 켜지만, 언
제나 쓰는 그 순간에 우리의 모든 과거는 현재적 시점에서 변용되고
새롭게 창조된다. 글쓰기는 모든 순간을 현재화한다. 글쓰며 사는 삶,
언제나 새롭게 되돌아오는 과거와 함께하는 배움의 길, 그런 쿵푸-
로kungfu(功夫-路) 위에 서는 삶에 '끝'이란 말은 어울리지 않는다. 프루
스트는 오직 글을 쓰는 현재, 끊임없이 배움이 일어나는 현재만 있는
소설을 쓰기로 했다. 글쓰기를 통해 우리는 무상한 시간을 새로운 창
조의 순간으로 재창조할 수 있다. 이런 예술의 시간이야말로 시간을
잃어버리면서 사는 우리에게 '되찾은 시간'이 될 것이다. 프루스트는
자신의 작품을 글쓰기라는 비전을 탐구하는 한 청년의 이야기로 만

프루스트는 NRF 출판사로부터 한 번이 아니라 여러 차례 출판을 거절당했다. 결국 출판업자 베르나르 그라세와 자비출판 계약을 맺고 『잃어버린 시간을 찾아서』 제1권 「스완네 집 쪽으로」를 출간할 수 있었다. 이듬해 1월 NRF의 편집장 앙드레 지드는 프루스트에게 진심어린 사과와 용서를 담은 편지를 직접 보냈다. 이에 답하여 프루스트도 지드에게 보낸 편지에서, 자신의 소설을 지드가 읽게 될 거라는 사실이 NRF를 선택한 이유였노라고 밝혔다. 제2권 「꽃피는 아가씨들 그늘에서」는 NRF에서 출간되었다. NRF는 현재 프랑스 최대 출판그룹인 갈리마르출판사(Editions Gallimard)의 전신으로, 창립자 가스통 갈리마르(1881~1975)가 NRF의 편집인 중 하나였다.

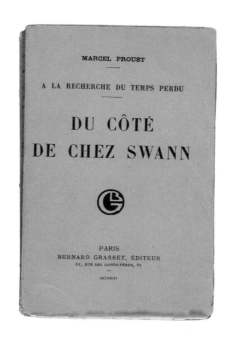

들기로 했다. 마침내 작품의 제목이 결정되었다. 잃어버린 시간을 찾아서!

:: 어떻게 잃어버린 시간을 되찾을 것인가?

『잃어버린 시간을 찾아서』는 전체 7권으로 구성되어 있다. 앞서 언급했듯이 제1권 「스완네 집 쪽으로」가 출판된 것은 1913년이고, 제2권 「꽃피는 아가씨들 그늘에」는 전후인 1919년에 나왔다. 1920년에 제3권 「게르망트 쪽」이, 1921년에 제4권 「소돔과 고모라」의 1부가, 1922년에 「소돔과 고모라」의 2부가 나왔다. 1923년에 나온 제5권 「갇힌 여인」부터는 작가 사후에 출간된 것으로, 1925년에는 제6권 「사라진 알베르틴」이, 1927년에는 제7권 「되찾은 시간」이 나왔다. 프루스트는 제1권과 제7권을 동시에 작업했고, 생트뵈브 반박 원고를 준비하면서 설계한 애초의 윤곽을 거의 바꾸지 않았다.

작품의 표제와 중심 사건으로만 놓고 보면, 주인공의 인생에서 가장 중요한 사건은 사교계의 다크호스가 된 것과 연애의 실패. 먼저 주인공은 매춘부를 불러들여야만 겨우 활기를 얻는 부르주아의 살롱(제1권), 상류층의 향락지이자 유토피아인 노르망디 해변(제2권), 그리고 위대한 유산의 보고인 대귀족의 저택(제3권)을 전전하면서 화려하고 멋있는 최고급 사교계를 편력한다. 그리고 제4권부터 제6권까지는 화자가 이 외적 세계의 편력에서 환멸을 느끼고 난 뒤 사랑의 문제에 몰두하게 되는 이야기다. '소돔과 고모라', '갇힌 여인', '사라진 알베르틴' 같은 제목들이 말해 주듯이 이 사랑의 세계는 사도마조히즘과 실패한 연애담으로 가득 차 있다. 이렇게 헛된 사랑의 세계에서 실컷 방랑한 뒤, 화자는 문득 지난 세월을 뒤로 하고 오래전에 포기했던 작가의 꿈을 다시 부여잡는다. 이미 늙고 병들어버린 시점에서 말이다.(제7권) 주인공의 표면적인 이력만 따라가다 보면 이 작품은 시간을 허비한 사나이의 한탄스런 실패 회고담처럼 보이기도 한다. 그러나 프루스트에게 중요한 것은 겉으로 드러난 한 사람의 인생 궤적이 아니다. 프루스트는 오직 삶이 품고 있는 진리에만 관심이 있었으며 우리가 그것을 어떻게 되찾을 수 있는지를 고민했다.

1912년 『잃어버린 시간을 찾아서』를 새로 시작했을 때, 프루스트는 이미 작품의 전체 구조와 문체를 확정하고 있었다. 시작과 끝이 맞물려 있는 원환圓環 구조와 과거의 여러 시점을 동시적으로 포착하는 현재적 글쓰기, 오직 글을 쓰는 현재만을 보여 주도록 하자! 그는 자신이 기획한 구조와 문체를 실현시키기 위해서 먼저 과거에서 현재로, 다시 미래로 이어지는 선형적 시간관, 즉 사실주의 소설의 기본 문법을 파괴했다. 그러기 위해 작품의 처음과 끝을 동시에 집필하는 실험을 구상했다. 그러려면 날짜나 시간, 나이와 같이 시간의 단선적 진행을 표시하는 말들을 쓰지 않아야 할 것이다. 꿈과 기억이 뒤섞이고, 자신이 읽은 것과 경험한 것이 뒤섞일 수도 있었다. 유년과 청년, 장년 시절이 동시에 펼쳐져야 했다. 그리하여 다음과 같은 시작이 나왔다.

오래전부터 나는 일찍 잠자리에 들어 왔다. 때로는 촛불을 끄자마자 곧바로 눈이 감겨서 '잠이 드는구나'라고 생각할 틈조차 없었다. 그러다가 한 삼십 분이 지나면 잠자야 할 시간이라는 생각이 들어서 잠이 깨기도 했다. 그러면 나는 여전히 책이 손에 있다고 생각하며 그것을 놓고 촛불을 끄려고 했다. 방금 전까지 읽고 있던 책에 대한 생각은 중단되는 대신에 잠깐 사이에 조금 특이한 모습으로 변했다. 즉, 책에 나온 성당, 사중주四重奏, 프랑수아 1세와 카를 5세와의 대결 같은 것들이 마치 나 자신의 일처럼 느껴졌다. 이런 생각이 잠에서 깨고 난 뒤에도 조금 더 이어졌는데, 그것 때문에 나의 이성이 별로 방해받지는 않았지만 대신에 내 눈을 비늘처럼 무겁게 내리눌러서 촛불이 꺼졌다는 사실을 알아차릴 수 없게 했다. 그러다가 이러한 것들도 마치 윤회설에서 말하는 전생처럼 이해할 수 없는 것으로 바뀌어버렸다. 나는 책의 주제로부터 분리되어서, 내 마음대로 그 주제에 골몰하거나 하지 않을 수가 있었다. 나는 곧 시력을 회복하고서 내 주위가 어두워진 것에 놀라지만, 그 어둠은 나의 눈에 부드럽고 아늑했다.

― 「스완네 집 쪽으로」

작품은 파리에 사는 마르셀의 회상으로부터 시작한다. 「스완네 집 쪽으로」의 첫 부분에 꿈과 현실 사이, 몽상과 기억 사이에서 서성대는 인물은 분명 장년의 마르셀이다. 「되찾은 시간」의 시점에 서 있는 마르셀인 것. 작품 전체는 이 장년의 마르셀이 마들렌 과자 한 입에 의해 자신의 유년 시절을 회상하면서 「꽃 피는 아가씨들의 그늘에」를 거쳐 「되찾은 시간」에 이르기까지 연대기적 순서대로 진행되다가, 마침내 자신의 인생을 쓰기로 결심하는 이 '현재'의 시점에 도착하게 된다. 이렇게 작품은 시종일관 현재를 유지하고, 이 현재 위에서 여러 과거들이 펼쳐지고 접힌다.

마르셀은 현재 속에서 끊임없이 회상한다. 회상했던 일을 또 회상하고, 그 회상을 다시 회상한다. 그리고 마르셀은 이 모든 회상을 쓴다. 그는 오직 자신의 회상 안에서만 나이를 먹는다. 여러 겹의 회상 속에서 과거는 매번 다른 진실을 안고 되돌아오고, 이 되돌아옴 안에서 십대의 화자와 이십대의 화자, 이들을 조망하는 장년의 화자가 자연스럽게 같은 페이지, 그러니까 '회상을 쓰고 있는 지금'의 지면 위로 모여든다. 이렇게 『잃어버린 시간을 찾아서』는 잊고 있었거나 사소하게 취급했던 과거들이 갑자기 출현해서 서로 충돌하는 '현재들'로 꽉 찬 시간을 만들어낸다. '과거들의 콜라주, 그 마법 같은 동시성'의 세계를.(모리스 블랑쇼)

이런 방식으로 과거의 의미와 공간의 색채는 계속 바뀌어 간다. 여기에서 중요한 것은 과거가 회상될 때마다 인물들의 정체성이 함께 변한다는 사실이다. 콩브레에서 잠깐 스쳐 지나갔던 마르셀과 샤를뤼스 씨의 관계는 회상을 거치면서 시골 촌부와 어린아이로, 남색가와 미소년으로, 멘토와 멘티로 바뀌어 간다. 어디 샤를뤼스 씨뿐이랴. 스완이나 오데트 등 다른 등장인물들 역시 회상할 때마다 다른 존재로 다가오게 된다. 최종적으로 주인공 마르셀도 이들 인물들의 변신과 함께 문학소년으로, 사교계의 다크호스로, 귀부인의 젊은 애인으로, 노쇠하고 외로운 부르주아로, 낭비벽 있는 몽상가로, 그리고 마침내 성실한 예술가로 변신한다.

그렇다면 잃어버린 시간이란 무엇인가? 일차적으로 그것은 허망하게 흘러가버린 시간을 의미한다. 경험하는 동안에는 잠재적인 인과들을 전체적으로 통찰할 수 없기 때문에 시간은 그저 덧없이 흐른다. 회상을 통해 그 잠재적 인과들이 풀리기 시작하는 것이다. 그리고 과거의 인연들 속에서 자신을 새롭게 발견할 수 있게 된다. 만약 작가 프루스트가 더 오래 살아 작품 속 마르셀에게 회상의 기회를 더 많이 부여했더라면 마르셀은 또 다른 삶 속에서 자신의 정체성을 발견했으리라. 사실 살롱의 댄디나 몽상가 같은 정체성이란 마르셀이 현재 속에서 구성할 수 있었던 몇 개의 마르셀일 뿐이다. 이런 관점에서 보면 마르셀에게 과거는 결정된 것이 아니며, 오히려 과거는 현재적 관점에서 시시각각 변한다. 현재는 회상을 통해 과거라는 새로운 공기를 마심으로써 활기를 띤다. 덕분에 마르셀은 회상을 통해 수많은 인생을 다시 살게 된다. 만약 프루스트에게 장수하는 법에 관해 물어본다면 그는 대답하리라. 회상이라고. 하나의 인생을 수많은 드라마들로 바꾸어내는 힘, 회상이야말로 우리의 유한한 삶을 무한한 풍경

속에서 바라볼 수 있게 한다.

이렇게 제1권부터 제6권까지는 마르셀이 그때 그 순간에는 충분히 알 수 없었던 잃어버린 진실들을 되찾는 시간 탐험기다. 그런데 제7권 「되찾은 시간」부터 회상의 중심에 놓인 테마는 예술이다. 왜냐하면 예술이야말로 시간의 무한한 펼쳐짐을 가능케 하면서 삶의 본질적인 것들에 대해 성찰하게 하기 때문이다. 반 고흐가 그린 낡고 닳은 구두 한 켤레는 그 구두를 신는 사람의 땀내 나는 발과 거친 작업장을, 쉬지 않고 걷고 일했을 누군가의 고생스런 인생을 떠올리게 한다. 그동안은 보이지 않았고 들리지 않았던 삶들이, 내가 길에서 만났던 누군가, 나의 아버지일 수도 있고 나의 친구일 수도 있는 그들의 신산한 인생이 그 그림으로부터 순식간에 확 펼쳐지는 것을 보게 되는 것이다. 그리하여 마침내 우리는 잃어버리고 있었던 인생의 의미를 되찾을 수 있는 기회를 얻게 된다.

이제 우리는 「스완네 집 쪽으로」 앞에 왔다. 우선 작품들을 순서대로 읽으면서 마르셀의 편력에 동참해 보자. 매번 다른 이야기를 안고 되돌아오는 마르셀의 과거를 흥미롭게 따라가다 보면, 우리가 흘려보냈던 시간이 갑자기 되돌아오거나 전혀 생각지도 못했던 인생의 비밀을 깨닫게 될지도 모른다. 프루스트는 자신이 펼쳐낸 이 찾기의 여로가 수많은 독자들의 삶이 품은 진리들에 가 닿기를 참으로 간절히 기도했었다. 자, 이제 마르셀과 함께 시간여행을 떠나 보도록 하자.

chapter. 02

잃어버린 시간은
어디에 있는가?

오랜 시간이 지난 뒤에 내 안에 있는 콩브레의 정원에서
내가 조그만 방울 소리를 듣던 날의 그 종소리는
내가 품고 있는 줄조차 몰랐던 그 망망한 차원(次元)의 기점이었다.
나는 내 발 밑-사실은 나의 안-에 마치 몇 천 길의 골짜기를 굽어보듯,
무수한 세월을 내려다보면서 어지러움을 느꼈다.

:: 잃어버린 시간의 원풍경 '콩브레'

　제목 그대로 마르셀의 과업은 잃어버린 시간을 찾는 것이다. 시간
이 무슨 분실물인가? 잃어버리고 찾을 수도 있다니. 혹시 마르셀은,
아르헨티나 작가 보르헤스의 단편에 등장하는 '기억의 천재' 푸네스
처럼 완벽한 지각과 기억력을 가진 것인가? 결론부터 말하자면, 마르
셀은 과거의 파편들을 완벽하게 그러모으려는 편집증 환자가 아니다.
단지 그는 우리가 시간을 '잃어버리면서' 산다는 것을 자각했고, 동시
에 얼마든지 시간을 '되찾을' 수도 있다는 것을 체험했다. 이 모든 깨
달음은 우연히, 순식간에, 동시적으로 일어났다.

　어느덧 마흔이나 되었을까? 마르셀은 '평소 습관과는 달리' 어머니
가 권한 마들렌 과자를 홍차 한 잔에 적셔서 베어 물게 된다. 그 순
간, 깊은 쾌감, 생의 무상함을 초월한 것 같은 느낌에 빠져들었다. 여
기에서 그는 피안을 느꼈다고까지 고백한다. 과연 이 행복의 원인은
어디에 있는가? 그는 마들렌 과자를 한 입 더 맛보았다. 그러나 처음
만큼의 감동은 느낄 수 없었다. 그렇다면 원인은 과자가 아니다. 그럼

도대체……? 그는 기쁨의 원인을 추적하기 위해 몇 번이나 자신의 의식에 집중해 본다. 그리고 마침내 깊은 심연에서 떠오르는 기억의 발소리를 듣게 된다. 그것은 바로 콩브레였다.

　콩브레, 해마다 부활제 전 주일에 그리로 가면서 멀리 기차에서 사방 100리의 거리를 두고 바라보면, 콩브레에는 마을을 요약하고 대표하는, 먼 곳을 향해서 마을에 대해 이야기하는 단 하나의 성당밖에 보이지 않는다. 그런데 가까이 다가가 보면 성당은 들판 한가운데에서 바람을 맞으며 마치 양치는 여인들이 양들에게 그러는 것처럼 주위를 둘러싼 집들의 양털 같은 회색 지붕들을 크고 검은 망토로 껴안고 있다. 중세의 성벽 유물은 마치 르네상스 이전 시기 미술에서 볼 수 있는 작은 도시처럼 완전한 원을 그리면서 집들을 감싸고 있다. 콩브레는 살기에는 조금 쓸쓸한 마을인데 집들은 고장에서 나는 검은 돌로 지어졌고, 집 밖으로 돌계단은 튀어 나왔으며, 지붕의 박공이 집 앞에 길게 그림자를 내리고 있어서, 해가 지기 시작하면 거실의 커튼을 걷어 올리지 않을 수 없을 정도로 매우 어두웠다.

— 「스완네 집 쪽으로」

　콩브레는 평범하고 조용한 시골 마을이다. 어린 마르셀이 머물던 레오니 아주머니의 집, 그 2층 창문에서 내려다보면 동네 전체가 한눈에 들어온다. 콩브레는 크게 마르셀의 집을 기준으로 스완네 집이 있는 메제글리즈와 게르망트라는 공작의 영지로 나뉘는데, 이 마을에서 핫 이슈가 되는 사건사고란 고작해야 낯선 개의 출현이나 동네 간병인 왈라리 어멈의 말실수 같은 것들이다. 마을 사람들에게 '게르망트'니 '스완'이니 하는 이름은 신문지상에서나 볼 수 있는, '가까이 하기엔 너무나 먼 당신들'이었다. 그래서였을까? 마르셀은 파리 생활 내내 거의 콩브레를 떠올릴 일이 없었다. 그런데 갑자기 떠오른 콩브레가 피안의 안락을 가져다주다니! 「스완네 집 쪽으로」의 제1부 '콩브레'는 마르셀이 이 이유를 찾는 데 다 바쳐진다.

『잃어버린 시간을 찾아서』에서 콩브레는 우선, 아름다운 유년 시절을 상징한다. 가족애와 이웃사랑으로 충만한 유년의 세계 말이다.

　잠을 자러 올라갈 때 나의 유일한 위안은 침대에 누워 있는 나에게 키스를 해주려고 어머니가 오는 일이었다. 하지만 저녁 인사는 잠깐이었고 어머니는 금방 내려갔기 때문에, 나에게는 어머니가 올라오는 발소리가 들리고 곧이어 2층 방문의 복도에 밀짚을 엮어 만든 술이 달린 파란 모슬린 정원용 드레스가 스치는 소리가 들리는 순간이 정말 고통스러웠다. 그것은 곧 이어서 뒤따르는 순간, 어머니가 내 곁을 떠나 다시 아래로 내려가는 순간을 예고했기 때문이다. 그래서 나는 내가 간절히 고대하는 저녁 인사가 될 수 있는 한 늦어지도록, 어머니가 오기까지의 유예 시간을 연장시키기를 바랐다. 때로는 나에게 키스를 하고 나서 방문을 열고 나가려는 엄마를 붙들고 '한 번만 더 입 맞춰 주세요.'라고 말하고 싶었지만, 그러면 어머니의 얼굴에 금방 화난 표정이 그려진다는 것을 알고 있었다. 왜냐하면 내가 슬퍼하면서 흥분한 모습을 보기가 안타까워서 화합의 입맞춤을 하는 일은 이런 의식을 어리석게 생각하시는 아버지의 마음을 언짢게 할 것이고, 어머니 역시 이런 요구나 습관을 없애 주려고 애쓰셨기 때문에, 이미 방문까지 간 상태에서 다시 한 번 키스해 달라는 나의 요청을 받아줄 리가 없었기 때문이다. [중략] 그러나 어머니가 잠시밖에 나의 방에 머물지 않는 이러한 저녁도 식사 후에 찾아오는 손님 때문에 엄마가 저녁 인사를 하러 오지 못하는 날에 비하면 그나마 나은 편이었다. 손님은 잠깐씩 들르는 몇몇의 모르는 외부인을 제외하고는 거의 스완 씨뿐이었다. 그는 때로는 이웃으로서 저녁 식사를 같이했고 (하지만 그가 바람직하지 못한 결혼을 한 뒤에는 우리 집에서 그의 아내를 초대하고 싶어하지 않아서 이 식사가 매우 뜸해졌다) 때로는 저녁 식사 후에 아무 예고 없이 찾아오기도 했다. 저녁 때 집 앞에 있는 커다란 마로니에 아래의 철재 탁자에 둘러앉아 있노라면 뜰의 한 구석에서 방울 소리가 난다. 그것은 집안 사람들이 종의 줄을 안 당기고 그대로 대문을 열기 때문에 쏟아지게 되는 차갑고 정신이 얼얼해지는, 그치지 않고 요란한 쇠방울 소리가 아니라, 달랑달랑 울리는 손님용 작은 종의 수줍어하는 금빛 타원형 울림이어서, 우리는 모두 금세 "손님이로군, 누굴까?" 하고 물어보곤 했다. 하지만 우리는 손님이 스완 씨일 수밖에 없다는 것도 잘 알고 있었다. 고모할머니는 모범을 보이려고 애쓰면서 되도록 자연스러운 어조로, 그렇게 수군거리면 안 된다, 찾아온 손님이 그걸 보면 자기가 들어서는 안되는 이야기를 하고 있었다고 생각할 것이기 때문에, 그보다 더 큰 실례는 없다고 하셨다. 그리고 할머니를 정찰병으로 내보내셨는데, 할머니는 정원을 한 바퀴 더 돌 구실이 생긴 것을 기뻐하시면서, 그때를 이용해서 장미꽃을 조금이라도 자연스럽게 만들려고 장미나무의 버팀대를 슬그머니 뽑아버리곤 하셨다. 마치 이발사가 너무 반듯하게 매만진 아들의 머리카락에 그 어머니가 손을 넣어 부풀리듯이 말이다.

— 「스완네 집 쪽으로」

프티부르주아 집안의 외동아들은 엄마의 굿나잇 키스를 받느냐 못받느냐 때문에 밤잠을 설치고, 가족들은 이웃 스완 씨가 잠깐 들를까 말까를 놓고 하루 종일 설전을 벌인다. 또 스완 씨의 방문을 핑계로 정원 산책에 나선 외할머니는 손님보다는 장미나무를 만지는 기쁨에 더 들떠 있다. 이 장면은 『잃어버린 시간을 찾아서』에서 가장 유명한 장면이기도 하지만(20세기식 마마보이의 출현이라는 오명 아래!), 사실 여기에는 작품의 처음과 끝을 연결시키는 중요한 장치가 포함되어 있다. 손님용 작은 종의 달랑달랑 울리는 소리가 그것인데 마지막 권「되찾은 시간」에서 장년의 마르셀이 이 종소리 환청을 듣게 됨으로써 작품 전체가 현재적 시점에서 이루어지는 거대한 회상의 원환 구조를 띠게 되는 것이다. 마르셀에게 콩브레는 작품으로 되살려야 할 과거의 이미지 그 자체였고, 그에게 과거란 풍요롭고, 소중하고, 아름다운 시간이었다. 콩브레는 마르셀의 시작이자 끝이었다.

　이토록 유구한 시간의 흐름이 나를 통해 단 한 번의 중단도 없이, 이어지고, 생각되고, 촉진되었음을, 줄곧 내가 그 시간의 흐름에 매어 있었음을, 그것이 나를 지탱해 주었음을, 내가 머리가 뱅글뱅글 도는 이 시간의 정상에 올라앉아 있음을, 시간을 옮겨 놓지 않고서는 내 몸조차 움직일 수 없다는 것을 깨닫자, 나는 섬뜩함과 고단함을 느꼈다. 오랜 시간이 지난 뒤에 내 안에 있는 콩브레의 정원에서 내가 조그만 방울 소리를 듣던 날의 그 종소리는 내가 품고 있는 줄조차 몰랐던 그 망망한 차원次元의 기점이었다. 나는 내 발 밑-사실은 나의 안-에 마치 몇 천 길의 골짜기를 굽어보듯, 무수한 세월을 내려다보면서 어지러움을 느꼈다.

―「되찾은 시간」

　다음으로 콩브레는 마르셀이 처음으로 작가의 꿈을 품게 된 고장이다. 해질녘에 마을 성당의 종탑이 시시각각 변하는 모습은 얼마나 신기했던가! 그것을 글로 쓰면서 얼마나 기뻤던가! 이 환희를 프루스트는 이렇게 묘사한다.

　마르탱빌의 종탑 뒤에 숨어 있는 것이 낱말의 모습으로 내 눈앞에 나타나 나를 기쁘게 했기 때문에, 그것이 어떤 아름다운 문장 같은 것

일리에(Illiers)는 소설 속에서 마르셀이 부활절 휴가를 보내기 위해 방문하는 콩브레의 실제 모델이 되는 마을이다. 이곳은 프루스트 탄생 100주년이 되는 1971년에 그를 기리고자 마을 이름을 일리에-콩브레로 바꾸었다. 마르셀이 생애 처음 글을 쓰게 만든 마르탱빌 종탑이 오래된 사진 속에서 선명하게 보인다. 아래 사진은 레오니 아주머니의 집 그리고 마르셀 프루스트 박물관으로 불리는 곳이다.

이라고 확신하지는 않았지만, 그래도 마음을 가라앉히고, 그 감동에 충실하고자 의사에게 펜과 종이를 빌려서 마차의 흔들림쯤 아랑곳하지 않고 이런 짧은 글을 썼다. 이것은 한참 뒤에 찾은 것인데 몇 자밖에 고치지 않았다.

"그것만이 벌판보다 높게, 흡사 널따란 평야에 버려진 듯, 마르탱빌의 두 종탑이 하늘 쪽으로 솟아 있었다. 오래지 않아 우리는 그 종탑이 셋이 되는 것을 보았다. 빙그르르 급회전하여 그 두 종탑의 맞은편에 자리잡으면서, 비외비크의 종탑이 뒤늦게 합쳐진 것이었다. 몇 분이 지나고 나서, 우리는 빨리 달렸는데, 그래도 세 종탑은 여전히 우리 앞쪽 멀리 있어, 벌에 내려 앉아 옴짝달싹하지 않고 햇볕에 두드러지게 나타난 세 마리의 새와 같았다. 그러다가 비외비크의 종탑이 멀어지고, 그 본디의 거리로 돌아가고, 마르탱빌의 두 종탑만이 지는 석양에 비쳐 남았는데, 그 종탑의 경사면에 석양이 미소짓고 장난치는 것이 이렇게 먼 거리에서도 나에게 보였다. 여기까지 접근하는 데 돌연, 마차가 모퉁이를 돌고 나서, 종탑 밑에 우리를 내려놓는다. 그 종탑이 마차를 향해 어찌나 난폭하게 뛰어나왔던지, 마차는 하마터면 정면 현관에 부딪칠 뻔하다가 겨우 멈췄다. 우리는 가던 길을 다시 계속해 갔다. 조금 전에 이미 우리는 마르탱빌을 떠났고, 그 마을은 잠시 동안 우리를 배웅하다가 사라졌다. 그때 홀로 지평선에 남아서 멀어져 가는 우리를 바라보고 있던 마르탱빌의 두 종탑과 비외비크의 종탑은, 석양을 받은 그 꼭대기를 고별의 표시로 흔들어 대고 있었다. 때로는 하나가 비켜서, 다른 둘에게 우리의 모습을 좀더 오래 볼 수 있게 했다. 그러나 길의 방향이 달라지자, 종탑은 셋이 다 석양빛을 받아 금빛의 굴대처럼 선회하더니 내 시야에서 사라졌다. 그러나 잠시 후, 막 콩브레 근처에 이르렀을 때, 이미 해는 서천에 지고 있었는데, 마지막으로 다시 한 번 아주 멀리 종탑들이 보였다. 그것은 이제 벌의 얇은 선 위 하늘에 그려진 세 송이의 꽃으로밖에 보이지 않았다. 그것들은 또한 이미 어둠이 내린 적막한 곳에 버려진, 전설에 나오는 세 아가씨를 생각하게 했다. 그리고 우리가 말의 구보로 멀어져 가는 동안에, 그것들이 소심하게 길을 찾으며, 우아한 실루엣을 어색하게 두어 번 머뭇머뭇하다가, 서로 다가붙자, 일렬로 겹쳐져서 미끄러지듯 뻗어, 아직 장밋빛의 하늘에, 가련하게도 단념한 듯한 단 하나의 시커먼 모습이 되어, 밤의 세계로 사라져 가는 것을 나는 보았다."

나는 그후에는 이 글을 다시 떠올려 본 적이 없었다. 하지만 나는 의사의 마부가 마르탱빌 시장에서 산 닭을 항상 보관하던 그 마부석의 구석에서 이 글을 다 썼을 때, 너무나도 행복해서, 이 글이 나를 종탑과 종탑이 그 이면에 숨기고 있던 것으로부터 해방시켜 준 것 같아서, 마치 내가 암탉이 되어 막 알을 낳기라도 한 것처럼 목청을 다해 노래를 부르기 시작했다.

— 「스완네 집 쪽으로」

이처럼 되돌아갈 수 없는 그때, 천진난만한 꿈을 간직한 그 시절은 아름답기만 하다. 유년을 다루는 대개의 예술 작품들은 종종 그 시절이 가난과 상처로 얼룩진 시간이었음에도 불구하고 아름다웠다고 회상한다. 도대체 무엇 때문에? 현재를 만족스럽게 여기는 자에게는 오늘을 있게 한 영광의 시간이요, 현재가 비참한 자에게는 오늘의 상처를 잊게 만드는 향수의 시간이기 때문이다. 그런데 여기에는 과거와 현재에 대한 하나의 태도가 전제되어 있다. 과거는 무용하다! 즉 과거는 지나가버린 시간이기 때문에 지금 이 순간에 아무런 실질적 영향력을 행사할 수 없다고 보는 논리 말이다. 논과 밭이 펼쳐진 전원이 하나의 풍경으로 아름다운 관조의 대상이 될 수 있었던 것은 기차의 발달과 직접적으로 관련이 있었다. 두꺼운 유리창과 철갑 안에서 안락하게 차창 밖을 볼 수 있었던 승객들은 거센 비바람 때문에 뿌리마저 흔들리고 있던 농작물에 대해 생각할 필요가 없었다. 이와 마찬가지로 과거란 지금 내가 아무리 해도 어찌할 수 없는 시간이라고 의식하기 때문에 그것을 편안한 마음으로 추억하면서 향수를 즐길 수 있는 것이다.

  그런데 마르셀에게 콩브레는 각별하다. 앞서 말했듯이 마르셀은 회상 속에서 콩브레를 새롭게 체험한다. 콩브레는 행복한 유년이자, 매음굴이자, 위대한 소나타의 산실이 되기도 한다. 덕분에 그는 콩브레를 떠올릴 때마다 낭만적인 신사로, 부르주아 사생활의 연구자로, 명작의 연구자로 매번 다른 인생을 체험할 수 있었다. 『잃어버린 시간을 찾아서』 전체를 통해 반복되는 콩브레는 마르셀에게 매번 다른 인생을 선물하는 역할을 한다. 바로 이 점이 콩브레가 아름다운 이유다. 마르셀에게 콩브레는 지나간 삶을 무한한 잠재력 속에서 바라볼 수 있게 하고, 현재의 생을 얼마든지 다른 방식으로 체험할 수 있다는 것을 증명해 주는 장소인 것이다.

프루스트 시대의 수많은 공상과학 소설은 미지의 세계를 탐험하기 위해 지하 속으로(쥘 베른, 『지구 속 탐험』(1864)), 바닷속으로(쥘 베른, 『해저 2만리』(1869)), 저 멀리 우주 너머(H. G. 웰스, 『타임머신』(1895))로 날아갔다. 이동 통신 기술의 발달로 사람들은 지하와 바다, 우주 같은 곳까지 생활공간을 확장할 욕망에 부풀어 있었다. 유럽의 제국주의자들은 실제로 아프리카 같은 미지의 대륙을 식민지로 만들면서 이 의지를 현실화시키기도 했다. 그러나 미지를 향한 그들의 꿈은 실상 얼마나 가혹하게 타인의 꿈을 파괴했던가! 그들과 달리 프루스트는 누구에게나 익숙한 풍경, 심지어 쓸쓸하기까지 한 시골 정경을 보면서 꿈인 듯 환영인 듯 꿈틀거리는 낯선 시간들을 느꼈다. 프루스트에게 미지의 삶, 혁신의 나날들은 저 멀리에, 아직 경험하지 못했고 알지도 못하는 텅 빈 시공간에 있지 않았다. 미지의 삶이란 한 번도 경험한 적 없는 미래가 아니라, 이미 살았고 경험했던 과거들 속에 있다. 다만 우리가 놓치고 흘리고 잃어버렸을 뿐이다. 충만한 것은 미래가 아니라 과거, 그 과거와 공존하는 현재다.

∷ 시간의 박제 장치 : 언어와 습관

마르셀은 갑자기 '잃어버린 시간' 콩브레를 되찾았다. 사건 발생 직전까지 마르셀은 아무것도 예상할 수 없었다. 여기에는 오직 마들렌 과자 한 입의 우연만이 필요했다. 이처럼 작품 속 모든 회상은 마르셀이 의도하지 않았던 순간에 시작된다. 회상을 의도하지 않았다는 점에서 이는 '무의지적 기억'이라고 할 수 있다. 마르셀은 자신에게 익숙한 과거를 재검토하는 대신에, 외부적 충격에 의해 우연히 의식의 표면 위로 솟아오르는 과거를 추적해 간다. 마르셀은 과거를 되살리는 두 개의 기억장치들을 비판하면서 자신의 회상법을 설명하는데, 그 하나는 언어이고, 다른 하나는 습관이다.

먼저 언어의 문제부터 살펴보자. 언어는 현실을 능동적으로 표현하고 해석할 수 있는 회로를 열기도 하지만, 동시에 특정한 시공간에 내포된 활발한 생명력을 화석화시키기도 한다. 언어화된 표상을 중심으로 현실이 재단되기 때문에 현재의 경험을 생생하게 감각하는 일이 방해받는 것이다. 이를 잘 보여 주는 것이 마르셀이 게르망트 공작부인을 처음 만났을 때의 에피소드다.

혼인미사 중에 갑자기 성당의 예식 담당사 한 사람이 움직이는 바람에, 코가 높고 금발인 데다 푸르고 예리한 눈에, 연보랏빛으로 반짝거리는 실크로 만든 풍성한 레이스 목도리를 두르고, 코 옆에는 작은 뾰루지가 난 귀부인이 내 눈에 들어왔다. 몹시 더워 보이는 듯한 부인의 붉은 얼굴에서 누군가가 내게 보여 주던 초상화와 비슷한, 거의 분해되어서 지각하기 힘든 그런 미세한 부분들을 알 수 있었다. 특히 내 주의를 끈 그녀의 특징을 말로 하자면 페르스피에 의사가 게르망트 공작 부인을 묘사했을 때와 같은 높은 코와 푸른 눈이라는 표현이 나타났기 때문에, '이 부인은 게르망트 부인과 닮았구나.'라는 생각이 들었다. 그런데 부인이 미사를 보던 그 작은 제단은 질베르 르 모베의 제단이었고, 그 벌집 구멍처럼 볼록한 금빛의 반듯한 묘석 밑에는 옛 브라방 백작이 잠들어 있고, 그것은 게르망트 가문의 누군가가 의식에 참석하려고 콩브레에 올 때를 위해 준비한 자리라는 이야기를 들었던 기억이 났다. 이 제단에 게르망트 부인이 오기로 한 날이었으니, 사진 속 게르망트 부인과 닮은 부인은 한 사람밖에 있을 수 없었다. 바로 이분이 그분이다! 내 실망은 너무나 컸다. 그것은 내가 게르망트 부인을 생각할 때에 그녀를 장식 융단이나 채색 유리 색깔과 함께 다른 시대 속에, 현존하는 사람들과는 전혀 다른 물질 속에 그 모습을 그려냈다는 사실을 전혀 떠올리지 못했기 때문이었다. 나는 부인의 얼굴이 붉을 수도 있고, 사즈라 부인처럼 연보랏빛 목도리를 할 수도 있다는 점을 아직까지 단 한 번도 생각해 보지 못했다.

—「스완네 집 쪽으로」

게르망트에 대해서는 콩브레의 모든 사람들로부터 전해 들어 왔을

뿐더러 '게르망트'는 학교에서 교과서를 통해 배워 왔던 프랑스 역사 속 주역들을 의미했다. 게르망트라는 가문은 샤를마뉴 시대(742~814) 이전부터 신하들의 생사를 좌지우지했으며, 게르망트 공작 부인은 주느비에브 드 브라방Geneviève de Brabant(중세 유럽의 전설 속 여인. 남편 대신에 골로라는 적으로부터 집안을 지킨 현명함으로 유명함)의 후예라는 것은 모두의 상식이었다. 게르망트라는 말은 프랑스의 위대함 그 자체를 표상했던 것이다. 이런 까닭에, 마르셀은 정작 게르망트 공작 부인을 보고서 커다란 당혹감과 실망감을 느낄 수밖에 없었다. 왜냐하면 그녀는 콩브레 어디서나 볼 수 있는 불그레한 얼굴과 평범한 뾰루지를 코 옆에 가지고 있었기 때문이다. 마르셀의 시야에서 뾰루지를 가진 현실의 공작 부인은 완전무결한 미의 화신인 자신의 표상과 맹렬히 싸운 끝에 전사하고 말았다. 기억된 표상이 승리한 것이다. 이처럼 우리의 기억은 대상에 대한 이미지와 언어들로 채워져 있고 그 언어들로 무장한 채 세상을 인식하기 때문에, 정작 감각적이고 구체적인 현실 앞에서 우리는 번번이 실망하거나 좌절하고 만다.

프루스트는 언어 중에서도 특히 이름에 주목한다. 제1권 「스완네 집 쪽으로」의 제3부는 '고장의 이름: 이름'이고, 제2권 「꽃피는 아가씨들 그늘에」의 제3부 또한 '고장의 이름: 고장'이다. 개인적인 이유에서건 집단적인 이유에서건 과거는 '지금의 나'를 설명하는 데 중요한 역할을 한다. 우리는 과거에 대한 기억이 오늘까지 연장된다고 하는 사실 때문에 어제의 '나'와 오늘의 '나'가 연속된 존재라고 생각한다. 이

때 우리의 '이름'은 과거와 현재 우리들의 동일성을 보장해 주는 장치다. 그래서 기억을 잃은 자들은 자신의 이름을 되찾기 위해 필사적으로 노력하는 것이다. 반면 마르셀은 이름의 명성과 아우라 때문에 언제나 곤란을 겪는다.

두 개의 '고장의 이름' 장은 모두 마르셀이 동경하는 장소에 대한 이야기다. 여기에서 이름들은 처음에는 낭만과 환상의 상징으로 출현한다. 예를 들면 처음에 마르셀은 발베크, 베네치아, 피렌체라는 이름에 황홀감을 느낀다. 너무나 많은 역사서, 예술서 들이 이 고장에 대해 찬미했기 때문이다. 하지만 정작 이 고장을 방문했을 때 그는 깊이 실망할 수밖에 없었다. 특히 발베크 해변에 첫발을 내딛었을 때의 충격이란! 유서 깊은 성당과 수려한 절벽이 있어야 하는 고장에는 그저 평범하고 초라한 성당 하나와 저 멀리 떨어져서 철썩거리고 있는 쓸쓸한 바닷가만이 덩그러니 있었다.

이는 비단 마르셀만의 체험은 아니다. 우리는 늘 현실 앞에 실망한다. 여행책자를 보면서 꿈꾸고, 비행기표를 사면서 상상했던 모든 것이 실제 그 장소에는 언제나, 없다. 그 어떤 책도 현실에서 내가 느낄 것을 미리 예측할 수는 없다. 언제나 현실은 우리 기대를 초월한다. 마르셀도 누군가가 그 이름에 부여한 의미나 그 이름 안에 박제된 과거를 통해 대상을 미리 경험했다. 그러나 그런 선先-체험은 현실에서 아무런 기쁨을 만들지 못했다. '오데트 드 크레시'라는 이름도 그렇다. 그것은 매춘부, 부르주아 귀부인, 공작 부인, 벨 에포크의 화신, 예술가들의 뮤즈와 같은 몇 개의 정체성을 다 품지 못한다. 이처럼 고장의 이름, 가문의 이름, 사건의 이름 들은 실은 수많은 풍경들, 수많은 역사들, 수많은 해석들 중 오직 하나의 정보만 간직한다. 마르셀은 이름이야말로 시간을 박제화시키는 장치, 기억의 무덤이라는 것을 다음과 같이 깨달을 수 있었다.

    또 다른 이유에서 이런 심상은 옳지 않았다. 왜냐하면 심상이 어쩔 수 없이 아주 단순화되었기 때문에, 다시 말하면 내 상상력이 간절히 원한 것, 그리고 내 감각이 겨우 불완전하게나마 현실적인 기쁨 없이 포착한 것을, 내가 확실하게 이름이라고 하는 은신처에 가두었기 때문이다. 그 은신처에 꿈을 쌓아 두었기 때문에, 그 이름들이 지금도 내 소망을 끌어당기고 있는 것이 분명했다. 하지만 이름들 그 자체는 그다지 넓지 않다. 기껏해야 그 안에 도시의 주요한 두세 곳의 명소를 넣을 수 있을 뿐이다.

    ―「스완네 집 쪽으로」, 제3부 '고장의 이름: 이름'

    우리는 종종 어떤 대상의 특징을 포착하기 위해 이름을 붙인다. 하지만 이름과 같은 언어 표상 때문에 어떤 대상의 수많은 특징이 단 한 개로 압축되는 것은 아닐까? 언어 때문에 그 대상이 특정한 이미지 속에 고착되어버리는 것은 아닐까? 마르셀은 언어로 고착화된 현실이 결국에는 허무감만 낳을 뿐이라는 것을 알게 된다. 마르셀이 보기에 라 베르마라는 고명高名한 여배우의 이름, 사실주의 문학이라는 문학사조의 명칭, 드레퓌스파와 반드레퓌스파라는 정치적 구별 등 모든 추상화된 언어들은 구체적인 현실을 설명하기에는 역부족이다. 결국 그는 고장의 이름과 가문의 이름의 한정성에 여러 번 실망하고 난 뒤, 언어가 보장해 주는 객관적 대상 세계를 부정하게 된다.

물론 프루스트가 언어 자체를 폐기하자고 말하는 건 아니다. 문제는 그동안 볼 수 없던 것, 식별할 수 없었고 감지할 수 없었던 것을 알 수 있게 하는 언어를 발명하는 일이다. "모든 걸작은 일종의 외국어로 쓰인다."는 프루스트의 말을 이런 맥락에서 음미해볼 수 있다. 작가는 모국어가 보장해 주는 의미의 안정성, 그 익숙함을 파괴하면서 낯설면서도 기묘하게 세계의 잠재적 차원을 드러낸다. 다시 말해, 작가는 모국어의 작동을 삐거덕거리게 만들면서 새로운 의미가 드러날 때까지 언어를 실험한다. 마르셀이 마침내 잃어버린 시간을 되찾는 길, 작가의 길을 걷기로 했을 때 그는 바로 이런 실험과 모색과의 고투를 선택했던 것이다.

이름만큼이나 강력한 시간 박제 장치는 습관이다. 마르셀이 제대로 된 글을 쓸 수 없었던 것은 재능이 없어서라기보다 일상적으로 돌아가는 사교 생활을 멈추지 못해서다. 스완 씨가 오데트의 부정을 알고도 그녀와 헤어질 수 없었던 것 역시 속으면서 지내는 일상에 길들여져서다. 습관은 모든 낯설고 신기한 것을 자신의 테두리 안에 밀어넣고 그것을 서서히 부패시킨다. 『잃어버린 시간을 찾아서』에서 습관의 최악을 보여 주는 장면은 아마도 스완이 오데트와 결혼을 결심하게 되는 순간일 것이다.

스완이 그녀를 주목하기 시작했을 때, 바꿔 말해 그녀가 '그의 취향' 에 어울리지 않았던 때가 있었다. 사실 그녀는 훨씬 뒤에도 '그의 취향' 에 맞지 않았다. 하지만 그때에도 그는 그녀를 고통스러울 정도로 매 우 사랑했다. 스완은 나중에 이 모순에 놀랐다. 하지만 한 남자의 일생 에서 '자기 취향에 안 맞는' 여자 때문에 괴로워하는 비율이 얼마나 큰 가를 고려하면, 이것은 모순이라고 할 수도 없으리라. 어쩌면 그런 고 통은 수많은 원인을 가지고 있을지 모른다. 첫째, 처음에는 상대방 여 인이 '이쪽 취향에' 안 맞아서 그녀를 좋아하지 않은 채로 오히려 상대 방이 이쪽을 짝사랑하게 내버려두다가, 그 때문에 '이쪽 취향에' 맞았 을 여자하고라면 생길 수 없었을 습관이 어느새 그에게 나타나게 되기 때문이다. 이쪽 취향에 어울리는 여인이라면 자기가 욕망의 대상이 되 었다고 여길 것이기 때문에, 말끝마다 대꾸하면서 밀회도 가끔씩만 용 인할 것이고, 이쪽 생활의 모든 시간에 자리 잡지는 않을 것이기 때문 이다. 하지만 마침내 습관이 되어버린 여인을 사랑하게 된다면, 가벼 운 말다툼이나 여행 때문에 만나지도 못하고 편지도 없이 내버려지기 라도 하면 이쪽은 하나의 연결고리는커녕 천 개의 연결고리가 끊긴 듯 할 것이다. 둘째로, 이런 습관은 감정에 기반하기 때문에 그 밑바탕에는 강한 육체적 욕망이 없다. 그러므로 만약 애정이 생긴다고 해도 정신 쪽이 훨씬 더 활발하게 움직이게 된다. 따라서 이때에는 육욕이 아니라 소설이 있다고 해야 한다. 이쪽은 '이쪽 취향에' 맞지 않는 여자들은 경계하지 않기 때문에 그녀들이 사랑하든 말든 신경쓰지 않지만, 마침내 이쪽에서 그녀들을 사랑하기 시작이라도 하면 그때는 다른 여자 때보다도 백배나 더 사랑할 뿐 아니라, 그녀들 옆에서는 욕망이 채워지는 일조차 없게 된다. 우리가 취향도 아닌 여인들 때문에 극도로 고통받는 까닭은 이런 이유 혹은 그 밖의 많은 이유 때문이지 가장 불행한 방식을 강요하는 운명 때문만은 아니다. 내 취향이 아닌 여자는 아예 위험하지 않다. 그것은 그녀가 우리에게 아무것도 원하는 바가 없고, 우리를 만족시키고 나서도 쉽게 떠나가기도 하는 등, 우리 삶 안에 눌러앉지 않기 때문이다. 또한 연애에서 위험하면서 번뇌의 근원이 되는 것은 여인이 아니라 그 여인이 매일 우리 생활에 존재한다는 사실, 그리고 그 여인의 개별적인 행동이나 움직임에 대한 호기심이다. 그것은 여인이 아니라 습관인 것이다.

— 「스완네 집 쪽으로」

스완은 오데트가 자신과는 절대로 안 맞는 비천한 신분에다가 '천박한 악덕'(매음)의 소유자라는 것을 알게 된다. 게다가 그녀는 거짓말쟁이였다. 그런데도 스완은 도무지 오데트를 떠날 수가 없다. 낮에는 그녀와 산책하고 밤에는 그녀 뒤를 캐는 생활에 길들여졌기 때문이다. 습관이 된 구애와 배반의 일상이 그를 꽉 움켜쥐고 있었기에 그는 오데트의 부정을 밝히고 헤어지느니 그녀의 거짓말을 캐는 자기 일상을 유지하는 것이 차라리 낫겠다고 생각하게 된 것이다. 결혼은 그런 일상을 유지해 줄 최선의 방편이었다.

마르셀에 따르면 우리의 꿈, 우리의 사랑, 우리의 나날들은 이런 습관의 연속이다. 습관은 우리가 자신의 사랑과 삶에 대해 진지한 질문을 던지는 길을 가로막는다. 습관은 우리의 현재를 비약이나 단절 없는 상태로 계속 안정화시킨다. 똑같은 오늘을 똑같이 반복한다니? 그것은 과거를 반복적으로 회귀하게 하는 것이다. 늘 같은 일상 속에 산다는 것은 늘 같은 과거만을 갖고 산다는 뜻이 되는 셈이다. 처음 발베크에 도착했을 때, 거기엔 그토록 마르셀을 떨리게 하던 엘리베이터가 올라가는 소리, 호텔 냅킨의 빳빳한 느낌, 객실의 서걱거리는 이불이 있었다. 그러나 여름 한철이 지나자마자 모든 것은 눅눅해지고 말았다. 마르셀은 해질녘 해변을 보면서도, 새로운 투숙객과 스쳐 지나가면서도, 전혀 긴장하지 않게 되었다. 이처럼 모든 새로움은 습관의 자력에 이끌려 신선도를 잃는다. 그런 점에서 마르셀이 베어 문 마들렌 과자 한 입은 매우 중요하다. 그것은 습관으로부터의 탈주, 즉 새로운 기억이 펼쳐지게 될 신호였다. 잃어버린 시간을 찾는 여행은 여기서 시작된다.

당대 최고의 지성이자, 빼어난 학식과 현실감각의 소유자였던 마르셀 프루스트, 그는 왜 하필 소설을 썼던 것일까? 철학, 사회학, 역사학 같은 엄정한 학문들은 모두 객관 세계를 탐구한다고 하지만, 프루스트가 보기에 그런 과학들은 수많은 시간 체험을 특정한 논리 형식 속에 박제화시키고 고착화시키면서 그것을 '객관적'이라고 포장하고 있었다. 프루스트에게는 그런 '객관적 세계'야말로 언어와 습관 때문에 잃어버린 시간 자체였다. 그래서 그는 객관을 찬미하는 세계를 떠나 있을 법한 일들로 넘쳐나는 세계, 잠재적 삶들이 부활하는 세계, 끝도 없이 펼쳐지는 이야기의 세계로 들어갔다.

∷ 감각인상과 시간의 동시성

〈세일러 문〉이나 〈시간을 달리는 소녀〉 같은 애니메이션에서 종종 주인공들이 변신을 하거나 시공간 이동을 할 때 그 순간을 극화시키면서 길고 자세하게 그려 보여 줄 때가 있다. 일정한 리듬으로 흐르던 작품 속 시간이 결정적인 장면에서 갑자기 늘어나는 것이다. 이를 단순히 만화적 상상력이라고만 치부할 수 없는 것이, 실제로 우리도 그런 식의 기이한 시간경험을 하기 때문이다. 나 자신도 어릴 때 교통사고를 당하던 순간을 잊을 수 없다. 위험을 경고한 기사 아저씨의 목소리와 클랙슨 소리가 '아주 느린 속도로', '저 멀리서' 들려왔다. '한참 뒤에' 정신을 차렸다고 생각했지만 그것은 내가 막 길바닥 위로 날아 떨어진 직후였다. 이처럼 시간이라는 것은 사건 속에서 비균질적으로 체험된다. 그런가 하면, 큰 사고를 당하거나 죽음을 목전에 둔 사람들은 종종 예기치 못한 생의 순간들이 갑자기 눈앞에 파노라마처럼 펼쳐진다고 한다. 평소에 의식하지 못한 과거의 기억들은 대체 어디에 있다가 이렇게 불쑥 나타나는 것일까? 어쩌면 과거는 재가 되어 흩어져버리는 게 아니라 어딘가에 숨겨진 채로 보존된 게 아닐까?

이와 같이, 시간이 과거에서 현재로, 다시 미래로 이어져 나가는 균질적이고 단선적인 연속이라는 상식은 일상 속에서 쉽게 깨어지기 일쑤다. 마르셀도 이 점에 주목했다. 그가 제시하는 근거는 두 가지다. 첫 번째는 시간의 동시성 체험이다. 마르셀은 우리의 현실이 무수한 시간들이 공존하기도 하는 동시성의 무대라는 것을 깨닫는다. 그계기가 바로 마들렌 과자다. 마들렌 과자는 파리의 어느 추운 저녁과 콩브레의 따사로운 오후를 현재 안에 공존하도록 만들었다. 이 동시성의 파노라마가 극대화된 또 다른 장면은 「되찾은 시간」에 나오는 '포석' 사건이다. 장년의 마르셀은 전쟁의 포화 속에서도 게르망트 가문의 '마티네'(약식의 다과 모임)에 참석한다. 저택의 안마당에서 평평하지 못한 돌부리에 걸려 넘어지는 순간, 발베크 해변의 수목들, 콩브레 마르탱빌 종탑, 마들렌 과자의 맛이 연이어 떠오른다. 포석 하나로 촉발된 시간의 동시적 윤무 속에서, 최초의 순간에는 "어쩐지 서글픈 느낌이 들어서" 충분히 음미할 수 없었던 것을 순수하고도 비구상적인 차원에서 온전히, 다시 즐길 수 있게 된다. 현재 속에 갑자기 출현하게 된 여러 과거들은 저마다의 빛깔을 간직하면서도 서로 어울려

독특한 시간의 모자이크를 펼쳐낸다.

나는 게르망트 저택 안마당으로 들어갔다. 그런데 한 대의 차가 다가오는 걸 미처 보지 못하다가, 운전사의 고함에 겨우, 서둘러, 몸을 비키고 뒤로 물러나려는 찰나, 차고 앞에 깔린 우둘투둘한 포석에 발부리를 부딪쳤다. 몸의 균형을 다잡으려고, 부딪친 포석보다 더 낮은 포석에 한쪽 발을 내딛었는데, 그 순간 지금까지의 실망감이 지극한 행복 앞에 흔적 없이 사라지고 말았다. [중략] 이제 막 맛본 행복은 마들렌을 먹었을 때 맛보던 것, 그 시절에는 그 깊은 행복의 원인이 무엇인지 밝히기를 뒷날로 미루었던 바로 그것이었다. [중략] 나는 게르망트네의 마티네조차 잊은 채로, 넘어진 발을 모양 그대로 하고 아까 느꼈던 감각을 힘들게 되찾았는데, 찬란하고 몽롱한 환상이 나를 스치면서 마치 '자네에게 힘이 있다면 지나치는 사이에 나를 붙잡도록 하게. 그리고 내가 주는 행복의 수수께끼를 풀려고 애를 좀 써 보렴.'하면서 속삭이는 듯했다. 그와 동시에 나는 깨달았다. 그것은 베네치아였다. 그것을 묘사하려고 한 내 무모한 노력도, 스냅사진처럼 찍어둔 내 기억도 지금까지 단 한마디도 베네치아에 대해 이야기해 주지 않았다. 그런데 지난날 산 마르코 성당 영세소의 우둘투둘한 두 포석 위에서 느꼈던 바로 그 감각이, 그날 그 감각과 어우러졌던 다른 감각들과 함께, 지금 베네치아를 나에게 소생시키고 있었다.

—「되찾은 시간」

까맣게 잊고 있었던 이 시간들은 대체 어디에 있다가 다시 나타난 것일까? 어떻게 포석은 이토록 장대한 시간의 동시성을 연출할 수 있는가? 마르셀이 죽음을 초월한 환희를 느꼈던 것은 일차적으로 물질적 대상들로부터 감각된 시간의 동시성 체험이었다.

인생에서 마주치게 되는 이미지들은 실상 그 순간 우리에게 갖가지 감각을 가져다 준다. 예를 들면 한때 읽었던 책의 표지를 한번 보자. 그 제목의 글자 안에는 지금은 저 멀리 사라져버린 여름밤의 달빛이 깃들어 있다. 이른 아침에 마시는 마치 엉겨 붙은 우유 같은 주름이 잡힌 하얀 크림빛 사기 찻잔에 담긴 밀크커피의 맛은, 희붐하게 밝아 오기 시작하는 어스름 속에서 종종 우리에게 미소를 보내던 그 청명한 날씨에 대한 희미한 희망을 준다. **그때 한 시간은 그냥 한 시간이 아니다. 그것은 냄새, 소리, 계획, 기후 등으로 가득 차 있는 항아리이다.**

— 「되찾은 시간」 (강조는 인용자)

시간은 무미건조한 '배경'이 아니다. 그것은 감각적 경험들로 가득 차 있다. "옛 과거에서, 인간이 죽은 뒤에, 사물이 파멸되고 난 뒤에, 그 어떤 것도 남지 않을 때에도, 홀로 냄새와 맛만은 보다 연약하게, 그런 만큼 보다 뿌리 깊게, 무형으로, 집요하게, 철저하게, 오랫동안 변함없이 영혼처럼 남아서, 거대한 추억의 건축물을, 다른 온갖 것의 폐허 위에, 떠올리게 하며, 기대하며, 희망하며, 거의 느낄 수 없는 냄새의 맛의 이슬 위에"(「스완네 집 쪽으로」) 버틴다.

그러나 우리가 기억하는 방식을 생각해 보자. 우리는 경험을 우리의 의도에 맞추어 가공한다. 회상하는 지금 이 순간의 욕망이나 조건에 따라 과거의 체험들이 새로 정렬된다. 예를 들면 마르셀은 샤를뤼스 씨와 함께 산책했던 오데트가 매춘부라는 것을 알게 되면서 과거에 그와 함께 있었던 여인들도 다 매춘부라고 추정했다. 그런데 다음번에는 샤를뤼스 씨가 쥐피앙이라는 남자 재봉사에게 구애하는 것을 보고 그의 옛 여인들은 결국 동성애를 위장하기 위한 도구라고 해석할 수밖에 없었다. 이처럼 우리가 뭔가를 기억한다는 것은 과거를 떠올리는 지금 이 위치에서 과거의 경험을 재해석하는 일이다. 결국 모든 기억은 회상하는 지금의 실용적 관점에 맞추어 변용되고, 이 변용에 가장 결정적인 역할을 하는 것이 바로 우리의 지성이다.

이와 달리, 마르셀에게 잃어버린 과거는 지성의 영역 밖에 있고, 어떤 물질적 대상 안에, 그 대상이 주는 감각 안에 숨어 있다가 갑작스럽게 펼쳐진다. 포석에 걸려 넘어진 후 마르셀은 감각인상과 시간의 동시성 관계를 깊이 생각해 보게 된다.

이로써 무의식적으로 프티트 마들렌의 맛을 느꼈던 순간에 내 자신의 죽음에 대한 불안이 갑자기 멈춘 듯 생각되었던 이유도 알 만하다. 그때의 나라는 인간은 초시간적인 존재였으므로 미래의 무상도 걱정되지 않았던 것이다. 나에게 이런 종류의 인간이 나타났던 것은 반드시 행동하지 않을 때, 직접 그것을 누리고 있지 않은 때뿐이었다. 그때마다 유추의 기적은 나를 현재로부터 탈출시켰다. 오직 이런 기적만이 나에게 지난 나날을, 잃어버린 시간을 찾게 하는 힘을 갖고 있었다. 내기억의 노력이나 지성의 노력은 그 잃어버린 시간의 탐구에 항상 실패해 왔다. [중략] 사지가 부르르 떨리는 행복감과 함께 접시에 닿는 숟가락과 수레바퀴를 두드리는 해머로부터 동시에 소리를 들었을 때, 또 게르망트네 안마당과 산 마르코 성당의 영세소에서 똑같이 우둘투둘한 돌멩이에 발부리를 채었을 때 내 몸에서 다시 태어난 그 인간은 사물의 정수를 양식 삼고, 그 정수 안에서만 삶의 실재, 삶의 기쁨을 깨닫는다. 그 인간이 현재를 살피려고 하면 감각은 그런 정수를 가져다주지 못하고, 과거를 고찰하려고 하면 지성이 그 과거를 메말린다. 미래를 기획하려고 할 때 거기에 끼어든 의지와 그 의지가 이미 골라 둔 타산적이고 인공적인 협소한 목적에 부합하는 것만을 남긴 까닭에 그 현실성을 잃게 된, 그런 현재와 과거의 부분으로 미래를 구성하려 하면 그 인간은 시들어버린다. 하지만 한때 듣거나 마셨던 소리나 냄새가, 지금 눈에 보이지는 않지만 현실적으로, 추상적이지는 않으면서도 관념적인 현재와 과거 속에 동시적으로 다시 들리거나 호흡되면, 평소에 숨어 있던 사물의 불변하는 정수는 자연스럽게 풍겨 나오고, 때로 우리의 참된 자아는 오래전에 죽고 없어진 줄 알았지만 전혀 그렇지 않았던 천상의 먹이를 받자 눈을 뜨고 생기를 띠게 된다. 시간의 세계를 초월한 한 순간이, 그 한 순간을 느끼게 하려고 우리들 속에서 시간의 세계를 초월한 인간을 재창조한 것이다.

— 「되찾은 시간」

　지성과 달리 감각은 과거를 가공하지 않는다. 감각인상은 사라진 줄 알았던 과거를 단번에 현존하게 한다. 과거의 느낌과 현재의 느낌 사이의 시차가 순식간에 사라지고, 그럼으로써 각기 다른 위상을 갖는 기억들이 오버랩된다. 이런 방식으로 감각은 각기 다른 위치에 있던 시간들을 공존하게 함으로써 시간의 동시성을 만들어낸다. 마르셀이 켈트인의 신앙을 찬미하는 까닭이 여기에 있다.

　켈트인의 신앙에 따르면 우리가 잃어버린 영혼은 어떤 열등한 동물, 즉 짐승이나 식물, 무생물 안에 깃들어 있어서, 우리가 우연히 나무 옆을 지나치거나 그 영혼이 깃든 물건을 손에 넣거나 하는 날 (이것이 많은 사람들에게 일어나지는 않지만), 그런 날까지 우리에게 완전히 잃어버려진 채로 있다. 그러다가 그날이 오면 영혼은 전율하면서 우리를 부르고, 우리가 그것을 알아보는 순간 마법은 풀린다고 한다. 우리 덕분에 해방된 이 영혼은 죽음을 정복하고 우리와 함께 다시 살게 된다.

— 「스완네 집 쪽으로」

　켈트인의 신앙에서 망자의 혼은 어떤 동물이나 식물, 심지어 무생물 등에 사로잡혀 있다. 다시 말해 물질들 속에 깃들어 있다. 생각해 보자. 우리가 잃어버린 수많은 시간들이 지금 바로 내 곁에 있는 연필이나 컵, 지난 여름에 신던 샌들 안에 간직되어 있다면? 프루스트는 마르셀을 통해 이렇게 바로 가까이에서 숨죽이며 누워 있는 시간의 존재를 깨닫는 것만으로도 자신의 일회적 삶을 포함한 훨씬 더 광대한 차원의 시간을 경험할 수 있음을 보여 주려 했다. 과거는 사라지지 않고 회귀한다. 매번 다른 방식으로, 다른 기억들과 더불어, 생생하게.

:: 연속성을 깨는 차이의 시간, 잠

단선적 시간관을 깨뜨리는 두 번째 체험은 무엇인가? 『잃어버린 시간을 찾아서』의 맨 처음은 그런 시간 체험으로 시작되었다. 그것은 바로 잠이다. 그것도 깊은 잠이 아니라 잠이 들락말락 깰락말락하는 그런 순간의 잠! 누구나가 체험하듯 이런 어렴풋한 잠에서 깼을 때 우리는 저녁을 아침으로 착각하기도 하고 일요일과 월요일을 구분하지 못하기도 한다. 갑자기 침대 위에서 벌떡 일어나 지금이 결혼하기 전인지 아닌지 헷갈리게 되고 마루에 있는 자식조차 아득하게 낯설어진다. 자기가 누군지도 모르겠고, 자신을 둘러싼 모든 것에 당황하게 된다. 마르셀이 보기에 이 모든 일은 다음의 사실을 말해 주는 것이었다. 시간의 연속성이 깨어졌다는 것, 그리고 우리가 순간이나마 완전히 다른 삶을 살았다는 것. 우리는 이 어렴풋한 잠의 세계를 통해 습관으로 촘촘히 짜인 현재의 균열을 체험하게 된다.

새벽빛 속에서 그 깊은 잠으로부터 깨어나지만 자신이 누구인지 모르고, 그 누구도 아니고, 새롭고, 무엇이든 될 수 있고, 뇌는 지금까지 살아온 그 과거라는 것이 없이 텅 비어 있다. 그런 느낌이 보다 심할 때는 깨어나기라는 착륙이 난폭하게 이루어질 때, 다시 말해 망각의 법복法服 안에 숨겨져 있는 잠의 상념들이 깨어나려고 천천히 되돌아오는 여유가 없을 때이리라. 그럴 때에 우리는 칠흑 같은 소나기 속을 통과해 나온 것 같다. (하긴 우리라고까지는 말할 수 없지만) 어쨌든 내용이 없는 하나의 '우리'라는 것이 그 어두컴컴한 소나기로부터, 상념 없이, 누워 있는 채로, 나온다. 인간이 사물과 다름없는 상태로 누워서, 그 어떤 것도 모르고, 이윽고 기억이 되돌아와서 의식이나 인격을 회복시켜 주기까지 몽롱한 상태로 있다니, 도대체 어떤 망치의 충격을 받았던 것일까? [중략] 물론 하루라고 생각했던 것이 시계를 보니 15분에 지나지 않는다는 사소한 이유 때문에 이런 것이 한 번에 불과한 일이라고 주장할 수도 있다. 그러나 15분에 지나지 않음을 확인하는 바로 그 순간, 그는 깨어난 인간이고, 깨어난 인간들의 시간 속에 들어간 그 사람은 또 하나의 시간, 잠의 시간을 버린 셈이다. 어쩌면 그것은 또 하나의 시간이라기보다 그 이상의 것인, 또 하나의 삶이라 해야겠지. 우리는 잠 속에서 누리는 기쁨을 일상 속에서 맛보는 즐거움 안에 포함시키지 않는다. 가장 속되게 육체적 즐거움에만 한정해서 말한다고 해도, 한 번 깨고 나면 다시는 그 순간(너무 시달리고 싶지 않다면)을 무한히 되풀이할 수 없는 그 즐거움을 잠자면서 맛보았기 때문에, 잠을 깨고 난 뒤에 어떤 화가 났던 적이 없는 인간이 과연 우리 중에 한 사람이라도 있을까? 그것은 재산을 잃은 것과 같은 느낌인 것이다. 즉 우리는 우리가 보내는 일상적 삶이 아닌 또 하나의 삶에서 행복을 누렸었다.

―「소돔과 고모라」 2부

19세기 이후, 시간을 24시간 체계 속에서 정량적으로 분절하는 시계의 사용이 일반화되고 전지구적 규모로 시간을 일률적으로 맞추게 되면서 많은 변화가 일어났다. 특히 사진기, 축음기, 영사기 등 시간을 특정한 물질 형태 속에 보존할 수 있는 기술이 발달하면서 과거를 하나의 객관적 실체로 대상화할 수 있게 되었는데, 이렇게 되자 과거-현재-미래는 인과적으로 구성되기 시작한다. 이제 인생에는 오직 내 과거가 결정하는 단 하나의 현재, 바로 그 현재가 만드는 단 하나의 미래만이 가능하게 된 것이다. 그래서 사람들은 인생을 다음과 같은 방식으로 설계하게 된다. 현재를 어떤 미래를 위한 준비기간으로 만들자! 나중에 가서 과거를 후회하지 않도록 철저하게 목적을 갖고 현재를 꾸려 나가야 한다! 고등학생 시절은 대학생활을 위한 예비 시간이 되고, 대학 시절은 취업이나 결혼을 위한 준비 기간이 된다. 혹시 있을지 모르는 사건사고를 대비하기 위해 보험을 들어야 하고, 서른이 넘으면 일찌감치 노후를 대비한 적금을 들어야만 한다. 프루스트는 이런 목적론적이고 준비론적인 시간관에 갇혀 늙어 가는 삶이야말로 허무하다고 생각했다.

마르셀에게 잠이란 시간의 연속성을 깨고 갑자기 침입한 또 다른 삶이었다. 자다 깬 자의 정신없는 넋두리라고 폄하되었던 서두에서 프루스트는 우리가 놓치며 사는 다른 삶의 현존을 표현하려고 했었다.

프랑수아 1세와 카를 5세의 삶, 윤회전생 중인 삶, 서적 속의 삶. 유용성의 맥락이 사라지고 지성이 휴식을 취하는 이 시간에 이 모든 것이 뒤섞여 거대한 흐름으로 소용돌이친다. 사실 이것이야말로 프루스트가 『잃어버린 시간을 찾아서』를 쓸 수 있도록 추동한 원동력이었다. 잠은 우리가 자기만의 과거에 갇혀서 사는 존재만은 아니라는 점을, 그리고 깨어 있는 의식의 시간이 전부가 아니라는 점을 분명하게 알려 준다. 우리는 경험을 넘어갈 수 없는가? 고대의 삶, 이국의 삶, 타인의 삶을 지금 이 순간에 생생히 느끼면서 살 수는 없는 것일까? 이것은 분명 어떤 계시가 아닐까? 나라는 존재는 현재를 넘어 훨씬 더 광대무변한 시간 속을 주파할 수 있는 존재라는 것을 알려 주는!

콩브레에서 마르셀은 늘 고민하곤 했다. 스완네 집 쪽으로 갈 것이냐, 게르망트 쪽으로 갈 것이냐? 그의 산책은 늘 두 길 중의 하나를 선택해야 하는 괴로움, 아쉬움을 동반했다. 하지만 오랜 시간이 지나고 나서 마르셀은 전혀 달라 보였던 두 길이 실은 이어져 있었다는 스완네 집 쪽으로 가는 산책길 가에는 지금도 아카위나무가 흐드러진다. 이 특별한 길에 관해서는 3장 마르셀과 질베르트의 첫사랑 편에서 알 수 있다.

것을 알게 된다.(「되찾은 시간」) 두 개의 갈림길은 끊임없이 자신의 가지를 뻗어 나갔으며, 가던 길은 중단되었고 없던 길은 이어졌으며 한때 포기했던 길들도 서로 만나고 있었다. 스완네 집 쪽 사람들인 오데트와 질베르트, 게르망트 쪽의 사람들인 생 루와 샤를뤼스 씨 역시여러 차례 서로 결합하고 헤어지는 와중에 신분을 바꾸기도 했고, 혈통이 뒤섞인 아이를 낳기도 했다. 다만 마르셀이 길을 걸었던 그 순간에 이 모든 길들의 간섭과 이어짐을 볼 수 없었을 뿐이다.

우리는 현재 수많은 선택을 하면서 산다. 지금 이 순간에 결정한 것이 인과를 만들면서 미래를 만들 것이라고 믿고, 포기된 것에 대해서는 어쩔 수 없는 미련과 후회를 갖는다. 하지만 우리가 택하지 않은 길은 우리의 삶에 아무런 영향을 미치지 않는 것일까? 그것은 그냥 사라져버리고 마는 것일까? 프루스트는 시간을 '흘러가버린다'고 하지 않고 '잃어버린다'고 말한다. 허무하게 흘러가버리는 것 같지만, 실은 어딘가에 숨겨져 있고 심지어는 되찾을 수도 있다는 얘기다. 그렇다면 잃어버린 시간은 어디에 있는가? 프루스트는 묻는다. 인생이란 수많은 결정적 선택들이 인과의 사슬을 만들고 있는 단선적 연속처럼 보이지만, 만약 우리가 생을 저 높은 곳 혹은 저 먼 곳에서 바라본다면 어떨까? 우리가 잃어버리면서 살아왔다고 생각한 수많은 길들이 지금 이 길과 복잡하게 연결되어 있음을 알게 될 것이다. 잃어버린 시간을 되찾는다는 것은 지나쳐버렸던 길, 그 시간을 회고하고 그리워한다는 뜻이 아니다. 우리가 경험하는 것은 오로지 현재의 이 길, 이 시간이지만, 잃어버렸다고 여겼던 수많은 삶의 가능성들이 그 현재 속에서 작용하고 있음을 깨닫는 것. 그것이 바로 시간을 '되찾는' 과정임을 뜻한다. 이와 같은 시간의 본질을 통찰할 때 비로소 우리는 현재를 보다 풍요롭게 만끽할 수 있으리라.

chapter. 03

상실의 시대 벨 에포크 : 속물들의 유토피아

"어머, 기쁘게도 소파를 칭찬해 주시는군요." 하고 베르뒤랭 부인이 대답했다.
"먼저 말씀드리지만, 이만큼 훌륭한 것을 다른 데서 보시려면 차라리 지금 단념하시는 게 좋아요.
이런 것은 만들어진 적이 없어요. 역시 작은 의자들도 감탄할 만하죠.
조금 뒤에 그걸 구경해 보세요. 청동 조각마다 있는 의장(意匠)이 의자 그림의 주제와
맞아떨어지죠. 그걸 구경하시면 마음에 드실 거예요, 보시고는 틀림없이 좋았다고 하실 거예요.

∷ 벨 에포크와 속물들의 시대

프루스트가 살았던 시대(1871~1922), 그리고 『잃어버린 시간을 찾아서』의 배경(1872~1917; 작품 속에서 1차대전은 진행 중이다)이 되는 것은 프랑스의 '벨 에포크'다. 벨 에포크la Belle Époque란 프랑스사에서 대략 19세기 말에서부터 20세기 초까지를 통칭하는 말로, 말 그대로 좋고 빛나는 시대, 가장 풍요롭고 아름다운 시기를 뜻한다. 프루스트는 프랑스 문화의 황금기였던 이 시절을 덧없다고 느꼈으며 시간을 잃어버리며 산다고 생각하면서도 작품 속에서 지나치다 싶을 정도로 상세하고 많은 분량으로 이 시절의 풍속과 인간 군상의 면면을 펼쳐보였다. 프루스트는 벨 에포크라는 시대로부터 무엇을 되찾으려고 했던 것일까?

여기 한 장의 그림이 있다. 6층 높이로 고르게 솟아 있는 건물들의 기품 있는 외관은 쭉 뻗은 대로의 깨끗함과 어울려 도시의 품격을 드높인다. 그리고 비오는 이 길을 말쑥하게 차려입은 신사숙녀들이 우산을 쓰고 걸어간다. 화가 귀스타브 카유보트는 벨 에포크를 새로 단

귀스타브 카유보트(Gustave Caillebotte), 〈파리의 거리, 비 오는 날〉, 1877

장한 대도시 파리와 정장을 차려입은 남녀의 산책으로 포착한다. 지금 우리의 눈에는 일견 진부하기도 하고 별다를 것 없는 도시의 일상이지만 작품 속에 등장하는 도시와 이런 고품격 신사숙녀의 출현이야말로 당시에는 혁신적인 사건이었다.

벨 에포크의 문화를 형성한 주역은 누구인가? 놀랍게도 그것은 몇몇 특정한 인물이 아니라, 개선문을 중심으로 파리를 정방향으로 구획하고 있는 '불르바르boulevard(大路)'였다. 말끔하게 닦인 대로 위로 마차와 사람들이 오간다. 그리고 불르바르와 함께 연출되는 도시의 일상 속에서 사람들의 시선은 정처 없이 부유한다.

불르바르의 탄생은 이렇다. 벨 에포크의 황제 나폴레옹 3세는 1853년 파리 시의 지사로 조르주–외젠 오스망(1809~1891) 남작을 임명했다. 그는 1852년 나폴레옹이 보르도에 입성할 때 군주를 축하하는 스펙터클을 연출한 경력이 있었다. 스펙터클 연출의 달인인 오스망은 꼬불꼬불 이어지고 붙어 있던 옛 도시의 낡은 거리와 집 들을 개선문을 중심으로 새롭게 구축함으로써 근대적 도시 풍경을 탄생시켰다. 구불구불 이어지던 비좁은 거리, 말들과 마차들이 뒤엉키며 혼잡했던 수도의 풍경이 사라지고 그 자리를 채운 것은 센 강과 선창의 밝고 넓은 열린 공간, 그리고 불르바르였다. 대로 위에는 북적대는 수레와 새로운 마차와 자동차 등 탈것들이 종횡무진 행렬을 이루어 움직이기 시작했고, 그 주변으로 백화점과 카페가 우후죽순으로 들어섰다. 대로는 백화점 진열대처럼 수많은 사람들, 각종 생활 장식품과 최신 유행품들을 시시각각으로 전시했다.

뿐만 아니라, 대로 덕분에 불로뉴 숲이나 몽소 공원, 탕플 광장 등 옛 거리 속에 은밀하게 숨어 있던 도심 속 여유 공간도 드나들기 쉬운 공공장소로 바뀌었고, 도시인들은 광고판을 따라 캬바레, 서커스, 음악회당, 대중 오페라장을 전전했다. 1889년 파리 만국박람회를 기념하는 에펠탑이 세워지기까지 파리는 최신 유행으로 넘쳐났으며 이 유행품의 파노라마는 세기말과 세기 초 유럽의 경제적 번영과 문화적 변화를 고스란히 보여 주었다.

거리로 쏟아져 나온 것은 각종 신제품만이 아니었다. 화려한 유행으로 몸을 휘감은 파리지앵들이 거리 곳곳을 누비고 다니기 시작했다. '불르바르 라이프'의 핵심은 유행으로 몸을 감싸고 스스로를 과시하면서 타인을 관조하는 '산책자 생활'이었다. 세탁부나 재봉사 같은 하층민부터 대귀족에 이르기까지 거리를 산책하는 것은 당시 파리지앵의 중요한 일상 중 하나였다. '누가 잘 입나? 나는 또 뭘 걸치나?' 그들에게 일상은 스펙터클이었고 자신 또한 상품처럼 전시되고 있다는 것을 의식했다. 카유보트의 두 남녀가 보고 있었던 것은 어떤 가게에 전시된 상품이거나 뭔가 새로운 것을 걸치고 나타난 또 다른 산책자였으리라. 이처럼 상품과 인간의 스펙터클이 연출되는 불르바르, 그 대로가 종횡으로 뻗어 있는 도시, 거기에 바로 '벨 에포크'가 있었다.

그러나 조금만 관점을 달리하면, 우리는 이 '아름다운 시대'의 뒷모습을 목도하게 된다.

에드가 드가(Edgar Degas), 〈콩코르드 광장〉, 1875

드가의 작품에서 고정된 시점을 찾기는 애매하다. 작품의 배경이 되는 공간은 원근법적인 깊이감을 결여하고 있다. 정물처럼 불쑥 튀어나온 두 신사는 그저 제 갈 길을 가고 있고, 형제로 보이는 두 아이와 개도 어딘가를 슬쩍 보면서 걸어가는 중이다. 파리 시내 그 어디라고 해도 무방할 것 같은 이 정경은 실력 없는 사진사가 무심하게 포착한 스냅사진 같기도 하다. 바로 이런 시선, 거리와 인물들을 무의미하게 일별하는 이 시점이야말로 파리지앵의 내면 풍경을 암시한다. 산책자들은 대도시의 거리를 관조했다. 그들의 눈빛과 몸짓은 새것에 대한 막연한 호기심과 함께 변화하는 삶에 대한 방관자적 태도를 보여 준다. 기차와 전신 같은 기술문명의 발달과 함께 파리는 분명 볼거리로 가득 찬 산책자들의 천국이 되었다. 하지만 천국의 시민들은 혁신이 두려운 듯 외투깃을 높이 세우며 거리를 어슬렁거리기만 했을 뿐이다. 1840년대까지만 해도 혁명가의 가슴을 뛰게 만들었던 이 도시는 몇 십 년 후 방관자들의 낙원으로 바뀌고 말았다.

그렇다면 아름다운 파리 시절에 대한 마르셀의 감상은 어떠했는가? 그는 스펙터클의 도시에서 가장 '핫'한 장소만을 드나들었다. 유명한 사교계의 명사들만이 드나드는 고급 클럽, 무도장, 오페라장에서 늦은 밤 친구들로 둘러싸인 그를 만나는 것은 어려운 일이 아니었다. 그러나 마르셀이 이 화려한 삶, 관조자의 낙원 한가운데에서 경험한 것은 환멸이었다.

나는 스완 부인이 거의 날마다 '아카시아' 가로수길이나 '그랑 라크'[대호수] 주변이나, '마르그리트 여왕'이라는 길을 산책한다고 들었기 때문에, 프랑수아즈를 불로뉴 숲 쪽으로 이끌었다. [중략] 모직 폴로네즈[가장자리 장식이 있는 외투 모양의 드레스]를 입고, 꿩의 깃 하나를 단 토케[챙이 좁거나 거의 없는 부인용 모자]를 머리에 얹고, 가슴에는 제비꽃 다발을 꽂고 걸어가는 스완 부인을 보았을 때, 나는 미학적 가치와 사교적인 중요성의 관점에서 산뜻함을 최우선으로 삼게 되었다. 그녀는 아카시아 길이 집으로 돌아가는 가장 가까운 길이라도 되는 듯 그런 차림과 서두르는 걸음걸이로 걸어가면서, 그녀의 실루엣을 멀리서 알아보고 인사하면서 그녀만큼 멋진 여인은 또 없을 거라고 앞다투어 말하는 마차 안 신사들에게 목례로 응답하고 있었다.

[중략] 콩스탕탱 기[프랑스 풍속화가]가 그린 그림에 있는, 날씬하고 윤곽이 선명한 억세고 날랜 두 필의 말이 끄는 '고故 보드노르Baudenord의 호랑이'를 연상케 하는 키가 작은 하인 옆에, 코사크 병사처럼 모피를 외투에 붙인 덩치 큰 마부를 태운 으리으리한 사륜마차가 천천히 나타나는 것을 보았다. (아니, 오히려 그 형체는 선명하고도 치명적인 상처를 내 가슴에 각인시켰는데) 마차는 조금 높게 설계되어 있어서 최신식 사치를 풍기면서도 옛 형태를 은근히 발휘했고, 스완 부인은 마차 뒷자석에 앉아 편히 기대어 쉬고 있었는데, 이제는 그 금발에 흰 머리카락 몇 개가 섞여 있어서 제비꽃의 얇은 띠처럼 머리에 왕관을 쓴 것 같았고, 그 아래로는 늘어진 긴 베일 속 손에는 연보랏빛 파라솔이 들

려져 있었고, 입가에는 애매모호한 미소가 어려 있었다. 나는 그 미소에서 여왕의 호의밖에는 볼 수 없었지만, 거기에는 화류계 여인의 자극적인 자태가 확실히 어리어 있었고, 그녀는 그녀에게 인사하는 사람들에게 가볍게 고개를 끄덕이며 미소를 보냈다. 그 미소는 누군가에게는 "나도 잘 기억해요, 정말 좋았어요!", 또 어떤 사람에게는 "저도 원했죠. 다만 운이 안 좋았어요."라고, 또 다른 사람에게는 "당신이 원하신다면 그렇게 하죠. 그런데 조금은 더 이 행렬을 따라가 볼게요. 그러나 가능해지는 대로 행렬에서 빠져나올게요."라고 말했다. 낯선 남자들이 지나갈 때에도 그녀는 여전히 친구를 기다리는 듯, 그 친구를 회상하는 듯 여유롭게 미소 지었는데 그 모습은 "정말 멋진 여인이로군!"이라는 말이 터져 나오게 했다.

스완 부인이 누군지 모르는 사람들조차도 뭔가 특이하고 과장된 모습 때문에 (아니, 그보다는 라 베르마가 절정의 연기를 펼치는 순간에 무지한 관중 속에서 갑자기 열정적인 갈채를 터지게 하는 그 감응적 광선의 분출 때문에) 그녀가 틀림없이 저명한 부인일 거라고 짐작했다. 그들은 저마다 '누굴까?' 하고 생각하면서 때로는 지나가는 사람에게 물어보기도 하고, 또는 그 방면을 잘 알고 있는 사람에게 자세한 이야기를 듣기위해서 그녀의 차림새를 기억해 두려고 했다. 또 어떤 산책자들은 반쯤 멈추어 서서 말하기도 했다.

"저 여자 누군지 알아? 스완 부인이야! 뭔가 생각나는 게 없어? 그럼 오데트 드 크레시는?"

"오데트 드 크레시? 그렇지, 나도 그런 줄 알았어. 저 서글픈 듯한 눈…… 하지만 이제는 그리 젊지만은 않군! 난 말야, 막-마옹Mac-Mahon 대통령이 사직하던 날 그녀와 함께 잤던 일이 생각나네."

"그런 일은 잊는 게 좋을 거야. 지금은 어엿한 스완 부인이야, 경마 클럽의 회원이자 웨일스 왕자의 친구이신 스완의 안사람이니까. 아무튼 굉장하군."

"그건 그래. 하지만 자네가 그때 저 여자를 알았더라면. 그때는 정말 예뻤지! 중국산 골동품들로 꽉 찬 아주 희한한 작은 집에 살고 있었어. 무작정 신문팔이의 소리가 들려오기도 해서 우리가 난처했던 일이 떠오르는군. 결국 저 여자가 나를 일어나게 했었지."

―「스완네 집 쪽으로」

소년 마르셀이 프랑수아즈의 손을 이끌고 불로뉴 숲으로 산책을 나온다. 늘 같은 시간에 이 숲을 산책하는 한 여인을 보기 위해서다. 그녀는 모직 폴로네즈를 입고 메꿩 깃 하나로 장식한 챙 없는 부인용 모자를 머리에 얹고서 천천히 숲 안에 나타난다. 숲 여기저기서 그녀를 보기 위

해 신사들과 부인들이 걸음을 멈췄고, 그중 몇몇은 모자를 벗고 가볍게 묵례를 건넨다. 이 여인을 보기 위해서 길을 나선 사람은 마르셀뿐만이 아니었던 것이다. 더할 나위 없이 상냥한 그녀의 미소가 한낮의 햇살처럼 공원에 퍼진다. 귀부인의 일상적 귀가 풍경이다. 그리고 이는 사실, 보고 보이기 위한 산책이었다. 이 부인은 같은 시간 같은 장소에서 최신 유행품과 명사들에 둘러싸인다. 그녀는 자신이 미처 몰랐던 또 다른 유행품을 살피고 여전히 자신이 건재함을 과시하려고 하며, 사람들이 자신을 보기 위해 거리를 나섰다는 것을 누구보다도 잘 알고 있다. 산책자들 역시 마찬가지다. 일차적으로는 그녀를 보면서 '셀럽celeb'(유명인사를 뜻하는 celebrity)의 라이프스타일을 체크하고, 이차적으로는 또 다른 산책자들에게 자신의 센스가 그리 뒤처지지 않음을 적당히 과시해야 한다.

마르셀과 불로뉴 숲 산책자들이 그토록 선망하던 그녀, 바로 매춘부 오데트 드 크레시다. 지금 그녀는 완벽하게 자신의 신분을 세탁했다. 최고의 부르주아이자 사교클럽의 핵심 멤버이자, 영국 웨일스 왕자와도 친분이 있는 스완의 아내. 마르셀과 산책자들은 그녀의 화려함에 매혹되었고, 그녀의 욕망을 욕망했다. 스펙터클의 시대를 관통한 것은 바로 이 욕망이었다.

위 인용문의 배경은 새롭게 공원으로 조성된 불로뉴 숲Bois de Boulogne이다. 한때 왕가의 사냥터였던 이곳을 이제 오데트 같은 여인들이 걷는다. 그녀는 마치 마부에서부터 대부르주아 스완에 이르기까지 세상 온갖 남자들이 자신을 욕망했다는 것을 자랑하듯, 자신의 모든 것을 전시한다. 이런 오데트의 태도는 무엇을 말하는가? 마부나 스완이 사실 별 차이가 없다는 것, 누구나 할 수만 있다면, 돈만 있다면 그녀를 차지할 수 있었다는 것. 이 화려한 파리의 거리를 수놓았던 갖가지 상품들, 그 핵심은 사람이었고, 화려한 유행으로 온몸을 감싼 여인이야말로 재력가와 명망가에게는 얼마든지 돈과 교환할 수 있는 과시적 사치품이었다. 충분히 짐작하겠지만 스완은 오데트의 첫 남자도 마지막 남자도 아니었다. 그녀는 스완을 통해 부르주아라는 신분을 획득하고, 스완이 죽자마자 포르슈빌이라는 남작과 재혼함으로써 일약 귀족으로 승격하게 된다.

거리의 파리지앵들은 오데트가 애인들을 바꾸어 가면서 신분을 높였다는 사실을 잘 알고 '뒷담화'를 했지만, 그녀에 대한 부러움을 감출 수 없었다. 한낱 창부에 불과했던 여인이 고급 마차를 타고 불로뉴 숲을 산책한다는 것은 경멸해야 할 일이 아니라 본받아야 할 사항이었던 것이다. '나도 오데트처럼 성공하고 싶다!' '할 수만 있다면 매춘을 해서라도 신분을 높이고 싶다!' 불로뉴 숲 곳곳에서 터져 나오던 감탄사의 의미는 바로 이것이었다. 그러나 다시 한 번 말하지만 이들은 산책자였을 뿐이다. 그저 언젠가는 오데트처럼 될 거라는 기대 속에서 이들은 하릴없이 도심 속을 배회했다. 산책자, 그들의 또 다른 이름은 '속물'이었다.

22. PARIS — Allée des Acacias   C. L. C.

공간에 포섭됨으로써 시간은 비로소 존재하게 된다. 조르주 외젠 오스망 남작의 파리 대개발은 좁다란 골목들을 철거하여 도로를 확장하면서 동시에 혁명의 도시 파리의 불온한 에너지까지도 말끔하게 제거하는 데 성공한다. 골목들을 점령하고 솟아오르는 바리케이드 없이 프랑스 혁명을 말할 수 있겠는가. 그렇게 탄생한 '블르바르'와 함께 '아름다운 시절'이 열렸다. 왕족의 사냥터이자 산책지였던 블로뉴 숲(아래 사진)이 근대적인 공공장소도 탈바꿈한 데도 블르바르의 공이 크다.

:: 우울한 부르주아로 살 것인가, 고독한 작가가 될 것인가

> 이것이 인생의 십자로야. 젊은이, 선택을 해야 해. 자네는 이미 선택한 것이
> 나 다름없어. 자네는 보세앙의 집에서 사치의 냄새를 이미 맡았잖나. 고리오
> 영감의 딸 레스토 부인의 집에서는 파리 여인의 냄새를 맡았어. 그날 자네는
> 내가 알아볼 수 있는 단어 하나를 이마에 적어서 돌아왔다네. 그 단어란 바
> 로 '출세'지! 반드시 출세해야만 한다는 뜻이었네.
>
> — 발자크, 『고리오 영감』

벨 에포크의 파리지앵들이 가장 좋아한 문학 장르는 입신출세담이
었다. 발자크의 『고리오 영감』에 나오는 라스티냐크처럼 가난한 시골
출신의 똑똑한 청년이 꿈을 찾아 상경해서 갖가지 간난신고를 겪은
끝에 명성을 얻고 도시의 주인으로 우뚝 서는 이야기들 말이다. 프랑
스 전역의 수많은 청춘남녀들은 도심 외곽의 공동묘지에서 불야성처
럼 환한 시내를 노려보며 "파리여, 이제부터 너와 나의 대결이다!"라
고 선포하는 라스티냐크의 욕망을 키워 나갔다. 그들은 라스티냐크
처럼 파리로 향하는 기차에 올랐고, 고급 살롱을 군림하는 자신의 미
래를 상상하곤 했다. 파리와 나의 대결, 사회와 개인의 투쟁! 이것이
1789년 프랑스 혁명이 선물한 만민평등 사회의 드라마였다. 이 투쟁
의 성패에 따라 입신하느냐 퇴락하느냐가 결정되었고 인생에 대한 평
가도 나뉘었다. 그러나 안타깝게도 서사의 승자는 늘 파리이고 사회

였다. 파리는 자신의 주인을 끊임없이 바꾸면서 위세 등등하게 명성을 높여 갔다. 누구도 파리를 영원히 정복할 수는 없었다.

바로 이런 시절에 마르셀은 돌연 과거로 떠나는 여행을 감행한다. 마르셀은 사회와 개인의 투쟁에는 전혀 관심이 없으며, 자신의 과거를 극복하거나 뛰어넘어야 할 어떤 단계라고 보지도 않는다. 또 라스티냐크의 모험이 파리 정복으로 끝나는 것과 달리 그의 시간여행은 무한한 궤도를 그리면서 계속된다. 어째서 마르셀은 이런 모험을 감행한단 말인가?

마르셀은 부르주아 출신이다. 부르주아란, 앞에서 살펴본 〈파리의 거리, 비오는 날〉과 〈콩코르드 광장〉의 주인공들처럼 스펙터클의 도시, 근대문화의 박람회장이었던 19세기 파리의 실세다. 원래 부르주아라는 말은 귀족이나 하층민이 아닌 사람들, 다시 말해 세습된 직위도 없을 뿐만 아니라 누구에게 예속되지도 않은 사회의 중간계급을 뜻했다. 그러나 1789년 프랑스 혁명 이후에 이들은 신흥 산업자본가로 거듭났고 귀족들의 전통을 자기식으로 흡수하고 새로운 문화적 취향을 가미해 그들만의 고유한 생활양식을 구축했다. 이들은 가문의 유산에 기대지 않고 자신의 재능을 통해 부와 권력을 축적함으로써 사회의 핵심적 위치를 차지했다. 그런데 부르주아식 출세주의가 만연해 가던 벨 에포크에는 이런 출세지향적 재능이 매춘이어도 상관없었다. 무슨 수를 써서라도 높이 더 높이! 여기에는 그 어떤 의심이나 회의도 있어선 안 된다.

마르셀의 부모는 변변치 못한 재산을 가진 부르주아였지만 그의 부친이 이제 막 외교관으로 이름을 날리기 시작한 터라 사교계에서 서서히 이들 가족을 알아보기 시작했다. 게다가 마르셀은 친척 레오니 아주머니로부터 막대한 유산을 상속받았다. 하지만 조금 더 높은 지위의 명성을 얻기만 한다면 상류사회에서 확실하게 자리매김할 수 있을 것이다. 그런데 마르셀은 돌연 작가가 되기로 결심했던 것이다. 그리고 그때부터 내내 방 안에 틀어박혀 회상과 글쓰기에만 달려든다. 회상? 되돌아본다고? 모두가 앞으로 내달리던 시대에 마르셀은 혼자 뒤로 되돌아간다. 왜인가?

내 취침의 비극과 그 무대, 그 밖의 것이 하나도 콩브레에 남게 되지 않게 된 뒤 오랜 시간이 흐른 어느 겨울, 내가 귀가하자마자 어머니가 추위에 떠는 나를 보고 평소 습관과 달리 차를 조금 드는 게 어떻겠냐고 권하신 적이 있었다. 나는 처음에는 거절했다가, 무슨 이유에선지 생각을 바꾸어 차를 마시기로 했다. 어머니는 과자를 가지고 오게 하셨다. 가느다랗게 홈이 난 가리비 틀에 흘려 넣어 구운 듯한, 작고 통통한, 프티트 마들렌이라고 하는 과자였다. 그리고 곧이어 나는 어두컴컴한 오늘 하루와 침울한 내일에 대한 예상 때문에 기운이 꺾인 채로 차 한 숟가락을 기계적으로 입술로 가져갔다. 그런데 과자 조각이 섞여 있는 한 모금의 차가 입천장에 닿자마자 나는 전율했다, 내 몸 안에서 이상한 일이 일어나고 있음을 깨달았는데, 어떻게 형용할 수가 없는 달콤한 행복감이, 홀로, 어디에서인지 모르게 솟아나와 나를 휩쓸고 있었다. 그 행복감은 나를 사랑의 작용처럼 귀한 정수로 채우고, 그 즉시 나에게 삶의 허무함을 상관하지 않게 하고, 삶의 재앙을 해롭지 않은 것으로 여기게 하고, 삶의 짧음을 착각으로 여기게 했다. 아니다. 그 정수는 내 몸속에 있지 않았고 차라리 내 자신이라고 해야 했다. 나는 나 스스로를 평범하고, 우연적이고, 죽음을 피할 수 없는 존재라고는 느끼지 않게 되었다.

—「스완네 집 쪽으로」

마르셀은 추위에 몸을 떨면서 집으로 들어왔고 '우중충한 오늘' 하루와 '음산한 내일'의 반복에 지칠 대로 지쳐 있었다. 그런 그에게 충만한 행복을 선사한 것, 고작 마들렌과 한 모금의 차였다. 벨 에포크의 부르주아들은 막대한 명품 소비를 통해 자신의 부와 지위를 입증해야 했다. 나의 개성과 가치는 내가 두른 옷과 가방, 타고 다니는 차와 살고 있는 집이 결정한다. 그러나 명품에 둘러싸여 남들이 우러러보는 지위를 동경하는 출세지향의 삶이란 결국 끊임없이 타인의 욕망을 내 것으로 삼는 삶에 지나지 않는다. 그러나 타인의 시선으로 자기 내면을 채울 수는 없으며 기성품으로 자신의 개성을 표현할 수도 없다. 그래서 부르주아들은 우울했다. 물건을 소비하는 것으로 자신의 존재감을 확인하다 보니 공허해졌고 늪과 같은 권태에 빠져 들어갔다. 마르셀 역시 그런 부르주아적 삶 속에서 우울을 경험했고 과거를 반복하는 현재 속에서 지칠 대로 지쳐 있었던 것이다.

스완 같은 대부르주아 역시 우울을 피할 수 없었다. 스완은 아버지가 유대인 증권업으로 그러모은 부를 오직 자신의 교양을 다지는 데 바쳤는데, 그의 사치품은 보티첼리의 그림이나 모차르트의 악보 같은 고가의 예술작품이어서 웬만한 부르주아들은 쉽사리 흉내낼 수조차 없었다. 물론 스완도 어렴풋이 느끼고 있었다. 보티첼리도 모차르트도 자신을 구제할 수 없다는 것을. 그래서 그는 예술품 대신에 쉽게 접할 수 없는 여자들을 찾아다니기 시작했다. 하녀, 그리고 거리의 여자. 스완이 오데트라는 매춘부에게 빠져들게 된 것은 그녀가 마치 '신상품'처럼 보였기 때문이었다. 스완은 자신의 우울을 끝없는 소비로 대체하면서 하루하루 연명했다. 돈은 많았고, 거리에는 명화나 오페라 감상, 매춘부와의 밀회 등 누릴 수 있는 쾌락이 날마다 쏟아져 나오고 있었으니까.

한 악절에 이런 애착을 품음으로써 스완의 몸속에는 젊어질 수 있는 어떤 가능성이 열린 것 같았다. 오래전부터 그는 자신의 삶을 이상적인 목표에 맞추기를 단념하고, 대신 일상적인 만족을 구하고 있었다. 확실히 그렇다고 마음속으로 말한 적은 없었지만 죽을 때까지 그런 삶이 변하지는 않을 거라고 생각하고 있었다. 또 정신이 고상한 사상을 품지 않게 되면서부터는 그런 고상한 사상이 실제로 있다고 믿지 않은 지도 오래되었다. 그러면서도 그 사상의 실재를 전적으로 부정하지는 못했다. 따라서 그는 시시하고, 사물의 본질에는 계속 무관심할 수 있는 사상 속에 도피하는 습관이 들어버렸다. [중략] 그는 이야기 중에는 사물에 관한 진심을 절대로 표현하지 않았고, 오히려 그 자체만으로도 가치가 있어서 자신의 고유한 판단 기준을 드러내지 않아도 되는 어떤 구체적인 이야기에만 열을 올렸다. 요리 만드는 법, 어느 화가의 생년월일 또는 사망 연월일, 그 화가의 작품 목록 따위에 대단히 박식했던 것이다. 그래도 가끔은 어쩔 수 없이 작품이나 어떤 인생관에 대해 자기 의견을 내지 않을 수 없었는데, 그때에는 자신의 말에 별로 중요하지는 않다는 듯 은근히 자기 말을 비꼬았다.

—「스완네 집 쪽으로」

마르셀은 사물의 본질에 계속 무관심하게 있을 수 있는 하찮은 사상 속으로 몸을 피하곤 하는 스완식 우울퇴치법에 만족할 수 없었다. 그는 출구 없이 꽉 막힌 우울의 세계가 견딜 수 없을 정도로 자신을 얼어붙게 한다는 것을 의식했고, 매순간 속물적 삶이 주는 환멸감에 지쳐 가고 있었다. 어쩌면 벨 에포크에 질식당해 죽기 직전이었을지도 모른다. 그랬기 때문에 비교할 수 없이 독특한 행복감을 느끼자마자 안간힘을 다해 그 기쁨의 끈을 붙잡게 된 것이 아닐까? 마들렌 과자 한 입을 맛보게 된 것은 분명 우연이었다. 그러나 그 우연을 그토록 강하게 움켜쥘 수 있었던 것은 그가 부르주아적 삶의 허위를 더할 나위 없이 민감하게 받아들이고 있었기 때문이다. 그런 의미에서 작가가 되겠다는 돌연한 결심은 필연이었다. 우울이냐 고독이냐? 마르셀에게 이것은 공허한 삶을 살 것인가, 충만한 삶을 살 것인가에 대한 결단이었다. 그러나 작가가 되기 위해선 아직 갈 길이 멀다.

나는 도대체 그런 알 수 없는 상태가 무엇인지, 아무런 논리적 증거를 댈 순 없지만 온갖 잡념들이 그 앞에서 사라지는 그 확실한 행복감과 실존감, 그 미지의 상태가 무엇인지를 나 자신에게 물어보기 시작한다. 그것을 다시 나타나게 하려고 애쓴다. [중략] 나는 정신에게 노력을 더 하라고, 도망쳐 가는 감각을 다시 한 번 붙잡아 데려오라고 요구한다. 정신은 감각을 다시 붙잡으려고 애쓰고, 이런 정신의 노력이 깨지지 않도록 나는 모든 장애물과 온갖 잡념을 떨쳐내면서 옆방에서 들리는 소음에 귀를 막고 주의를 기울이지 않으려고 한다. 그러나 노력한 보람도 없이 정신이 피로만을 느끼자 이번에는 반대로, 정신에게 지금까지 금지시켰던 휴식을 하게 해서 다른 것을 떠올리게 하고, 최후의 시도 앞에 기운을 차리도록 요구한다. 그런 다음 두 번째로 나는 정신 앞에서 모든 것을 비우고, 아직도 생생한 그 첫 번째 모금의 맛을 정신 앞에 대면시킨다. 그러자 내 안에서 깊은 심연에 빠져 있던 닻처럼 끌어올려지기를 기다리고 있던 무엇이 천천히 움직인다. 나는 그것의 저항을 느끼며, 그것이 올라오는 거대한 공간의 울림을 듣는다.

— 「스완네 집 쪽으로」

마르셀은 몇 번이고 처음 마들렌 과자를 입에 대던 순간을 다시 떠올려 보고, 온갖 잡념을 떨쳐버리도록 애쓴 끝에 마침내 뭔가가 천천히 올라오는 소리를 들을 수 있었다. 그것은 바로 자기 인생이 품고 있는 어떤 진실이었다. 그러나 그것을 더 구체적으로 파악하기 위해서는 고도의 집중력과 직관이 필요했다. 여기에 더해 열 번도 넘게 자기 정신을 향한 자맥질을 반복할 수 있는 배짱과 근력 또한 필요했다. 자기 자신을 탐구하기 위해 마르셀은 자신이 허무하다고 생각한 그 삶 속으로 되돌아가야 했다. 지독했던 우울과 권태 속에서 자기 인생을 다시 읽어 나가야만 한다. 시대의 허위인 동시에 자신의 허영을 대면해야 하고 인정하고 싶지 않은 비겁한 욕망마저 꿰뚫어보아야만 한다. 이제부터 맛보게 될 것은 답답함, 한심함, 수치스러움이 될는지도 모른다. 이 회상 작업은 분명 매순간 마음의 동요를 견뎌야 하는 고독하고 고통스러운 여로일 수밖에 없을 것이다. 그러나 허무함 속에서 늙어 가기보다는 차라리 인생이 이토록 허무한 까닭을 파헤쳐 보는 것이 더 낫다. 마르셀은 더 이상 망설이지 않았다. 그는 마들렌이 선사한 기쁨 속에 진정한 자기구원이 있다고 생각했다. 비록 그 길이 고독한 고투의 과정일지라도!

유복한 부르주아였던 프루스트 역시 생의 전반기는 남부러울 것 없는 부르주아였다. 그러나 본격적으로 작가의 길을 걷기 시작하면서부터는 재산증식이나 지위상승을 위한 어떤 노력도 하지 않고 오로지 집필에만 전념했다. 고가의 서적이나 미술품을 그러모으는 취미,

부르주아식 상품 여행, 교양의 전시장에 불과한 박물관 등을 혐오했으며 오직 자신을 둘러싼 '벨 에포크' 자체를 하나의 텍스트 삼아 열심히 읽으면서 글을 써 나갔다. 덕분에 그는 점점 더 가난해졌고 마지막에는 엄청나게 쌓여 있는 교정 원고들 속에서 생을 마감했다. 최후의 순간까지 그의 곁을 지켜 준 것은 펜 하나였을 뿐. 그러나 벨 에포크의 잃어버린 시간은 바로 그의 펜으로부터 화려하게 되살아났다.

:: 부르주아 살롱의 장식품 :
   럭셔리 소파, 전위 예술가, 좌파 지식인

『잃어버린 시간을 찾아서』의 핵심 인물들은 시대의 최상류층들이다. 프루스트는 이들의 활동 무대인 살롱을 중심으로 벨 에포크를 그려냈다. 작품 속에는 급부상하는 부르주아의 살롱에서부터 프랑스 최고 가문의 살롱에 이르기까지 최고급 사교계 문화의 여러 결들이 지루하리만치 장황하게 펼쳐진다. 살롱이란 무엇인가? 지금 우리에게는 좀 낯간지러운 단어지만, 요즘말로 번역하자면 고급 사교클럽쯤 된다. 원래 서양 상류층의 응접실을 지칭하던 것이 그 응접실 안에서 일어나는 사교문화 전체를 지칭하게 되었다. 프랑스 살롱은 이탈리아 르네상스 문물이 유입되면서부터 시작된 것으로, 새로운 문물을 수입하고 프랑스식으로 수용하는 장소였고, 때문에 막대한 권력과 부를 가진 귀족가문의 전유물이었다. 하지만 혁명 이후에 금융자본으로 성장한 재력가들, 신흥 기술산업을 통해 지위가 격상된 산업자본가들은 막대한 돈으로 자신들만의 살롱을 꾸며 나갔다.

전통적으로 살롱문화의 핵심은 새로운 지식을 논평하고 토론하는 것이었다. 아이러니하게도, 프랑스 혁명의 기운을 고조시킨 것은 대귀족의 살롱이었다. 혁명 이후, 사람을 초대하고 차와 과자, 각종 음식을 나누는 방법까지 격식화시켰던 살롱의 에티켓은 중요한 사교 관례로 자리잡게 되었다. 이 사교 문법을 관장한 것은 살롱의 안주인들이었고 그녀들의 막강한 영향 아래 명사들이 누군가의 재능을 시험하고 관리하는 것도 하나의 문화가 되었다. 때문에 살롱의 인사들은 음악을 듣고 예술품을 감상하는 사적 취미생활을 나누는 한편, 인맥을 통해 외교관의 부임지를 바꾸고 젊은 군인의 계급을 올려 주는 등 정치적으로도 큰 영향력을 행사했으며, 유수의 살롱들은 신진 예술가를 발굴하고 새로운 문학사조를 탄생시켰다. 이런 전반적인 살롱문화 때문에 혁명 이후에 살롱은 명망을 얻고자 하는 출세지향자들이 반드시 거쳐야 하는 입신출세의 무대가 되었다. 『고리오 영감』의 라스티냐크가 파리에서 가장 먼저 시도한 것도 누이의 저금통을 털어 마련한 최신 연미복을 입고 사교계에 연줄을 대기 위해 발버둥을 친 일이었다. 라스티냐크에게는 좀더 낮은 살롱에서 좀더 높은 살롱으로 나아가는 것, 그것이 바로 '출세'였다.

우리의 마르셀도 마찬가지였다. 그는 스스로 문학적 재능이 없다고 판단하고, 차라리 유명한 예술가들과 명사들 속에서 예술을 향유하면서 사는 삶을 동경했다. 그가 스완이나 게르망트 공작 부인에게 강하게 매료되었던 것도 이 때문이다. 그는 콩브레 시절 이웃이던 스완 덕분에 스완 부인, 즉 오데트의 부르주아 살롱을 드나들기 시작하다가(「스완네 집 쪽으로」 제3부와 「꽃피는 아가씨들 그늘에」) 점차로 게르망트 가문의 여러 살롱들, 예를 들면 빌파리지 후작 부인(「게르망트 쪽」), 마르상트 후작 부인(「게르망트 쪽」), 그리고 마침내는 그토록 동경하던 게르망트 공작 부인의 살롱(「소돔과 고모라」)으로 나아가는 모범적인 성공 수순을 밟는다. 하지만 그 어떤 살롱도 그를 만족시킬 수 없었고 살롱의 급이 높아질 때마다 환멸감은 더해 갔다. 마르셀의 '찾기'는 이 환멸의 근원을 직시하고 그것을 뚫고 나가려는 시도였다. 그 환멸의 실체를 들여다보자.

"어머, 기쁘게도 소파를 칭찬해 주시는군요." 하고 베르뒤랭 부인이 대답했다. "먼저 말씀드리지만, 이만큼 훌륭한 것을 다른 데서 보시려면 차라리 지금 단념하시는 게 좋아요. 이런 것은 만들어진 적이 없어요. 역시 작은 의자들도 감탄할 만하죠. 조금 뒤에 그걸 구경해 보세요. 청동 조각마다 있는 의장意匠이 의자 그림의 주제와 맞아떨어지죠.

아니세 샤를 가브리엘 르모니에(Anicet Charles Gabriel Lemonnier), 〈마담 조프랭의 살롱〉, 1812

18세기 중반 파리의 살롱문화에 혁신을 일으킨 조프랭 부인의 살롱에서 문학 낭독회가 열리고 있다. 그녀 역시 신흥 부르주아 집안 출신이었다. 주로 귀족체급의 여가 모임으로 운영되던 살롱을 그녀는 철학과 문학, 예술을 토론하고 탐구하는 지성의 산실로 전환시켜 계몽적 지식인을 배출한 것으로 유명하다. 대략 1871년을 기점으로 시작된 벨 에포크에 이르러 살롱은 대중지성의 장으로서 가졌던 생기를 거의 잃고 있었다.

그걸 구경하시면 마음에 드실 거예요, 보시고는 틀림없이 좋았다고 하실 거예요. 그건 그렇고, 자아 보셔요. 이 가장자리 장식, 붉은 바탕 위에 그린 「곰과 포도」[라 퐁텐 우화의 하나]의 작은 포도나무. 잘 그려졌죠? 어떻게 생각하세요. 나는 예술가의 손이 그린 것이라 역시 다르구나 싶어요! 이 포도가 꽤 맛나게 보이시죠? 바깥양반은 내가 그이보다 덜 먹기 때문에 과일을 좋아하지 않는다고 주장하죠. 하지만 안 그래요. 난 누구보다도 더 먹보지만 눈으로 과일을 즐기고 있기 때문에 입안에 넣을 필요가 없는 거예요. 아니, 왜들 웃으시죠? 그럼 코타르 선생님에게 물어보세요. 이 포도가 내 뱃속을 깨끗이 해준다고 말할 거예요. 치료를 위해 퐁텐블로 약수터에 가는 분도 있지만, 나는 이 보베 Beauvais[장식 융단 제조로 이름난 고장] 융단을 보면서 치료하죠. 어쨌든 스완 씨, 나가시기 전에 반드시 등의 작은 청동 조각을 만져 보세요. 고상하고 우아한 듯 부드러운 촉감이 아닐까요? 아니, 그렇게는 말고, 손 안에 가득 잘 골고루 만지셔야죠."

— 「스완네 집 쪽으로」

베르뒤랭의 살롱에 들어서는 자는 누구라도 감탄할 수밖에 없다. 이곳에는 갖가지 명품들, 아무나 쉽게 접할 수 없는 '잇 아이템들'이 거실과 복도에 차고 넘치기 때문이다. 마담 베르뒤랭은 누구인가? 지방 부르주아 출신인 그녀는 파리의 신흥 부촌에 자신의 둥지를 틀고 좀 쓸 만한 인재들을 끌어 모으는 것을 주된 사업으로 삼았다. 그녀는 클래식한 것은 구닥다리라고 멸시했고 좀 특이한 음악과 문학을 수집하는 데 혈안이 되어 있었다. 그녀의 살롱에는 유명하지는 않지만 재기발랄한 젊은이들, 막 입지를 다지기 시작한 의사나 하류 귀족들이 드나들었고, 새로운 것을 향한 이 부인의 강박증 덕분에 부인은 이들 속에서 기존의 귀족문화가 전혀 감지할 수 없었던 독창적인 예술가들와 지식인들을 발굴할 수 있었다. 스완도 그랬지만 마담 베르뒤랭에게는 새로운 주제와 스타일을 선보이는 예술작품과 예술가, 서적과 사상가야말로 시시껄렁한 하류 부르주아들이 감히 넘볼 수 없었던 사치품이자 대귀족들조차 따라잡을 수 없는 '최신상'이었다.

이들 중에서 벨 에포크를 상징하는 최고의 예술가들이 배출되는데, 그들이 바로 음악가 뱅퇴유, 화가 엘스티르, 소설가 베르고트다. 살롱에서 때로는 천덕꾸러기로, 때로는 어리석은 아첨꾼으로 베르뒤랭 부인에게 잘 보이기 위해 애쓰던 이들. 비슈(암사슴이란 뜻) 화백으로 이름날렸던 엘스티르는 얼마나 자주 베르뒤랭 부인에게 아첨했던가? "안 그렇습니까? 안 그렇습니까?" 나중에는 회화의 혁신자로 평가받게 되지만, 초창기 시절 그도 부르주아 살롱을 드나드는 출세주의자에 지나지 않았다. 그럴 수밖에 없던 것이 베르뒤랭 부인은 엘스티르의 그림을 자신의 살롱에서 전시할 수 있게 도왔고 별다른 수입이 없던 그에게 후원을 아끼지 않았기 때문이다. 실제로 19세기를 선도했던 뛰어난 화가와 음악가, 작가 다수가 바로 이런 부르주아의 살롱에서 배출되었다. 이제 막 부를 소유했으나 전통의 부재 속에서 정신적 결핍에 허덕이던 부르주아! 자신의 텅 빈 내면을 채우기 위해 베르뒤랭 부인이 음악가 뱅퇴유 씨를 발굴하듯, 당대의 부르주아들은 니콜로 파가니니, 프란츠 리스트 등을 찾아냈던 것이다. 세잔의 혁명적인 진가를 처음으로 발견한 사람들도 부르주아 미술 애호가들이었다.

하지만 부르주아들의 예술 애호는 신진 예술가들과 식도락 기행을 떠나는 것 이상으로 발전되지 못했다. 베르뒤랭 부인이 이들 예술가들에게 주목한 것은 오직 그들이 '새롭기' 때문이다. 베르뒤랭 사람들은 단 한 번도 그 새로움을 이해하려고 애쓰지 않았다. 따라서 그들은 새로운 예술가들을 발굴할 수는 있었으나 예술작품을 온전히 향유할 수도, 그 자신을 예술가로 만들 수도 없었다.

스완이 자기가 좋아하는 이 악절에 대해 한두 개의 짧은 평가를 내리기라도 하면, 베르뒤랭 부인은 "아, 재미는 있어요. 그런데 잘 모르겠네요. 저는 말이죠, 바늘구멍을 쑤시듯 파고들거나 바늘 끝을 비교하는 데 심취하는 것은 아주 안 좋아해요. 여기는 머리카락 세듯이 면밀히 따지면서 시간을 낭비하는 분은 아무도 안 계시죠. 이 집에 맞는 취향이 아니에요." 하고 대답했다. 의사 코타르는 이렇게 번드르르한 표현 한복판에서 자유자재로 노는 부인을 신심을 다한 감탄과 학구적인 열의를 갖고 멍하니 바라보고 있었다. 그리고 의사 코타르의 부인도, 어떤 서민층 사람들이 갖고 있는 일종의 분별심을 발휘해서 자기 의견을 말하거나 어느 음악에 감탄하는 듯이 구는 태도를 삼갔지만, 이들

폴 세잔(Paul Cézanne), 〈정물〉, 1877~1879

르네상스의 발명품인 '원근법'은 20세기에 이르러 도전받았다. 세잔은 정물화를 비롯하여 '생빅투아르 산' 같은 풍경화를 통해 복수의 시점을 한데 표현함으로써, 평면에 3차원을 구현하려고 노력해 온 전통에서 탈피한 최초의 화가가 되었다.

은 집에 돌아오자마자 '비슈 화백'의 그림처럼 음악을 전혀 이해할 수 없겠노라고 서로 털어놓고 말했다. 창조적인 예술가는 예술에서 진부한 것을 벗어던지는 것부터 시작하지만, 본디 대중은 서서히 익숙해진 진부한 예술 작품으로부터 얻은 것 외에는 자연의 아름다움이나 풍미와 풍모를 알 수가 없으니, 그런 점에서 대중의 모습이라고 할 수 있는 코타르 부부는 뱅퇴유의 소나타에서나 화가의 초상화에서 그 예술가들에게는 음악의 화성이 되고 대화의 미美가 되는 것을 알아차리지 못했던 것이다. 이들 부부가 소나타를 들을 때에 그들의 귀에 익숙한 형식과 무관한 가락은 피아니스트가 제멋대로 두드린 것처럼 들리고, 화가는 그 화폭 위에 제멋대로 여러 가지 색을 덧칠한 것처럼 보였다.

— 「스완네 집 쪽으로」

베르뒤랭 부인도 코타르 의사도 이미 뭔가를 알고 있는 것처럼 말했다. '정말 아름답죠, 더 말할 필요도 없죠!' 하지만 실로 그들은 더 말할 것이 없었다. 아무것도 몰랐기 때문이다. 심지어 베르뒤랭 살롱에서 가장 박학다식했던 스완조차도 감탄하는 것밖에는 할 줄 몰랐다. 나중에 모든 신문이 드레퓌스 장교를 옹호하는 재판과 프랑스의 보수적 반유대주의를 혐오했던 에밀 졸라의 재판에 마담 베르뒤랭이 등장하는 것을 보고 그녀를 지성의 아이콘으로 생각했지만, 사실 베르뒤랭은 자신의 살롱을 새로운 문화계 인사들로 채우려는 야심만 불태우고 있었다. 실제로 그녀의 정신 안에는 진보사상이라고는 단 한 방울도 들어가 있지 않았다. 마담 베르뒤랭에게는 사상 역시 하나의 상품이었고, 그녀는 책을 소유하고 사상가와 사적 친분을 맺는 것이야말로 자신의 교양과 지성을 드러낼 수 있는 방법이라고 생각했다.

당대 부르주아 살롱에서 지식은 하나의 장식품이었다. 부르주아들이 그토록 애호했던 '교양'이라는 말은 철학, 사회학, 정신분석학, 문학 분야의 갖가지 지식들을 나란히 늘어놓고 입맛에 따라 이것저것 맛보는 것 이상이 될 수 없었다. 마르셀은 마담 베르뒤랭의 살롱을 통해 부르주아들이 추구했던 '혁신'이 실은 무지의 추구에 불과하다는 것을 깨달았다. 그들은 시대의 오피니언 리더를 자처했지만 실상은 색다른 것의 소비자, 신분상승을 과시할 수 있는 갖가지 사치품의 물신숭배자들에 지나지 않았다. 베르뒤랭 부인에게는 럭셔리 쇼파나 전위 예술가, 좌파 지식인 모두가 동등한 가치를 지닌 살롱의 장식품이었던 것이다. '사교계의 샛별' 마르셀은 당대 지식과 문화의 아방가르드임을 자처했던 부르주아들의 천박한 속물주의와 어리석음에 혀를 내두를 수밖에 없었다.

이런 정치적 위기마다, 예술적 혁신이 있을 때마다, 베르뒤랭 부인은 새가 보금자리 만들듯 당장에 이용 가치는 없을지라도 앞으로 그녀의 살롱을 이룰지도 모를 덩어리를 조금씩 조금씩 뜯어 모아 왔다. 다 지나가버린 일은 아니었어도 드레퓌스 사건에서는 아나톨 프랑스가 그녀 곁에 남았다. [중략] 관객들의 취향이 베르고트 같은 이성적이고 프랑스적인 예술에서 벗어나 특히 이국적 음악에 열중하게 되자, 이를테면 온 외국 예술가의 파리 주재 정식 연락책 격인 베르뒤랭 부인은 매력적인 유르벨레티에프 대공 부인과 나란히, 오래지 않아 러시아 발레 무용가들을 돕는 늙은 선녀 카라보스Carabosse[지팡이에서 저주받은 운명을 뿜어낸다는 추악한 늙은 꼽추마녀]의 (그러나 전지전능한 선녀의) 역할을 맡게 된 것이다. [중략] 베르뒤랭 부인은 사교적 의미에서 보면 그 결과는 전혀 달랐지만 역시 첫머리에 나서게 되었다. 옛날에 중죄 재판소의 법정에서 판사석 바로 밑에서 에밀 졸라의 부인과 나란히 있는 그녀의 모습이 보였던 것처럼, 새 시대의 사람들이 러시아 발레에 갈채를 보내기 위해 오페라 극장에 당도했을 때, 늘 최신의 깃털 장식을 달고 유르벨레티에프 대공 부인과 일등석에 나란히 있는 베르뒤랭 부인의 모습이 눈에 띄었다.

—「갇힌 여인」

여기서 잠깐. 베르뒤랭 부인의 천박함은 그렇다 치고, 어째서 위대한 거장들은 젊은 시절에 그런 곳을 드나들었단 말인가? 결국 그들도 어리석고 타락한 속물에 불과한가? 4부에서 살펴보게 되겠지만, 중요한 것은, 한 사람이 또는 한 예술가가 한때 어리석고 타락했었다는 사실이 아니다. 젊은 시절의 한때에, 뒷날 생각만 해도 불쾌한 일 하나쯤 하지 않은 사람이 몇이나 되겠는가? 중요한 것은 그런 악덕과 평범함을 두루 거치고 극복하면서 '자신이 되어 가는' 과정이다. 우리의 주인공 마르셀처럼.

:: 공작 부인의 무모한 유산 : 에티켓, 에티켓, 에티켓

사회의 핵심 사교장으로 급부상하던 마담 베르뒤랭의 살롱이 갖가지 새로움의 전시장인 동시에 19세기 반지성주의의 온실溫室이었다면, 게르망트 가家의 살롱은 유구한 전통을 앞세워 자신의 지위를 영속화하려는 형식주의의 산실産室이었다. 이 작품 속에 등장하는 모든 사교인들의 꿈은 게르망트 공작 부인의 살롱에 초대받는 것이다. 마르셀역시 콩브레 시절부터 게르망트 부인을 동경했다. 유년의 마르셀처럼시골 부르주아가 도시 상류층을 동경하는 것이야 그럴 수 있다지만, 파리의 부자들이나 다른 대귀족들도 이 이름 앞에서 맥을 추스르지못하기는 마찬가지였다. 게르망트 공작 부인이 뜬다는 소문만으로도오페라 극장의 그날 공연은 흥행이 보장되었다. 베르뒤랭 부인 역시겉으로는 '게르망트'를 따분함의 대명사처럼 취급했지만, 그 말에 담긴 속내는 '게르망트이고 싶다'였다. 자, 이제 게르망트 사람들이 어떻게 사는지를 들여다보자.

빌파리지 부인은 역사적 건물의 매력과 성격을 표현하는 적합한 어휘를 알고 있어서 종종 풍경을 묘사하는 간단한 몸짓을 취하면서 그

것을 입 밖으로 말하곤 했는데, 전문용어를 쓰지 않았지만 대화의 대상이 되는 사물에 대해 조예가 깊다는 것을 숨길 수 없었다. [중략] 부인이 성장한 성은 하나의 미술관이고, 또 거기에서 쇼팽과 리스트가 연주했으며, 라마르틴은 시를 낭송했고, 그 외에도 한 세기에 걸쳐 이름을 떨쳤던 모든 예술가가 이 집안의 앨범에 명언, 가락, 소묘를 적어 넣고 있는데, 빌파리지 부인은 그 얌전함 때문인지, 집안 내력 때문인지, 정말 겸손해서인지, 아니면 철학적인 사고의 결핍에서인지, 각종 예술에 관한 지식이 순전히 성에 전해 내려오는 예술품 내력 때문이라고 생각해서, 마침내는 회화, 음악, 문학, 철학을 최고로 저명한 역사 건축물 안에서 아쉬울 것 없이 귀족적으로 자라난 아가씨의 어떤 부속물처럼 여겼다. 부인에게는 유산으로 물려받은 그림이 아니면 세상에 그림이라고 할 만한 게 없는 듯했다. 할머니가 부인의 옷 위에 살짝 나와 있는 목걸이가 마음에 든다고 말하자 부인은 흡족해했다. 그 목걸이 속에는 티치아노가 그린, 부인 증조할머니의 초상화가 들어 있는데 아직 단 한 번도 집밖으로 나간 적이 없다고 했다. 그러므로 확실하게 진짜라고 할 수 있었다. 부인은 아무개 부자가 아무렇게나 사들인 그림 이야기는 듣고 싶지도 않았고, 애초에 가짜라고 믿었기 때문에 보려고도 하지 않았다.

—「꽃피는 아가씨들 그늘에」

'게르망트'와 관련된 것이라면 무조건 존경의 대상이 될 수밖에 없는 이유는 이 이름이 보존한 역사 때문이다. 콩브레 성당에 찍혀 있던 이 가문의 문장은 게르망트 사람들이 유럽 북방의 광대한 땅에서부터 남방의 강력한 도시에 이르기까지 오랫동안 큰 영향력을 행사해 왔음을 암시한다. 또 위의 인용문에서 볼 수 있듯이, 이 가문의 웃어른인 빌파리지 후작 부인의 말과 행동은 그 자체로 프랑스 문화의 산 역사였다. 후작 부인은 이탈리아의 화가 티치아노가 그린 초상화 목걸이를 하고 거리를 산책하며, 쇼팽과 리스트가 식사 시간에 음악을 연주하던 일을 처음 만난 사람 앞에서 대수롭지 않게 회상한다. 무엇보다 그녀의 집 자체가 하나의 거대한 미술관이자 박물관이었다. 사실 마담 베르뒤랭이 오직 최신 유행품으로 자신의 저택을 꾸밀 수밖에 없었던 까닭은 단 한 번도 귀족의 살롱에 들어가 보지 못했기 때문이다. 베르뒤랭 부인은 게르망트식 고상함을 '올드'하다며 대놓고 비웃었지만 자신이 비웃는 실체에 대해선 문외한이었다. 그만큼 게르망트인들은 막대한 문화적 유산을 휘두른 채 그들만의 살롱에 똬리를 틀고 앉아 프랑스 사회의 권력자 행세를 하고 있었다.

대귀족 살롱의 가장 큰 특징은 상상을 초월할 정도로 양식화된 그들의 사교 의례다. 게르망트 사람들은 각종 은어와 몸짓 들로 자신들만의 언어규범을 만들어 놓고 중요한 정보나 의견을 교환했다. 때문에 이들의 형식화된 의례문화에 동참하지 못하는 한 살롱 안에 들어갈 수 있다고 해도 겉돌 수밖에 없다. 공작 부인의 눈초리가 갑자기 치켜 올라간 것이 지금 막 들어온 방문객에 대한 호의인지 경멸인지를 읽을 수 있어야 그녀에게 예쁨을 받을 수 있는데, 그 눈초리 언어를 파악한다는 것이 단지 살롱에 오래 죽치고 앉아 있는다고 되는 일이 아니었던 것이다. 형제지간이라 해도 이 문법에 통달하지 못하면 공작 부인은 가차 없이 그들을 살롱 밖으로 내쫓곤 했다. 살롱 전체의 권력 배치와 생활 전반에 대한 공작 부인의 취향을 통찰할 수 있는 안목이 없으면 누구도 그녀의 살롱에서 살아남을 수 없었고, 최고 귀족의 살롱에서 쫓겨난 후에는 다른 곳에서 명성을 유지할 수도 없었다. 누가 감히 쫓겨난 인사를 품어 줌으로써 게르망트 공작 부인의 비위를 거스를 것인가?

역설적이게도 대귀족의 형식주의에 가장 큰 피해를 본 사람은 공작 부인 그 자신이었다. 그녀는 구두와 드레스의 짝맞춤이나 고대 프랑스어의 독특한 발음법 사용에 정력을 집중한 나머지 정작 자신의 눈앞에서 죽어가는 친구의 목소리에 어떻게 귀 기울여야 하는지를 알지 못했다. 어느 날 약속된 파티에 늦고 만 게르망트 부처夫妻 앞에 산책하던 스완이 나타났다. 스완은 최후의 체력을 아껴 가며 하루하루 버텨 가던 중에 잠깐 나들이를 나온 참이었다. 그런데 공작 부인은 안색이 나쁜 스완에게 자꾸만 이탈리아 여행을 못 가는 이유 따위나 물었고, 스완이 병이 깊다고 아무리 강조해도 농담이라며 웃고 넘어가려 했다. 심지어 파티에 늦을까 봐 스완의 말을 잘라먹기까지 했다. 조금 길지만 위로와 쾌락의 문턱에서 버둥거리는 공작 부인의 마음으로 문제의 장면을 읽어 보자.

"공작 부인, 굳이 알려고 하시니 말씀드리겠습니다. 우선 보시다시피 내 몸이 편치 않습니다."

"그러네요 샤를, 기운이 없어 보이고, 안색도 좋지 않아요. 하지만 일 주일 후의 일이 아니라 열 달 후의 일을 부탁하는 거예요. 열 달 안에 몸조리하실 틈이야 있지 않을까요?"

이때 하인 하나가 마차를 대령했다고 알리러 왔다. "자아, 오리안, 말에 올라요." 하면서, 아까부터 그 자신이 기다리고 있는 말이기라도 하듯 참지 못하고 발을 동동 구르고 있는 공작이 말했다.

"근데, 한마디로 이탈리아에 못 가시는 이유가 뭐죠?" 하고 공작 부인은 우리하고 헤어지려고 일어나면서 물었다.

"친애하는 벗이여, 그 몇 달 안에 내가 죽을 테니까요. 연말에 진찰했던 의사 말로는 내 병은 당장이라도 목숨을 앗아 갈지도 모르고, 어떻게 해도 3~4개월 이상은 살 수 없을 거라더군요. 더구나 그것이 최대한이라고 합디다." 하고 스완은 미소를 띠면서 대답했다. 그동안 하인은 공작 부인이 지나갈 수 있도록 현관 유리문을 열고 있었다.

"그게 무슨 말이에요?" 하고 공작 부인은 마차 쪽으로 걷는 걸음을 잠시 멈추면서, 푸르고 우울한, 그러나 불안으로 차오른 예쁜 눈을 들어 올리면서 외쳤다. 외식하러 마차에 오를 것인가 아니면 죽어가는 사람에게 동정을 보일 것인가, 난생 처음으로 이토록 다른 의무 사이에 놓인 부인은 에티켓의 법전 안에서 이러할 때에 지켜야 할 계율을 지시하고 있는 조항을 하나도 보지 못해서, 어느 쪽을 택하는 것이 좋을지 몰라 지금은 최소의 노력이 드는 첫 번째의 의무를 따르기로 하고, 두 번째 의무는 크게 문제될 것이 없다고 믿는 척해야겠다고 결심하면서, 이 갈등을 해결하는 최선책은 갈등을 부인하는 것이라고 생각했다. "농담이시죠?" 하고 부인은 스완에게 말했다.

[중략]

게르망트 부인은 결연하게 마차 쪽으로 걸어가면서 다시 한 번 스완에게 최후의 작별인사를 했다. "그 일은 나중에 이야기하기로 해요. 난 당신이 한 말을 한마디도 믿지 않지만 함께 이야기해 보죠. 의사가 우둔하게 겁준 거예요, 점심 식사 때 오세요. 좋으신 날(게르망트 부인은 모든 일을 점심으로 해결했다.), 날짜와 시간만 알려 주세요." 그리고 부인은 붉은색 치마를 들어 올리면서 한쪽 발을 마차 발판 위에 올렸다. 부인이 마차로 들어가려는 순간, 그 발을 보고 공작은 공포스러운 목소리로 소리쳤다. "오리안, 어쩌려는 거요. 안 어울리잖소. 검은 신을 신고 있지 않소! 붉은 드레스에! 어서 다시 올라가서 붉은 신을 신고 와요. 아니면" 하고 공작은 하인에게 "당장 공작 부인의 시녀에게 붉은 신을 가져오라 이르게."

"하지만, 여보." 하고 공작 부인은 조용히 대답했다. 나와 함께 나서면서 우리 앞에 서 있는 마차를 그냥 지나치려던 스완이 "너무 늦었으니까⋯⋯"라는 공작 부인의 말을 들었다고 생각하니 민망했다.

"아냐, 시간은 여유 있어. 아직 10분 남았잖소. 몽소 공원까지 가는 데 10분이 안 걸리거든. 게다가 또, 8시 반이 되더라도 다들 기다려 줄

거야, 아무리 뭐라고 해도 붉은 드레스에 검은 신을 신고서는 못 가. 더구나 우리가 제일 마지막은 안 될 거야. 사스나즈 부처가 있으니까, 알다시피 9시 20분 전에야 오거든."

[중략]

공작은 죽어가는 사람 앞에서 아내와 제 몸의 불편함을 늘어놓으면서 조금도 어색해하지 않았다. 자기들의 몸에 더 많은 신경을 쓰는 것이 가장 중요하다고 생각했기 때문이다. 그랬기 때문에 친절하게 우리를 쫓아버린 뒤에 공작이 문가에서, 이미 안뜰에 나와 있는 스완에게, 눈에 안 보이는 사람에게 하듯이 큰 소리로 이렇게 외친 것도 오직 훌륭한 교양과 명랑한 기분 때문이었다.

"그리고 또 여보게, 의사들의 그런 어리석은 말에 낙심하지 마시게, 고얀 의사 같으니라고! 그건 돌팔이 의사들이야. 자네는 퐁뇌프Pont-Neuf[파리 센 강을 건너는 여러 다리 중 하나]만큼이나 튼튼해. 자네가 우리들을 모두 매장해 줄 거야!"

—「게르망트 쪽」

그토록 고매했던 이름 게르망트. 그러나 이들은 자신의 품위에 걸맞은 옷과 구두를 차려입느라 정신이 없어서 코앞에서 누가 피를 토하고 죽는다 해도 눈 하나 깜짝하지 않는 사람들이었다. 그러나 이들도 한때 함께 기쁨을 나누었던 스완의 죽음에 대해 끝까지 무심할 수는 없었다. 게르망트 공작 부인은 한낱 매춘부에 지나지 않는 오데

필리프 알렉시우스 드 라슬로(Philip Alexius de Laszlo), 〈엘리자베스, 그레퓔르 공작 부인〉,
1905

게르망트 공작 부인의 실제 모델로 알려진 마리 아나톨 루이 엘리자베스, 즉 그레퓔르 공작 부인이다.

트 때문에 자신의 최고 살롱을 출입하지 않았던 생전의 스완을 용서할 수 없었다. 오데트와 그 딸을 모든 사교계로부터 배척하는 것, 스완의 식구들에 대한 공작 부인의 노골적인 멸시를 모르는 사람이 없었다. 하지만 스완이 죽고 나자마자 게르망트 공작 부인은 제일 먼저 스완의 딸부터 찾기 시작했다. 하지만 공작 부인은 자신이 왜 이런 변덕이 생겼는지에 대해서는 무관심했다. 그녀는 죽은 스완 때문에 느끼게 된 상실감과 공허감을 파악할 능력이 없었다. 그녀가 세웠고 그녀가 전파한 살롱의 문법에 애도라는 항목은 없었기 때문이다.

이처럼 도도한 게르망트 부인의 세계로 마르셀이 입성한다. 유년 시절 성심학교에서 빌파리지 후작 부인과 친구가 된 할머니 덕분에 후작 부인의 조카인 생 루와 친구가 되었고 이 인맥으로 게르망트 가문의 여러 파티에 초대받는 몸이 된 것이다. 마르셀이 게르망트 가문의 환영을 받을 수 있었던 까닭은 그가 똑똑하다는 '소문' 때문이다. 처음에는 분명 빌파리지 후작 부인이나 생 루가 그의 지성에 대해 몇마디 좋은 말을 했을 것이다. 그런데 이 평가는 몇 사람의 입을 돌아다니는 사이에 눈덩이처럼 부풀려졌고, 마르셀은 자신도 모르는 사이에 게르망트 살롱에서 곧 사상계의 혁신을 가져올 인물로 평가되었다. 게다가 알베르틴의 사생활을 캐기에 바빠 번번이 게르망트 가문의 초대에 응할 수 없었던 사정이 그를 더할 나위 없이 도도한 청년으로 만들어 주었다. 게르망트 사람들은 마르셀에게 아무것도 묻지않았다. 마르셀이 어떤 것을 썼는지, 무엇을 읽고 있는지, 누구를 만나느라 바쁜지도. 고귀한 그들은 희귀한 장서, 예술사를 장식하는 회화와 조각품, 유일무이한 악보 속에서 매일매일 먹고, 자고, 숨쉬지만, 그중 누구도 글을 쓰거나 그림을 그리거나 진지하게 책을 정독하는 사람은 없었다. 그들이 원한 것은 단지 마르셀이라는 재능있(어 보이)는 젊은이에게 자신들의 막대한 유산을 보여 주는 것이었을 뿐이다. 마르셀은 한편으로는 박학다식했던 스완의 대용품이자 귀족의 위대한 유산을 유지·보수해 주는 장치에 지나지 않았다.

게르망트 네의 문은 다른 사람이 그 문 앞을 지나가는 기회가 거의 없다. 누군가가 공작 부인에게 남의 이름을 말한다고 해서, 그녀는 그가 사교계에서 갖는 가치를 상관하지 않았다. 그런 식의 가치는 그녀가 주는 것이지 그녀가 남으로부터 받는 것이 아니기 때문이다. 그녀는 그가 가진 실제 능력만 생각했다. 빌파리지 부인과 생 루는 그녀에게 내가 그런 것을 가지고 있다고 말했다. 그리고 그들이 내가 오기를 바랄 때에 절대로 나를 오게 할 수 없을 거라고, 바꿔 말해서 나를 사교계에 매달리지 않는 인간이라고 보지 않았더라면 결코 나의 재능을 곧이곧대로 믿지는 않았을 것이다. 사교계에 집착하지 않는다는 것이 공작 부인의 눈에는 나 같은 사람이 '유쾌한 사람들' 축에 끼여도 될만한 자격 표시로 여겨졌던 것이다.

—「게르망트 쪽」

베르뒤랭의 살롱에서 게르망트의 살롱까지, 마르셀은 두 세계를 오가며 반지성주의와 형식주의를 철저히 경험했다. 부르주아들은 사치를 일삼으며 자신들의 재력과 영향력을 뻐기고 있었고, 빠른 속도로 노쇠해지던 대귀족들은 전통이라는 껍데기를 간신히 부여잡고 있었다. 마르셀은 이들에 의해 장악된 두 살롱 문화 중 그 어느 쪽에도 속할 수 없었다. 사치스럽고 향락에 찬 시대와의 완벽한 불화! 이것이, 마르셀이 마들렌 과자 체험을 계기로 그토록 결연하게 이 세계로부터 뒤돌아설 수밖에 없었던 이유다.

:: 몽상가들의 발명품 '발베크'

벨 에포크는 갖가지 혁신품과 진보사상을 탄생시켰지만, 대도시 파리는 끊임없이 타인을 의식하지 않으면 안 되는 스펙터클의 감옥이나 다름없었고, 일상의 공허를 해결할 길 없는 사람들은 나름의 출구를 모색하기 시작했다. 마르셀만이 아니라 수많은 파리지앵들이 끝없는 과시적 소비 속에서 충족감보다는 공허와 우울에 지배되었다. 하녀 프랑수아즈도 빌파리지 후작 부인도 도시에서의 삶이 주는 피로로부터 달아나고 싶어했다. 그들을 반긴 것은 근교와 휴양지였다. 대략 1850년대 전후로 주말이면 파리 근교의 아르장퇴유로 나들이를 하거나 여름철을 맞아 노르망디 해변에서 휴가를 보내는 것이 하나의 유행이 되었다. 주중에는 도심의 벅찬 리듬을 따를 수밖에 없지만 주말이나 여름휴가를 이용해 심신을 쉬고 에너지를 재충전하겠다는 도시인의 욕구를 반영한 결과였다.

물론 과거에도 많은 사람들이 멀리 여행을 떠나 몇 개월씩 머무르다 돌아오곤 했다. 하지만 그것은 괴테 같은 귀족이나 부유한 연금 생활자들의 전유물이었다. 생계를 유지할 의무에서 자유로운 귀족들은 굳이 도시에 얽매여 살 필요가 없었기 때문에 여름철에 자신의 영지를 관리하고, 가을에는 사냥을 즐긴 다음, 10월이나 11월에 다시 도시로 돌아오는 것이 일상적 리듬이었다. 이런 귀족들의 여행 관습을 깨고 새로운 '휴가문화'를 만드는 데 결정적으로 기여한 것은 바로 철도다. 근대문명의 상징인 철도의 개통과 함께 대부르주아들은 상류층의 휴가 풍습을 모방했는데, 영지가 없었던 그들은 바닷가나 온천 지역에 있는 농가를 세내거나 호텔에 머무르면서 자신의 여유를 과시했다. 그러다 19세기 후반에 기차노선이 확장되고 기차여행이 대중화되면서 여행은 대다수 도시인의 라이프스타일로 정착하게 된다. 대도시의 산책자들, 유행의 소비자들, 기껏해야 살롱에서 형식적인 사교에 몰두해야 했던 파리지앵들은 기차 덕분에 낯선 고장의 신선한 풍광 속에서 자신을 새롭게 돌아볼 기회를 갖게 되었다고 좋아했다. 도심이 아니라 자연 속에서, 일이 아니라 여가를 통해, 결국 자기의 내적인 삶을 바꾸는 것이 아니라 외적 환경을 바꾸는 것으로 삶의 활력을 모색하는 것이 진정한 근대적 삶으로 여겨졌던 것이다.

작품 속에서 파리지앵들이 사랑하는 최고의 휴양지는 발베크다. 휴가객들은 태반이 낯선 사람들인 이 해변에서 보다 과감한 향락을 추구할 꿈에 부풀어 발베크행 기차에 오르곤 했다. 마르셀은 파리 중앙역에서 두근거리던 마음을 이렇게 회상한다.

우리는 1시 22분발 기차로 간단히 파리를 떠나기로 했다. 나는 이 열차를, 오래전부터 천천히 즐기면서 철도여행 안내 시간표에서 찾아내곤 했었는데, 번번이 감동이 일어나서 벌써 출발선상에 있는 듯 즐거운 환상에 잠겼고, 그 열차도 잘 알고 있는 듯한 느낌이 들었다. 상상 속에서 행복의 모습을 결정하는 것은, 그에 대한 우리 지식의 정확성이 아니라 마음속에 그것이 일으키는 욕망이기 때문에 나는 벌써 그것을 자세히 알고 있는 듯한 생각이 들었다. 또 나는, 열차 안에서 낮이 지나고 선선해지기 시작할 무렵에 일종의 특별한 기쁨을 느낄 것이며, 어떤 정거장이 가까워지면 어느 특이한 풍경을 자세히 살펴보리라 믿어 의심치 않았다. 달려가는 오후 시간의 햇빛 속에 내가 품고 있는 도시의 모습을 끊임없이 내 마음속에 일깨웠기 때문에, 이 열차는 다른 모든 열차와 아주 다르게 여겨졌다. 그리고 아직까지 한 번도 만나 보지는 못했지만 그 우정을 차지한 걸로 상상하면서 기뻐지는 미지의 벗에 대해 드는 느낌처럼, 이 블롱드의 예술 편력자라고 할 만한 열차에 특별하고도 영구적인 모습을 부여하게 되고, 이 편력자는 나를 어떤 곳까지 데려다 줄 것이며, 석양 쪽으로 그것이 멀리 사라져 가기 전에, 나는 생 로 대성당 밑에서 열차와 작별 인사를 할 거라고 생각했다.

—「꽃피는 아가씨들 그늘에」

마르셀은 발베크로 가는 여정이 줄 특별한 기쁨에 들떠 있다. 그에게 기차는 '미지의 벗'이자 '블롱드의 예술 편력자'라고 부르고 싶을 만큼 신비롭고 고마운 대상이다. 특히 몸이 허약했던 그에게는 기차가 사방으로 펼쳐진 미지의 고장들로 자신을 데려다 준다는 사실이 경이롭기까지 했다. 마르셀은 여느 파리지앵들처럼 발베크가 모든 사람들을 청년으로 바꾸고, 그 모두를 바다의 포말과 해변의 풍경 속에서 하나로 만들어 주는 유토피아라고 생각했다. 하지만 이 유토피아가 파리 생활의 연장에 불과하다는 것을 깨닫기까지는 많은 시간이 필요치 않았다.

발베크 생활이란 곧 '그랑 호텔' 생활이다. 휴가를 위해서 마음껏 쓸 수 있는 돈이 없으면 이 호텔에 묵을 수가 없다. 그랑 호텔은 통유리창으로 둘러싸인 대식당과 신간서적과 신문이 착실히 구비된 도서관을 갖춘 최신식 건물이었다. 여기서는 지배인부터 엘리베이터 보이까지 모두 집안의 하녀처럼 친절했고, 맛있는 제철과일과 요리가 끼니마다 나오고, 갖가지 오락이 24시간 제공된다. 이곳의 투숙객들이 원하는 것은 '파리에서와 다름없는' 쾌적한 생활이었다. 그러니까 그랑 호텔은 정확히 파리의 사교문화를 모방하고 있던 셈이다. 게다가 그랑 호텔에서는 누구나 지위와 재력이 구획한 편견의 심급에 예민해

소설 속 허구의 공간 발베크는 영국해협을 바라보는 노르망디 주의 카부르라는 해변 휴양 마을을 모델로 태어났다. 호텔의 이름만큼은 실제와 동일하다. 벨 에포크 시절의 어느 한때 그랑 호텔 앞, 남녀노소 잘 차려입은 휴가객들이 문전성시를 이룬 모습. 지금 그랑 호텔의 객실 복도에는 마르셀 프루스트의 초상화가 걸려 있다.

져야만 했다. 그들의 신분을 눈치채지 못하고 실례를 한다면, 파리에 돌아가서 큰 봉변을 당하게 되리라.

마르셀이 목격한 부르주아들의 휴가지 애환 에피소드를 하나 살펴보자. 변호사, 공증인, 재판소장 등 어중간한 처지의 부르주아 가족들은 자신들이 상대적으로 시시한 존재로 보일까 봐 전전긍긍하면서 바깥에 나가지도 못하고, 해변을 산책하거나 주변의 전원을 탐방하기보다는 아는 사이들끼리 몰래 어울려 다닐 뿐이다.

변호사 회장과 그의 친구들은 작위가 있는 한 노부인에 대해서도 빈정대면서 이야기를 계속했는데, 이 부인은 자신의 하인 일행을 거느리지 않고서는 짧은 거리의 이동도 하지 않았다. 공증인 부인과 재판소장 부인은 식당에서 식사 때 이 노부인을 볼 때마다, 각자의 손안경을 들고 건방지고 면밀하게 미심쩍어하면서 검사하여, 마치 이 부인을 어떤 요리처럼 대했다. 화려한 이름이 붙어 있지만 겉으로 보면 괴상하고 이성적으로 보아도 별로 좋지 않다는 식으로 혐오의 마음이 들어서 얼굴을 찌푸리면서 그 음식을 멀리하는 장면과 같았다.

[중략] 아마 노부인은 알았을 것이다. 만약 자신이 이름을 감추고 발베크의 그랑 호텔에 도착했다면, 검은 모직 드레스에다 낡아빠진 보닛을 쓴 그 행색이 그런 방면을 잘 알고 있는 날라리들의 비웃음을 샀을 것이다. [중략] 노부인은 처음으로 남들 앞에 나설 때가 걱정이 되어서, 그 순간이 짧다는 것을 알고는 있지만 어쩐지 두려워서 (수영할 때 처

음 물속으로 머리를 넣을 때처럼) 단단히 긴장하고, 미리 보낸 하인에게 자신의 신분과 습관을 호텔에 알려 두고서도, 막상 도착하자마자 지배인의 인사도 중단시키고 거만하다기보다는 조심스러움이 느껴지는 불안한 태도로 방에 들어갔다. 그 방 창문의 커튼을 자기 취미와 어울리는 것으로 바꾸고, 햇빛 가리개와 사진을 잘 놓아서, 그렇게 하지 않으면 익숙해지기까지 고생해야 하는 외부 세계와 자기 사이에 미묘하게 습관의 칸막이를 쳤다. 그렇기 때문에 여행을 온 것은 그녀 자신이 아니라, 차라리 그녀는 가만히 앉아 있는 채로 옮겨진, 그녀의 집이라는 느낌이 들었다.

—「꽃피는 아가씨들 그늘에」

부르주아들이 타인의 평가에 일희일비하고 있을 때, 귀족들은 어떻게 휴가를 누렸는가? 왕족이나 대귀족들도 자신들의 영지를 두고 굳이 발베크를 방문하곤 했다. 발베크야말로 시대의 '핫 플레이스'였고, 그곳을 다녀왔다고 해야 파리의 사교계에서 좀 그럴싸한 최신 문화도 즐길 줄 아는 세련된 사람으로 인정받을 수 있었기 때문이다. 하지만 이들은 발베크에서 완전히 안하무인이었다. 투숙객들 사이에서 그들은 낡은 드레스와 구태의연한 화법 때문에 출신이 형편없는 시골 유지로 천대받기도 했지만, 그들의 눈과 귀가 너무나 높은 곳에 자리 잡고 있는 탓에 그런 경멸에 찬 표정과 뒷담화를 전혀 감지하지 못했다. 뤽상부르 공주가 마르셀과 그의 할머니를 어떻게 대했는지, 다음 장면을 보자.

우리들보다 상류층에 있다는 티를 내지 않으려고 공주는 자신과 우리들 사이에 놓인 거리를 잘못 짐작한 듯했다. 왜냐하면 그 조정의 착오 때문에 그녀의 눈길은 엄청난 호의로 가득 찼던 것이다. 마치 우리가 자르댕 다클리마타시옹Jardin d'acclimatation[외국 식물을 프랑스 기후에 적응시키기 위해 시험적으로 재배해 보는 임업 시험장]에서 쇠창살 사이로 머리를 내민 불쌍한 두 마리의 짐승이라도 되는 듯, 그녀가 우리를 쓰다듬으려 하는 순간이 다가오는 것을 나는 보았던 것이다. 더군다나 동물과 불로뉴 숲의 연상은 금방 내 마음속에 굳어버렸다. 때마침 행상들이 둑 위로 왔다 갔다 하면서 과자, 봉봉, 작은 빵 같은 것을 사라고 소리치는 시각이었다. 자신의 호의를 우리에게 어떻게 표현해야 할지 몰라서 공주는 지나가는 첫 번째 행상인을 불러 세웠다. 그 행상인은 오리에게나 던져 줄 법한 호밀빵 한 개밖에 팔 것이 없었다. 공주는 그것을 집어서 나에게 주며 말했다. "이것을 당신 할머니께 드리세요." 더구나 아름다운 미소를 짓고서 "당신이 손수 할머니께 이걸 드리세요." 말하면서 그 빵을 나에게 내밀었다. 그렇게 해서 나와 동물들 사이에 있는 중개물이 없어지면 내가 더 안전하게 기뻐할 것이라고 공주는 생각했던 것이다. [중략] 조금 있다가 공주는 빌파리지 부인에게 작별 인사를 하고 나서 우리에게 손을 내밀었는데, 벗인 빌파리지 부인을 대하는 것과 마찬가지로 우리를 친밀하게 대하고, 자신의 몸을 우리 손이 미치는 범위에 두고 싶다는 뜻에서였다. 그런데 이번에는, 우리의 수준을 조금밖에는 낮지 않은 생물의 등급 위에 놓은 듯했다. 왜냐하면 마치 어른이 어린아이에게 하듯이 '그럼 또 봐요.' 하고 인사하듯, 공주가 그 상냥하고도 자애로운 미소로 나의 할머니에게 신분의 평등함을 나타냈기 때문이다. 신비로운 진화의 과정을 통해 이제 나의 할머니는 오리도 산양도 아니고, 스완 부인이 말하곤 하던 '베이비'가 되었다.

— 「꽃피는 아가씨들 그늘에」

공주에게 유행에 뒤떨어진 부르주아식 옷차림을 한 노부인과 소년은 진화의 분류표에서 오리나 산양보다 조금 높은 자리에 있는 존재일 뿐이다. 최신 휴가문화를 즐기러 온 발베크의 손님들에게 진보나 평등이라는 단어는 한때 지나가고 말 시대의 유행어에 불과했다. 마르셀이 보기에 발베크는 파리의 축소판, 다시 말해 계급적 적대와 상호 멸시의 도가니요, 속물화된 세계의 복제품이었다. 발베크 해변에는 수많은 사람들이 걸어 다녔지만 발베크에 '사는' 사람들은 거기 없었다. 충분히 짐작할 수 있겠지만 발베크의 농부나 노동자들은 결코 그랑 호텔의 문턱을 넘을 수 없다. 그들은 밤마다 호텔 대식당의 통유리창 밖에서 파리지앵들의 저녁 식사를 훔쳐볼 따름이다. 발베크는 여름 한철의 도시일 뿐이었고 부자들은 물건을 쓰다 버리듯 발베크에서 '한때'를 즐기다 떠났다. 발베크는 벨 에포크의 꿈이었지만, 마르셀이 보기에 이 유토피아는 물고기가 단 한순간도 숨쉴 수 없는 오염된 수족관에 불과했다.

이 호텔로 말하자면 전등빛의 샘을 대식당 안에 물결쳐서 솟아나게 해서 식당이 마치 넓고 웅장한 수족관처럼 되어 버렸기 때문에, 그 유리벽 앞에서 발베크 노동자, 어부 또는 프티 부르주아의 가족들은 가난한 사람들이 보기에는 기묘한 물고기와 연체동물의 생활 못지않게 이상스러운 안쪽 사람들의 생활이 금빛 소용돌이 속에 느릿느릿 좌우로 흔들리는 것을, 유리에 코를 누르면서 얼굴을 붙이고 들여다보았다. (유리벽이 희한한 생물들의 파티를 영원히 보호할 수 있는지, 아니면 어둠 속에서 탐욕스럽게 바라보는 비천한 사람들이 어느 날 수족관 안에 들어가 이 희한한 생물들을 잡아먹을지, 그렇지 않을지를 안다는 것은 중요한 사회 문제다.) 어쨌든 어둠 속에 뒤섞여서 가만히 있는 군중 안에, 만약 작가나 인간 어류학에 관심 있는 사람이 있어서 늙은 암컷 괴물들의 턱이 먹이 하나를 꿀꺽 삼키고 나서 다시 닫히는 모양을 구경하면서, 그런 괴물들을 어떤 종족 또는 선천적인 성질로 분류하거나 또는 후천적인 성질, 예를 들면 세르비아 태생의 어떤 노 귀부인처럼 그녀의 목구멍 돌기는 큰 카다 물고기가 분명한데, 어릴 시절부터 포부르 생 제르맹의 귀족사회라는 민물에서 자란 탓에 라 로슈푸코 가문의 마님처럼 샐러드를 먹는, 그런 성질로 분류하면서 재미있어하고 있는지도 몰랐다.

—「꽃피는 아가씨들 그늘에」

전등빛이 물결처럼 흘러 마치 "넓고 웅장한 수족관" 같다고 한 그랑 호텔의 대식당.

오늘날까지도 수많은 사람들이 대도시의 일상이 주는 우울과 피로를 해결하기 위해 근교나 지방, 심지어 외국으로 여행을 떠난다. 모든 TV 채널은 가볼 만한 여행지를 앞다퉈 소개하고, 노인도 아줌마도 백수도 어디론가 떠날 수만 있다면 자유로운 인생을 사는 것처럼 생각되는 세상이다. 내 인생의 베스트 여행지 몇 곳쯤은 꼽을 수 있는 삶, 그것이 현대 도시인의 로망인 것이다. 프루스트는 백 년 전에 이미 이런 어리석은 휴가를 맹비난했었건만! 세상은 아직도 벨 에포크식 삶을 동경하는 중이다.

마르셀은 도시-휴가지-도시-휴가지를 왕복하는 삶에는 희망이 없다고 보았다. 타인의 시선을 의식하지 않고 온전히 자신에게만 충실할 수 있는 공간을 찾는다는 발상 자체에 문제가 있기 때문이다. 상품 세계의 스펙터클에 길들여진 이상 도시인의 내면을 질주하는 것은 자기 자신이 아니라 타인의 시선이고, 따라서 세상 어디에서도 우리는 혼자 있을 수 없다. 프루스트는 낯선 것을 피상적으로 알게 되는 일이나 일상에 산적한 문제들로부터 도피하기 위한 여행에는 전혀 관심을 두지 않았다. 그에게는 저 먼 곳의 광활한 이국이나 파도치는 청춘의 해변보다는 자신과 함께 사는 운전기사, 하녀, 배신한 애인, 허풍쟁이 친구들의 영혼이야말로 그를 매혹하는 미지의 땅이었다.

:: 아름다운 시절은 가고

영원할 것 같았던 이 '아름다운 시절'의 최후는 어떤 모습일까? 공식적으로는 1차 세계대전의 발발을 계기로 화려했던 시절은 무참히 파괴된다. 그리고 벨 에포크의 유수한 살롱들은 서서히 사회적 영향력을 잃게 된다. 작품 속 배경의 영고성쇠만 놓고 본다면 『잃어버린 시간을 찾아서』는 몰락의 대서사라고도 할 수 있다. 특히 흥미로운 것은 프랑스 문화의 상징이자 살롱 세계의 중핵이었던 게르망트 가문의 최후다.

게르망트는 두 번의 직격탄을 맞으면서 그 영향력을 완전히 상실한다. 첫 번째 계기는 왕자의 타락이다. 게르망트의 왕자 샤를뤼스 남작은 태어나면서부터 프랑스 역사와 문화의 핵심적 위치에 있었다. 그러나 모든 것을 다 가졌던 이 남자는 바로 그 이유 때문에 예상보다 빨리 게르망트의 왕좌에서 내려오게 된다. 모든 것을 자기 뜻대로 할 수 있었던 탓에 권태를 벗어던지기 위해 오직 자신의 애욕과 쾌락의 세계로 점점 더 깊이 빠져 들어갔던 것이다. 이는 대부르주아 스완도 마찬가지였다. 다만 매춘부를 통해서는 해답을 찾을 수 없다는 사실을 깨달았던 스완과 달리 샤를뤼스 씨에게는 죽을 때까지 육욕의 세계만이 빛이요, 구원이었다. 남작도 처음부터 그렇게까지 낮은 신분의 남자들과 사귈 생각을 한 것은 아니었다. 그저 귀족 자제들의 멘토쯤으로 만족하려고 했다. 하지만 그의 취향은 프티 부르주아인 마르셀에게로, 다시 공작 부인 댁을 드나드는 재봉사에게로, 그러다가 정원지기의 아들로, 본인도 모르는 사이에 점점 더 극단화되었다. 그뿐 아니라 도착의 정도도 더욱 심해져서 말년에는 먼 식민지 출신의 흑인, 시골 출신의 하급 병사에게서 맞아 가면서 겨우 욕망을 채울 수 있게 된다. 폭격의 화염이 밤하늘을 수놓고 있는 와중에도 그는 이렇게 육욕에 빠져들었다.

나는 마차를 멈추도록 하고 몇 걸음 걷기 위해 내려가려고 했는데 바로 그 순간, 똑같이 멈춰 서 있는 한 대의 마차를 보고 섬뜩했다. 한 사나이가 흐리멍텅한 눈에 굽은 허리를 하고, 마차 안쪽의 한 구석에서 앉아 있다기보다는 오히려 놓여 있는 듯이 타고 있었는데, 얌전히 있으라는 명령을 받은 어린애처럼 온 힘을 다 써 허리를 똑바로 세우려고 하고 있었다. 하지만 그의 밀짚모자에서는 덥수룩한 백발이 보이고, 공원에 서 있는 강신江神 석상에 내린 눈처럼 흰 수염이 턱에서 흘러내리고 있었다. 그것은 여러모로 쥐피앙의 시중을 받고 있는 중풍 걸린 샤를뤼스 씨의 회복기 모습이었다. 나는 그가 중풍에 걸린 줄을 전혀 몰랐는데(단지 그가 시력을 잃었다고만 들었는데, 실제로는 시력이 일시적으로 흐려졌던 것뿐이라서 지금은 다시 매우 똑똑하게 볼 수 있게 되었다), 무엇보다도 달라진 것은 그의 머리카락이었다. 지금까지는 머리를 염색하고 있었지만 이제는 그런 수고를 하지 않기로 한 것이 아니라면, 그의 병은 그의 머리에 진정으로 급격한 변화를 주어서, 몰락한 늙은 공자에게 셰익스피어의 리어왕과 같은 위엄을 주고 있었다. 이제는 완전히 백발이 된 숱 많은 머리와 수염에 간헐천처럼 순은을 한꺼번에 솟구치게 해서 그 금속이 어떤 화학 침전물처럼 반짝반짝 선명한 빛이 나게 하고 있었다. 눈도 머리의 전체적으로 급격한 변화 같은 금속공학적 변화에서 제외될 수 없었는데, 다만 반대 현상으로 눈은 그 빛을 모두 잃고 있었다. 하지만 무엇보다 불쌍한 것은 이 빛과 함께 정신적인 거만함이 없어졌다는 점이다. 따라서 샤를뤼스 씨의 육체 생활과 완전히 하나가 되어 있었던 오만불손한 귀족적 긍지가 감쪽같이 사라졌다는 느낌이 들었다.

이때 역시 게르망트 대공 댁에 가는 길인지, 생 퇴베르트 부인(남작이 세련된 여인이라고 여기지 않았던)이 지붕 없는 사륜마차를 타고 지나갔다. 어린아이의 시중을 들듯 남작을 보살피고 있던 쥐피앙이 남작에게, '친구이신 생 퇴베르트 부인입니다.' 하고 속삭였다. 그러자 샤를뤼스 씨는 아직은 무리임에도 자신이 모든 동작을 다 할 수 있다는 것을 보이려는 환자의 열정 때문에, 마치 상대가 프랑스 여왕이라도 되는 듯이 모자를 벗고 허리를 굽혀 공손하게 인사를 했다. 어쩌면 샤를뤼스 씨가 억지로 그런 인사를 한 것에는 그럴 만한 이유가 있었는지도 모른다. 환자에게는 고통스럽지만, 그런 칭찬을 받을 만한 행동이 상대의 마음을 기쁘게 해서 더욱더 감동을 일으키리라는 것을 알고 있었는지도 모른다. 환자란 임금님처럼 인사를 과장하는 법이니까. 혹 어쩌면 남작의 동작 속에는 신경과 뇌수의 혼란에서 비롯된 무질서가 있어서, 그의 행동이 그의 의도를 앞지르고 있었는지도 모른다. 그런데 나는 오히려 거기에서 이미 저승에 끌려 들어간 죽은 사람의 특징인 거의 육체적이랄 수 있는 어떤 유약함, 생명의 실체에서의 이탈을 보았다. 머리털에 나타난 은광맥의 노출도, 이런 무의식적인 사교적 겸손함에 비하면 그리 심각한 변화를 드러내 보이는 것은 아니었다. 그의 겸손함은 갖가지 사회적 관계를 뒤집음으로써, 생 퇴베르트 부인 앞에서 최고로 거만하고 체면을 차리던 자신의 자존심마저 꺾어버렸다. [중략] 남작이 경솔하게 생 퇴베르트 부인에게 한 인사는 지상의 화려한 권세욕, 인간의 갖가지 교만한 자랑 같은 것의 애처로운 말로를 말해 주고 있었다.

—「되찾은 시간」

게르망트가 몰락하게 된 두 번째 이유는 바로 사치와 방탕이었다. 품위를 유지하기 위한 끝없는 소비 끝에 그들은 거대한 빚더미에 앉게 되었고, 그나마 그 지위를 유지하기 위해 아들들을 부자 부르주아들과 결혼시키거나 스스로 나서서 부르주아 미망인들과 재혼했다. 게르망트 대공조차 죽은 남편에게서 엄청난 유산을 상속받은 베르뒤랭 부인을 두 번째 아내로 맞아들였다. 이 결혼을 통해 하루도 쉬지 않고 '따분한' 귀족 세계를 비꼬았던 베르뒤랭 부인이 그 한심한 세계의 실질적인 안주인이 되어버린 것이다. 샤를뤼스 씨를 뒤이은 가문의 적자, 생 루 후작도 스완의 유산을 물려받은 질베르트 스완과 결혼함으로써 비어 가던 금고를 재충전할 수 있었다. 물론 이때의 질베르트는 포르슈빌 백작과 재혼한 오데트 덕분에 신분을 세탁을 해서 부르주아의 딸이 아니라 백작의 딸이 되어 있었지만 말이다. 이렇게 놓고 본다면, 결혼으로 신분을 세탁한 베르뒤랭 부인이나 매춘부 오데트나 다를 게 없어진다.

지위만 있는 귀족과 돈만 있는 부르주아의 결합! 이렇게 해서 겉으로는 완전히 다른 세계처럼 보였던 두 세계가 하나로 합쳐지게 되었다. 물론 베르뒤랭 부인의 입장에선 신분상승이었고 게르망트 가문 입장에서는 타락의 시작이었지만 말이다. 그러나 이들이 이토록 빨리 하나가 될 수 있었던 것은 단지 금전적인 이유만은 아니었다. 앞서 보았다시피, 반지성주의와 형식주의로 도배된 그들의 속물적 욕망이야말로 그들의 결합을 가능케 한 일등공신이었다.

베르뒤랭 부인은 그토록 비웃었던 (그러나 실은 갈망했던) 게르망트 가문의 안주인이 되었다. 그러나 게르망트 가문의 파티에는 이제 말 그대로 '아무나' 드나들 수 있게 되었다. 1차 세계대전에 참전한 수많은 하층계급과 식민지인들은 프랑스 시민권을 받았고, 바야흐로 '만민평등의 시대'가 도래했다. 그런데 이 평등해진 만민이 원하는 삶이 바로 오데트나 베르뒤랭 부인처럼 사는 것이다! 전쟁과 함께 대귀족 중심의 살롱 문화 자체가 점점 위축되자 베르뒤랭 부인은 그나마 명성을 유지하기 위해 호기심 많은 '평민'들을 되도록 폭넓게 살롱에 수용했다. 이제 누구나 게르망트의 문턱을 넘나들 수 있게 되었다. 그러나 아무도 마담 베르뒤랭, 게르망트, 스완이라는 이름을 알지 못했다.

　　과거의 사회 법전에 비추어 보면 여기에 와서는 안 될 이들이 명문 출신을 절친한 여자친구로 삼고 있는 것에 적지 않게 놀랐고, 이들은 새 여자친구들 때문에 게르망트 대공 부인 댁에 와서는 대체로 지겨워하고 있었다. [중략] 마치 노망 든 부자 미망인처럼 포부르 생 제르맹의 사교계는 건방진 하인들에게 살롱을 점령당하고, 오렌지술을 퍼마시고 자기들의 정부를 의기양양하게 소개하는 그들에게 그저 겁먹은 미소로 대답할 수밖에 없는 형국이었다. [중략] 오점이 남은 고위 공무원이나 퇴물이 된 매춘부가 미덕의 전형으로 간주되었다. 누군가 높은 가문의 공자에게 질베르트의 모친에 대해 어떤 나쁜 소문은 듣지 못했느냐고 물었더니, 그 젊은 공자가 말하기를 사실 그녀가 처음에 스완이라던가 하는 놈팽이와 결혼을 했다가 그 뒤에 사교계 최고로 이름 높은 남자 중의 하나인 포르슈빌 백작과 결혼했다고 말하더라는 것이다.

— 「되찾은 시간」

　　한때는 부르주아입네 귀족입네 서로의 입지를 놓고 다투던 두 계급이었다. 이들은 사사건건 진보와 보수로 나뉘어 자기 세력을 모으기 위해 암투를 벌였다. 그러나 사실상 이들의 정치적 소견이라는 것도 그때그때의 이해관계에 따른 이기적 처신에 불과했다. 새로 게르망트의 파티에 출입하기 시작한 입신출세가들은 위세 등등한 상류층의 행위, 그들의 정치 문화적 실천이 속물적 허세에 다름 아니라는 것을 너무나도 잘 알고 있었다. 하지만 그게 뭐 어떤가? 남들보다 잘살 수만 있다면! 살롱의 새로운 다크호스들은 그들의 반지성주의와 형식주의에 아랑곳하지 않고, 그들처럼 되기를 갈망했다.

제2제정이라고 부를 수도 있을 이 시대는 늙고 밉상인 두 여왕을 갖고 있었는데 그 이름은 베르뒤랭 부인과 봉탕 부인이었다. 과거에 그 남편이 드레퓌스 사건에서 어떤 역할을 맡았기 때문에, '에콜 드 파리' [École de Paris, 1차대전 이후부터 2차대전 전까지 파리에서 활동하던 외국인 화가들을 일컫는 말]로부터 거칠게 비난받았다고 해서 그 누가 감히 봉탕 부인에게 엄한 태도를 취할 수 있겠는가? [중략] 과거에 봉탕 씨를 싫어한 말이 떠돌았다고 해도, 그것은 그 당시에 드레퓌스파라면 비애국자의 대명사였기 때문이다. 그런데 오래지 않아 드레퓌스파라는 이름은 잊혀지고, 대신 '3년제 병역법의 반대자'가 비애국자의 대명사가 되었다. 이번에 봉탕 씨가 그 법안의 입안자들 중 하나였기 때문에, 결과적으로 그는 애국자였다. 사교계에서(더군다나 이 사회 현상이란 가장 보편적인 심리학적 법칙의 한 적용에 불과하지만) 새로운 일이란 책망을 받아 마땅하건 아니건 간에 어쨌든 그것이 우리를 안심시키는 요인에 동화되고 감싸이기 전에는 배척받게 마련이다. 드레퓌스 사건에 대한 그런 현상은 생 루와 오데트 딸과의 결혼에서도 나타나서, 처음에는 이 결혼에 대해서 비난하는 소리가 드높았었다. 하지만 생 루 부부의 집에서 명사들을 모두 만날 수 있게 된 지금에는, 설사 질베르트가 오데트 같은 생활 도덕을 갖고 있다 하더라도 역시 누구나 그 집을 '찾아갔을' 것이고, 오로지 도덕관을 유산으로 삼아 생활하는 미망인을 비난하는 질베르트에게 찬성했을 것이다. 요즘에는 드레퓌스주의도 떳떳하게 여타의 사물 가운데 들어가서 어울리고 있었다. 드레퓌스주의 그 자체의 가치를 고려하는 경우에도 전에는 애초부터 비난하려고 달려들었던 반면, 지금은 너나할 것 없이 일단은 그것을 인정하고 생각해 보려고 한다. 그것은 더 이상 '놀랍지' 않았다. 그저 그런 것이었다. 무슨 일이었는지조차 거의 떠오르지 않았다.

―「되찾은 시간」

분명 '벨 에포크'는 19세기 말과 20세기 초의 프랑스를 지칭하는 고유명사였고, 1차대전과 함께 공식적으로 종료되었다. 하지만 전후의 폐허 위에서 다시 그 세계를 모방하려는 움직임이 전개된다. 대다수의 청년들은 어제도 오늘도 자신을 망실한 채 주류사회에 편입되기 위해 기를 쓴다. 어디를 가나 게르망트가, 제2, 제3의 베르뒤랭이 있다. 벨 에포크의 속물들은 모두 사라졌지만 새로운 속물들은 계속 태어난다. 똑같은 무지, 똑같은 형식주의가 반복된다. 근본적인 혁신이란 없으며 결국 주연만 바뀌는 속물주의의 드라마만 계속되는 것. 그 누구도 생의 허무와 우울의 본질을 꿰뚫으려고 하지 않고 권태 속에서, 권태를 망각하거나 감내하면서 늙어 갈 뿐이다.

프루스트의 작품은 부유한 부르주아나 유서 깊은 귀족들의 사생활을 중심으로 자기 시대를 성찰한 결과이기 때문에 방대한 분량에도 불구하고 '객관성이 결여되어 있다!'거나 '편협한 호사취미의 보고서'라고 비판을 받기도 한다. 사실 프루스트의 작품에 노동자들의 핍진한 삶이나 혁명을 꿈꾸는 이들의 야심찬 하루는 없다. 하지만 프루스트가 꿰뚫어본 것은 속물주의의 정신적 가난이었다. 대귀족과 부르주아의 화려한 살롱은 실상 허무하고 빈곤한 벨 에포크의 축소판에 다름 아니라는, 바로 그 사실이었다.

벨 에포크의 욕망은 거대하고도 초라했다. 과시적인 소비욕구는 예술과 지식마저도 하나의 상품으로 만들면서 끝없이 팽창했지만, 그에 비례해서 소비 주체들의 의식은 형편없이 쪼그라들고 말았다. 재물, 사랑, 권력이 언젠가는 자신의 것이 될 수 있기를 기대하면서 그들은 오늘을 미래에 헌납했다. 내일의 드레스, 내일의 사륜마차, 내일의 지성, 내일의 신분! '언젠가' 행복해질 때까지 아무 생각 없이, 어쨌든 사들이고 보는 과시적 삶. 프루스트는 이것을 벨 에포크 시대를 관통하는 욕망의 본질이라고 보았고, 이야말로 삶을 허무하게 만드는 원인이었다.

이제 마르셀 앞에 『고리오 영감』의 악당 보트랭이 나타난다. "젊은이, 이것이 인생의 십자로야. 이제 선택을 해야지!" 아름다운 시절의 빈곤함을 깨달은 자에게 남은 선택지는 무엇일까? 성공을 도모하는 속물이 될 것이냐, 세상을 등진 패배자가 될 것이냐? 라스티냐크는 살롱의 귀부인이 된 딸들에게 무참히 배신당한 고리오 영감의 죽음을 지켜본 뒤, 더욱 냉소적이고 살벌해진 눈빛으로 살롱을 향했다. 온 세상이 속물적 욕망으로 가득 차 있는데 출구가 어디 있단 말인가? 잡아먹히기 전에 잡아먹으리라. 그러나 마르셀이 선택한 것은 전혀 다른 길이었다. 그는 벨 에포크와 그 시대의 삶을 읽기 위해 온 노력을 기울인다. 무엇보다, 갖가지 욕망에 사로잡혀 허우적대는 자신의 마음을 읽기 위해 고투한다. 자기 욕망의 뿌리와 곁가지를 주시하고 자기 감각의 미세한 촉수들이 무엇을 감지하는지를 예민하게 인식함으로써 그는 타인의 시선들로 북적거리는 마음속에서 자신을 발견한다.

chapter. 04

헛되고 헛된
사랑의 찬가

이제 스완은 오데트를 그녀의 두 뺨이 가진 아름다움이나 언젠가 그녀를 안으면
자신의 입술로 느끼게 될 육체의 부드러움에 따라 평가하지 않게 되었다.
오히려 그는 그녀 얼굴을 섬세하고 아름다운 선의 뒤섞임으로 평가하고,
눈으로는 그 얽힌 곡선을 좇고, 목덜미 선은 풍성한 머리카락 눈꺼풀의 곡선과 포개는 식으로,
그녀와 같은 유형이 확실히 뚜렷하게 드러날 것 같은 초상화들 속에 넣고 보았다.

마르셀은 생이 공허의 늪으로 빨려 들어가길 원치 않았다. 그는 자신이 느끼는 허무감의 원인을 파악하기를 원했으며, 공허하다고 생각한 지난 시절 속에서 도대체 무엇을 잃어버리고 살았는지를 알아보고자 했다. 바로 그런 이유에서 살롱 시절은 제일 먼저 회상의 무대가 되었다. 그럼 회상의 결과는 무엇인가? 살롱 라이프가 지독한 속물적 인정투쟁의 연속이라는 것, 그 치열한 출세지향주의가 더할 나위 없이 사람을 피폐하게 만든다는 것. 사교계를 통해서는 진실된 삶, 충만한 행복을 구할 수 없구나! 그렇다면 참된 기쁨을 누리는 삶은 어떻게 가능한가? 마르셀은 타인의 시선에 지배되는 사교계를 빠져나와 내적인 세계에서 답을 찾아보기로 했다. 가장 내밀하면서도 진솔한 마음의 교류가 이루어지는 장, 바로 사랑의 세계 말이다.

    결론부터 말하자면, 마르셀은 그 세계에서도 잃어버린 시간을 되찾을 수 없었다. 마르셀과 그의 지인들 중에 사랑 때문에 행복한 사람은 아무도 없다. 스완도, 샤를뤼스 씨도, 그들의 말썽 많은 애인들 때문에 물질적으로나 정신적인 면에서 죽도록 고생하면서 일생을 보냈다. 사심 없는 애정? 속 깊은 신뢰? 그건 다 교과서에나 나오는 이야기다.

마르셀은 사랑의 세계에서도 환멸을 맛볼 수밖에 없었다. 스완과 오데트의 사랑, 자신과 질베르트와의 첫사랑, 자신과 알베르틴과의 마지막 사랑, 샤를뤼스 씨의 도발적 동성애 등 그 어디에도 거짓말과 배신의 드라마 이상의 것은 없었기 때문이다. 하지만 이 사랑의 세계에서 경험한 환멸의 깊이는 마르셀에게 더할 나위 없이 큰 깨달음을 주었다. 도대체 마르셀은 사랑의 세계에서 어떤 배움을 얻었던 것일까?

∷ 스완과 오데트 : 부르주아와 매춘부의 벨 에포크식 사랑

누군가에게 사랑을 느끼는 것은 참으로 자연스러운 감정이다. 하지만 그 사랑을 표현하고 이해하는 과정은 그리 자연스럽지 않다. 누군가와 연애한다는 말에는 수많은 행위의 이미지들이 들어 있다. 연애편지를 쓰고, 공원이나 영화관으로 데이트를 가고, 기념일을 챙기며, 커플티나 커플반지를 교환하는 등, 마침내 결혼으로 이어지기까지의 수많은 과정들은 순전히 개인의 창작물일 수 없다. 요즘에는 사랑한다면서 일주일 이상 연락이 없는 것은 매너가 아니지만, 우편제도가 발달하기 전에는 몇 달씩 소식을 주고받지 못해도 서로에 대한 신뢰가 줄지 않았다. 우리가 보고 읽으면서 자란 수많은 연애소설이나 드라마와 영화, 그리고 휴대폰 같은 미디어 테크놀로지 없이 사랑을 나누는 것이 가능할까? 마르셀도 벨 에포크식의 사회문화 속에서 사랑을 배웠다. 마르셀에게 이 시대 사랑의 전범을 보여 주는 첫 번째 인물은 바로 콩브레의 이웃, 스완 아저씨다. 작품 속에서 그는 세상을 깜짝 놀라게 한 연애 스캔들의 대명사로 나온다. 그럼 이제 떠들썩했던 스완 씨의 사생활 속으로 들어가 보자.

여기 검은 모자를 쓰고 고혹적인 표정으로 어딘가를 응시하는 여인이 있다. 이름은 메리 로랑. 마네는 이 여인을 모델로 〈모피 외투를 입은 메리 로랑〉를 비롯해서 초상화를 7점이나 남겼다. 그런데 이 여인에게 매료된 사람은 비단 그뿐이 아니었다. 시인 말라르메는 그녀의 거실을 제 집처럼 드나들면서 예술의 영감을 얻으려고 했고, 당대를 풍미했던 예술가와 지식인 들이 앞다퉈 그녀의 아름다움을 찬미했다. 그럼 메리 로랑의 정체는 무엇인가? 그녀는 고급 창부였다! 요즘으로 치면 가장 잘 나가는 연예인쯤 될 것이다. 벨 에포크에 활동한 인상파 화가들의 작품 속 여인들 중 대부분은

에두아르 마네(Édouard Manet), 〈모피 외투를 입은 메리 로랑〉, 1882

제임스 티소(James Tissot), 〈루아얄 거리의 화가 서클〉, 1868

가장 오른쪽 출입문 앞에 서 있는 남자의 이름은 샤를 아스. 프루스트는 그에게서 샤를 스완을 만들어낸다.

바로 메리 로랑 같은 매춘부였다. 스완과 화가 엘스티르를 비롯해 작품 속 대부분의 남심을 녹여버린 여인 또한 매춘부 오데트 드 크레시였다. 앞 장에서 살펴보았듯 소년 마르셀도 오데트를 보기 위해 불로뉴 숲에서 몰래 그녀를 기다리곤 했다.

스완이 오데트에게 빠져들 수밖에 없었던 까닭은 작품을 통해 간단히 추리해 볼 수 있다. 스완은 부르주아 중의 부르주아, 댄디 중의 댄디였다. 제임스 티소가 그린 〈루아얄 거리의 화가 서클〉에 나오는 세련된 멋쟁이들 중 하나가 스완이었다. 젊었을 때 그는 학구열과 창작욕에 불타는 정력적인 부르주아였다. 하지만 손쉽게 얻을 수 있는 인맥과 명성, 책과 그림 들 속에서 지내다 보니 뭔가를 골똘히 연구하거나 밤을 낮 삼아 창작의 기술을 연마해야 하는 예술은 어쩐지 나중에 해도 괜찮을 것 같았다. '내일은 좀더 보람되고 실질적인 일을 해야지! 해야지!' 다짐했지만 그 어떤 것에도 매달리지 못한 채 어느덧 마흔 줄을 넘기고 있었다. 그렇게 세월이 흘러가버렸다는 것을 깨달았을 때, 그는 슬슬 불안해지기 시작했다. 자신의 화려한 삶이라는 것도 결국은 대통령 궁이나 고급 살롱, 연극장의 발코니, 발베크 같은 휴가지나 드나드는 것에 불과했고, 그를 부러워하는 대중들의 시선도 실은 그가 소유한 마차, 명품 구두, 실크모자나 고급 양복을 향해 있다는 것을 깨달았기 때문이다. 아무도 그가 어떤 사람인지 궁금해하지 않았고, 그 역시 아무것에도, 그 누구에게도 매력을 느낄 수 없었다. 참으로 난감한 일이 아닐 수 없다.

오데트 드 크레시라는 희대의 매춘부가 스완의 인생에 나타난 것은 바로 이 무렵이다. 우울했던 스완은 극장에서 처음 오데트를 소개 받은 후 서서히 그녀에게 끌리기 시작했다. 그러다가 결정적으로 그를 자극한 사건이 발생했는데 이름하여 '보티첼리 사건'이다. 어느 날 우연히 오데트의 집을 방문하게 된 스완은 일본풍 실내복만 걸치고 있었던 그녀에게서 문득 보티첼리 회화의 주인공인 시포라(나중에 모세의 부인이 되는 여인)의 모습을 보았다. 순간 그는 마치 거대한 회화가 자기 앞에 펼쳐지는 것 같다고, 신화 속 여인이 자기를 위해 몸을 숙인 채로 서비스를 해준다고 느꼈다. 그리고 문득, 시포라 같은 여인 앞에 앉아 있는 자신이 모델 앞에서 궁리를 거듭하던 보티첼리나 다름없다는 생각이 들었다. 예술가가 된 속물 부르주아! 이러한 망상 속에서 그는 짜릿한 희열을 느끼며 오데트의 품 안으로 뛰어들었다. 오데트가 그가 절대로 소유할 수 없을 것 같은 예술의 세계를 가져다 줄 수 있는 고귀한 존재로 느껴진 것이다.

그는 그녀가 보고 싶어하던 판화를 가져갔다. 오데트는 조금 몸이 불편한 듯했다. 그녀는 화려하게 수놓인 천 자락을 외투처럼 가슴 위로 여미면서, 연보랏빛 크레프드신[crêpe de Chine; 쪼글쪼글한 얇은 비단]가운을 입고 그를 맞이했다. 그의 옆에 서서 흐트러진 머리카락을 두 뺨을 따라 길게 드리우고, 판화 쪽으로 몸을 기울이려고 춤추는 듯한 자세로 한쪽 다리를 구부리고, 생기가 없을 때처럼 무척 피로하고 침울해 보이는 큰 눈으로 머리를 기울이면서 판화를 들여다보는 그녀는, 시스티나 성당의 벽화 속 이트로의 딸 시포라를 꼭 닮아서 스완은 놀랐다.

[중략] 어쨌든 그가 얼마 전부터 느끼게 된 이 풍요로운 인상은 비록 음악에 대한 사랑과 함께 왔지만 그의 그림 취향까지도 풍요롭게 해주었기 때문에, 오데트가 알렉산드로 디 마리아노(진짜 작품을 떠올리게 하는 화가의 본명 대신에, 지금 그에 대해 돌고 있는 저속하고도 잘못된 통념 때문에 사람들은 보티첼리를 산드로 디 마리아노라는 별명으로 불렀다.)의 시포라와 닮았다는 사실을 알게 되면서 그 기쁨은 더 깊어져서 그에게 꾸준히 영향을 미쳤다. 이제 스완은 오데트를 그녀의 두 뺨이 가진 아름다움이나 언젠가 그녀를 안으면 자신의 입술로 느끼게 될 육체의 부드러움에 따라 평가하지 않게 되었다. 오히려 그는 그녀 얼굴을 섬세하고 아름다운 선의 뒤섞임으로 평가하고, 눈으로는 그 얽힌 곡선을 좇고, 목덜미 선은 풍성한 머리카락과 눈꺼풀의 곡선과 포개는 식으로, 그녀와 같은 유형이 확실히 뚜렷하게 드러날 것 같은 초상화들 속에 넣고 보았다.

그는 오데트를 응시했다. 벽화의 한 조각이 그녀의 얼굴과 몸에 드러났다. 그리고 그때부터 그는 오데트 옆에 있거나 홀로 그녀를 떠올리거나 할 때 항상 그녀 몸속에서 이 벽화의 조각을 찾아내려고 노력했다. 그가 피렌체파의 걸작에 집착한 까닭은 물론 단지 그가 그것을 그녀 안에서 다시 발견했기 때문이 틀림없지만, 이 유사성은 그녀에게도 아름다움을 부여해서 그녀를 더 소중하게 생각되게 했다. 스완은 거장

산드로 보티첼리(Sandro Botticelli), 〈모세의 삶〉, 1481~1482

시포라는 구약성서 중 출애굽기에서 모세가 이집트인을 죽이고 미디안 땅으로 달아나 거기서 만난 여인이다. 시포라는 미디안을 다스리던 사제의 일곱 딸 중 하나였다. 하루는 딸들이 양떼에게 물을 먹이기 위해 우물로 갔는데, 목동들이 나타나서 훼방을 놓았다. 마침 우물가에 있던 모세가 다가와 도움을 주었다. 오갈 데 없던 모세가 사제의 제안을 받아들여 함께 살기로 하자, 사제는 시포라를 주어 모세를 사위로 삼았다. 장인의 양치기로 살던 모세는 호렙 산을 지나가다가 하느님의 부름을 받고 이집트로 가서 이스라엘 민족을 이끌고 탈출하게 된다. 그림 왼편 위쪽으로 보면 바로 그 장면이 보인다. 우물 앞의 두 여인 중 왼쪽이 시포라다.

인 산드로에게는 그토록 황홀하게 보였을 존재의 가치를 미처 알아보지 못한 자신을 나무라는 동시에, 오데트를 만나는 기쁨이 자신의 미적 소양으로 정당화되는 것을 보면서 기뻐했다. 그는 오데트에 대한 생각을 그의 행복한 꿈과 결합하면서, 지금까지 자신이 그렇게 불완전하게 어쩔 수 없이 살아온 것은 아니라고 생각했다. 왜냐하면 자신의 가장 세련된 예술적 취향을 그녀가 갖고 있으니까. 그리하여 그는 오데트가 자신이 욕망했던 여성이 되지는 않는다는 사실을 잊어버렸다.

—「스완네 집 쪽으로」

사람은 누구나 자기가 알고 있는 것, 자기 교양의 지평에서 상대를 바라보고 판단한다. 스완의 교양은 갖가지 그리스·로마 고전에서 최신 인상파의 그림까지를 망라했는데, 그중에서도 가장 아름답다고 생각한 회화의 한 장면 위에 오데트를 놓고 보았던 것이다. 결국 그가 오데트에게 매료된 것은 그녀가 그의 예술 취미를 자극했기 때문이라고 할 수 있다. 원래 사랑이란 게 그렇다. 상대를 사랑한다기보다는 상대에게 투영한 자신의 욕망을 사랑하는 것.

그런데 문제는 스완뿐 아니라 당대 모든 부르주아며 예술가들이 오데트에게서 헤어나올 줄을 몰랐다는 사실이다. 몽상가 포르슈빌 백작도, 화가 엘스티르도, 프티 부르주아 소년도 그들 각자의 교양과는 상관없이 그녀에게서 어떤 비슷한 매력을 느꼈다. 과연 오데트의 치명적 매력은 무엇이었던가? 권태로운 파리지앵들은 오데트에게서 단지 외적인 아름다움만 보지는 않았던 것 같다. 그렇지 않고서야 훨씬 더 아름답고 사치스러운 귀족 가문의 아가씨가 아니라 매춘부가 시대의 아이콘이 될 수는 없는 노릇이다. 오데트는 1872년 파리 만국박람회 때부터 시대의 아이콘이던 인물이다. 출신도 불분명한 오데트가 이런 성공을 할 수 있었던 이유는?

사연인즉 이렇다. 오데트는 마담 보바리가 그토록 동경했던 파리에서 생활하기 위해 파리행 기차를 탔던 수많은 지방 아가씨들 중 하나였을 것이다. 라스티냐크 같은 지방 똑똑이들이 벼락출세를 꿈꾸었던 것처럼 수많은 시골 아가씨들도 파리에만 오면 당장 사륜마차를 탈 수 있을 거라고 믿었다. 하지만 가난한 아가씨들에게 주어진 최고의 향락은 르느와르가 그린 〈물랭 드 라 갈레트에서의 무도회〉 이상은 될 수 없었다.

이 작품 전체를 지배하는 것은 경쾌한 음악소리와 끊이지 않는 청춘남녀의 웃음소리다. 하지만 조금 더 자세히 살펴보면 이들의 옷차림이 지극히 소박하다는 것을 잘 알 수 있다. 특히 아가씨들의 옷은 패턴도 단조롭고 악세사리도 거의 없다. 화면 속 그녀들은 환하게 웃고 있지만 잘 드러나지 않는 그녀들의 손은 어떨까? 바늘에 찔리거나 산업용 표백제에 시달려 갈라지고 퉁퉁 부어 있지는 않았을까? 사실 시골에서 갓 상경해 몽마르트의 값싼 하숙집을 전전하던 그녀들에게 물랭 드 라 갈레트에서의 무도회란 날마다 즐길 수 있는 일상이 아니었다. 어느 주말의 짧은 외출이었을 뿐. 그녀들이 파리에서 가장 쉽게

오귀스트 르느와르(Auguste Renoir), 〈물랭 드 라 갈레트에서의 무도회〉, 1876

구할 수 있는 직업이라야 부르주아의 하녀 혹은 세탁부 정도였는데 그런 일을 통해서는 물가 높은 대도시의 삶을 감당할 수 없었을 것이다. 그녀들은 열악한 노동 조건에 시달리며 요통과 결핵 같은 각종 감염질환을 달고 살았을 게 분명하다. 이들 대부분의 수명은 평균 40세도 못 되었다고 하는데, 이런 현실을 고려하고 보면 르느와르의 그림은 한없이 쓸쓸하다. 당대 여인들의 우울한 현실을 달콤하게 위장하고 있는 듯해서.

많은 여성들이 진저리나는 가난에서 도망치기 위해 백화점 판매원이나 카페, 레스토랑, 콘서트 홀, 극장의 여급 생활에 눈을 돌렸고, 가까이에서 맛본 사치에 길들여진 끝에 매춘의 길로 빠져드는 경우가 허다했다. 여성의 사회적 진출을 뒷받침하는 학교나 직장 같은 제반 조건이 부재한 상황에서, 입신출세를 꿈꾸던 하층계급의 여성들로서는 어쩔 수 없이 받아들여야만 하는 운명이었다. 매춘부의 삶이란 뜬 구름 같은 욕망과 배신, 허무로 가득했고, 그녀들의 표정이나 몸짓은 지칠 줄 모르는 야욕과 일찌감치 터득한 허무감을 동시에 표현할 수밖에 없었을 것이다. 꿈꾸는 듯한 애수와 도발적인 퇴폐가 뒤섞인 존재! 벨 에포크의 매춘부란 바로 그런 존재였다. 화가 엘스티르는 젊은 시절 여배우로도 활약했던 오데트에게서 바로 이런 이중성을 간파했다. 그는 오데트가 최전성기를 구가하던 시절을 이렇게 포착한다.

나는 그의 작업이 어서 끝나기를 기다리면서 아틀리에 안을 초조하게 오갔다. 벽 쪽에 겹겹이 쌓인 습작품을 손이 닿는 대로 집어 들어 보았다. 그러다가 엘스티르의 삶에서 꽤 옛날 것으로 보이는 수채화 하나를 밝은 곳으로 꺼냈는데, 그 그림은 특별한 황홀감을 내게 불러 일으켰다. [중략]

지금 내가 아래로 내려 보고 있는 이 존재의 애매모호한 성격은 예전에 배우였던 여자가 반쯤은 남자로 가장했다는 까닭인 듯했지만, 그래도 잘 이해가 가지 않았다. 짧지만 부푼 머리카락에 얹힌 중산모, 안자락 없는 벨벳 겉옷 안에 있는 흰 셔츠의 모습이 그것이 유행했던 시대와 모델의 성별을 알듯 말듯 하게 했기 때문에, 화가가 그린 습작 중에 가장 밝은 그림이라는 사실 외에는 이 그림이 무엇을 그린 것인지는 잘 알 수 없었다. 또 그림이 나에게 주는 기쁨도 엘스티르가 지체하는 바람에 젊은 아가씨들과 만나는 기회를 놓칠까 하는 걱정 때문에 방해받았는데, 해가 이미 기울어서 작은 창문 아래로 낮아져 있었기 때문이다. 이 수채화 속에는 사실이라고 볼 만한 것은 하나도 없었고, 장면 속의 유용성, 예를 들면 여인이 그걸 입어야만 하는 의상이라든가, 꽃을 꽂아 놓기 위한 꽃병이라든가 하는 까닭 때문에 그려진 것도 없었다. 꽃병의 유리는 그 자체의 아름다움 때문에 사랑받으면서 물을 담고 있는 듯했고 그 안의 카네이션 줄기는 물처럼 투명하게 거의 액체처럼 보였다. 여인의 옷차림도 그 자체로 독립적이면서 호의적인 아름다움을 지니고 여인의 몸을 둘러싸고 있고, 옷이라는 공산품도 아름다움이라는 측면에서는 암코양이의 털이나 카네이션의 꽃잎, 비둘기

의 깃처럼 섬세하고 색감이 풍부해서 자연의 오묘한 창작품에 비견될 수 있을 것 같았다. [중략]

그런데 사람들은 특히 엘스티르가, 재능을 가지고 연기하기보다는 몇몇 관객의 무기력하고 퇴폐적인 관능에 주의를 더 기울이는 듯한 젊은 여배우의 이 분장을, 그것이 어떤 부도덕한 것을 나타내든지 엘스티르가 상관하지 않고 오히려 그런 애매하고도 야릇한 특징에 마음을 끌린 채로, 그것을 마치 미적인 어떤 요소라도 되는 것처럼 일부러 그것을 드러나게 하면서 강조하려고 갖가지 노력을 기울였다는 것을 느낄 수 있었다. 얼굴의 선을 따라가다 보면 약간은 사내아이 같은 소녀라는 점이 드러나지만 조금 있다가는 그것이 꺼지고, 이번에는 오히려 방탕하고 몽상에 잠긴 여성스러운 젊은이라는 인상을 주지만 그것도 다시 나타났다가 또 슬쩍 달아나서, 그렇게 이해할 수 없는 상태로 끝이 난다. 꿈꾸는 듯 슬픔에 젖은 눈매의 특징도 오히려 방탕과 연극적 세계에 어울리는 장식과 대조를 이루도록 그려져서 보는 이를 당황하게 만드는 요소였다. 게다가 이 특징은 짐짓 꾸민 듯 보였고, 도발적인 의상으로 애무에 몸을 맡기는 듯 보이는 이 젊은이는 은밀한 감정과 고백하지 못할 슬픔을 담은 소설적인 표현을 그 옷에 덧붙이면서 재미를 느끼고 있는 듯 싶었다. 초상화 아래에 "미스 사크리팡, 1872년 10월"이라고 쓰여 있었다.

—「꽃피는 아가씨들 그늘에」

스완이 오데트에게서 보았던 것도 바로 이 점이 아니었을까? 의식하지 못했겠지만, 그는 그녀의 몽환적인 눈빛과 일견 천진해 보이는 외양 뒤에 감춰진 끝을 모르는 야심과 퇴폐적 욕망, 그리고 그 허무한 말로를 알아챘으리라. 그는 오데트에게서 고상하고 번드르르한 부르주아적 속물주의의 영고성쇠를 단번에 감지했다. 오데트의 몽환적인 표정과 교태 섞인 자태에서 속물주의로 알알이 채워진 자신의 허황된 삶을 읽었던 것이다. 오데트는 스완이 결코 가질 수 없는 예술의 세계에 속한 사람이 아니라 스완이 감추고 있었던 속물적 삶의 이면을 보여 주는 존재였다. 그랬기 때문에 그는 오데트의 부정을 알고도 용인할 수 있었던 것이다.

메리 로랑을 비롯해 벨 에포크를 풍미한 수많은 여배우들과 매춘부들이 대중과 예술가들의 욕망의 대상이 될 수 있었던 것도 그녀들의 얼굴에 드리워진 허무한 욕망 때문이었다. 그녀들은 곧 자신들이었다. 매춘부를 사랑한다는 것은 그 영광과 비참 속으로 더 깊이 빨려 들어가고 싶다는 것을 의미했고, 그런 사랑의 끝에 진실된 행복이 차지할 자리는 없었다.

스완은 자신을 단번에 보티첼리로 변신시켜 주는 오데트, 한낱 돈 많은 부르주아인 자신보다 훨씬 차원 높은 존재인 이 뮤즈에게 사랑을 느꼈다고 생각했지만, 그것은 결국 자신과 가장 닮은 존재를 애무하고 싶은 나르시스적 욕망에 지나지 않았다. 물론 스완과 오데트의 결말은 소위 '해피앤딩'이다. 두 사람이 '행복한 사랑의 종착역'인 결혼에 골인하게 되기 때문이다. 그러나 스완은 이 결혼과 동시에 사교계로부터 완전히 축출당하게 되고(스완의 대귀족 친구들은 차마 매춘부를 자기들의 살롱에 받아들일 수 없었다.) 거짓말쟁이 매춘부에게 속았다는 것을 아프게 깨달아야 했다. 하지만 그에게는 사태를 되돌릴 체력도 능력도 없었다. 아니 그럴 마음이 없었다고 해야 옳겠다. 딸 질베르트가 태어날 준비를 하고 있었고, 어차피 허무한 인생에 더 아쉬울 것도 없었기 때문이다. 스완과 오데트에게 결혼이란 권태로운 부르주아의 삶과 허영에 찬 매춘부의 삶을 별 탈 없이 지속시켜 주는 고마운 안전장치였고, 둘은 그렇게 서로에게 '지겨운 존재'로 오래오래 함께 살게 된다.

스완과 오데트의 사랑 이야기는 『잃어버린 시간을 찾아서』의 맨 앞부분에 나온다. 마르셀의 회상은 콩브레에 대한 향수에서 시작해서 곧바로 스완의 사랑으로 옮겨 간다. 마르셀이 자신이 실제로 보고 들은 이야기도 아닌 이 두 사람의 사랑 이야기를 제일 먼저 회상하는 이유는 뭘까? 콩브레에는 스완뿐만 아니라 '게르망트쪽'이라는 또 다른 장소가 등장하지만, 프루스트는 제1권의 제목을 「스완네 집 쪽으로」라고 했다. 이것은 또 무엇을 의미하는가? 마르셀은 회상을 통해 자신이 스완과 같은 부르주아의 삶을 살아왔음을 깨달았던 것이다. 그것은 사랑에 있어서도 마찬가지였다. 마르셀은 소년 시절과 청소년기를 거치면서 부르주아의 딸(질베르트)이나 살롱의 슈퍼스타(게르망트 공작 부인)와 연애를 하지 못해 안달했다. 스완이 오데트를 통해 예술가의 삶을 흉내내려고 한 것처럼 마르셀도 이런 여인들을 통해 대부르주아나 대귀족처럼 사는 삶을 꿈꾸었던 것이다. 하지만 그는 직접 그림을 그리는 게 아니라 모델을 소유하는 것으로 만족하는 삶에는 희망이 없음을 깨닫게 된다. 능력 있고 고상한 애인이 게으르고 욕심만 많은 내 초라한 삶을 구원해 줄 수는 없다는 사실도.

∷ 마르셀과 질베르트 : 첫사랑은 왜 실패하는가?

스완처럼 사랑할 수는 없다. 타인에게서 내 모습을 읽어서는 안 된다. 이것이 마르셀이 스완의 사랑으로부터 얻은 교훈이다. 우리가 어떤 대상을 본다고, 안다고, 심지어 사랑한다고 하는 것 이면에서 가장 활발하게 작동하는 것은 나의 상식, 나의 경험, 나의 욕망이다. 상대방에 대한 진지한 탐색만큼 스완을 두렵게 한 것은 없었다. 그는 오데트의 애인들이 집 앞에 출몰할 때마다 두 주먹을 불끈 쥐면서도 그녀에게 진실을 캐묻지 못했다. 환상 속에 그녀가 있다! 그는 죽을 때까지 그녀를 보티첼리 속에 유폐시킴으로써 자신의 사랑을 지켰다고 생각했다. 그러나 그것이 과연 사랑일까? 마르셀은 사랑한다는 것이 어떤 것인지를 조금 더 탐구해 보기로 했다. 자신은 질베르트와 어떻게 만나고 헤어졌던가?

마르셀이 스완의 딸 질베르트에게 반하면서 그의 사랑의 역사는 시작된다. 마르셀은 질베르트가 아가위 꽃밭 속에서 불쑥 솟아 나왔다는 바로 그 사실 때문에 그녀에게 순식간에 반하고 말았는데, 이는 소박한 정신과 자연의 위대함을 찬미한 외할머니의 영향 탓이다. 게다가 허약했던 마르셀에게 꽃삽을 들고 씩씩하게 풀숲을 헤매는 소녀는 꼭 사귀고 싶을 만큼 매력적이었다. 하지만 마르셀이 본격적으로 질베르트에게 구애하게 되는 것은 그녀가 스완의 딸이라는 것을 알게 되면서부터다. 스완의 딸! 그것은 다음과 같은 사실을 의미했다. '질베르트는 뱅퇴유나 베르고트와 같은 당대 최고의 예술가들과 함께 저녁도 먹고 오페라도 보러 간다!' 마르셀의 첫사랑은 오직 질베르트가 되어야 했다. 질베르트야말로 스완으로부터 뛰어난 교양을 배웠을 것이고, 엄청난 장서와 미술품을 갖춘 스완의 응접실과 도서관에서 날마다 책을 읽고 그림을 그릴 것이기 때문이다. 부르주아적 삶을 향한 마르셀의 동경이 그를 질베르트에게로 이끌었던 것이다.

"베르고트의 책 중에서 라 베르마에 대해 쓴 것이 있어요?" 하고 나는 스완 씨에게 물었다.

"라신에 관해 쓴 소책자 중에 있었던 것 같은데 그 책 자체는 절판됐을 거야. 하지만 재판이 나와 있는지도 모르지. 내가 물어보겠네. 게다가 나는 자네가 원하는 것은 무엇이든 베르고트에게 부탁할 수 있네. 그는 일년 내내 한 주도 빠지지 않고 우리 집에서 저녁식사를 하거든. 내 딸과는 아주 가까운 친구라네. 그들은 옛 도시나 대성당, 성 등을 곧잘 구경하러 가곤 하지."

　사회적인 계급 개념이 나에게 전혀 없어서, 스완 부인과 스완 아가씨하고 우리들의 사교가 불가능하다고 하는 아버지의 의견은 그녀들과 우리 가족 사이에 커다란 거리가 있는 것처럼 만들었고, 그것이 오히려 그녀들에게 커다란 매력을 부여하는 결과를 낳았다. 스완 부인이 남편을 위해서가 아니라 샤를뤼스 씨의 마음에 들기 위해 머리를 염색하고 입술에 립스틱도 발랐다고 이웃인 사즈라 부인이 말하는 것을 들은 적이 이어서, 나는 그렇게 하지 않는 어머니가 마뜩찮게 생각되었고, 그렇기 때문에 틀림없이 우리가 스완 부인이 무시하는 대상이 되고 있다고까지 생각했다. 이런 스완 아가씨 때문에 특히 내 마음이 괴로웠다. 왜냐하면 그녀가 정말 예쁜 소녀라고 말하는 것을 들었고, 나는 종종 내 마음대로 항상 똑같이 예쁜 그녀를 상상했던 것이다. 하지만 스완 아가씨가 그렇게도 많은 특권을 가진, 마치 자연의 한 요소인 듯 몸에 밴 드문 특권을 가진 존재여서 그녀가 식구들에게 오늘 저녁식사에는 누가 오시냐고 물으면, 빛나는 음절로 가득 찬 황금색 손님의 이름 베르고트, 그녀의 입장에서는 집안의 오랜 벗에 불과한 그 이름을 식구들이 대답한다는 것, 또 나에게는 대고모의 대화에 해당하는 그녀 식탁의 친밀한 잡담이라는 것이 베르고트가 지금까지 책에서 다루지 않았던 온갖 주제에 관한 말이고, 내가 듣고 싶어하는 그의 신탁이라는 것, 그리고 마지막으로 그녀가 여러 시가를 구경하러 갈 때 베르고트가 그녀를 따라서 마치 인간들 사이에 내려온 신들처림 남들은 알 수 없게 그렇지만 또한 영광으로 빛을 내며 걸어간다는 것을 이날 알았을 때, 나는 스완 아가씨와 같은 존재의 가치를 깨닫는 동시에 그녀의 눈에는 내가 얼마나 조악하고 무지해 보일 것인가를 떠올려서, 한편으로는 그녀의 친구라는 것이 얼마나 즐거울까라고 느끼면서도 그것이 얼마나 불가능한지 또한 느껴서, 희망과 절망에 동시에 빠져버렸다. 그때부터 그녀를 생각할 때면 그녀가 종종 어느 대성당 정면 현관 앞에서 나에게 조각상의 갖가지 의미를 설명해 주면서, 나를 칭찬하는 의미의 미소를 짓고서 나를 자신의 벗인 베르고트에게 소개하는 모습이 떠올랐다. 대성당이 나의 마음에 불러일으키는 갖가지 사상적 매력, 일드프랑스[l'ile de France ; 파리가 주도인, 프랑스 22개 주의 하나]의 언덕, 그리고 노르망디 평원의 매력이 스완 아가씨의 형상 위에 언제나 그 아름다운 반영을 드리우고 있었다. 그럴 수밖에 없는 것이, 나는 언제라도 그녀를 사랑할 준비가 되어 있었던 것이다. 어떤 존재가 미지의 삶 속에 들어 있어서, 사랑이 우리가 그 미지의 삶 속으로 뚫고 들어가게 할 수 있다고 믿는 것, 바로 이것이 사랑이 생겨나기 위해 필요한 전부이며 사랑에서 가장 필요한 것이고, 그 밖의 것은 별로 중요하지 않다.

— 「스완네 집 쪽으로」

마르셀은 자신이 동경하는 세계 속에서 사는 질베르트라면 충분히 사랑받을 만한 소녀라고 생각했다. 마치 스완이 오데트에게서 예술의 뮤즈를 발견하고 그녀를 찬미했던 것처럼 말이다. 때문에 마르셀은 질베르트보다 가난하고 잘 배우지 못한 자신을 부끄러워하면서 조심스럽게 그녀에게 다가갔으며, 때로는 고급 식기 세트가 놓인 격식 있는 코스요리를 먹고 있을 그녀를 떠올리면서 소박하고 정갈한 식사나 격의 없는 인정만을 강조하는 어머니를 원망하기도 했던 것이다.

하지만 이게 웬일인가? 보면 볼수록 오데트가 자신과 닮았다는 것을 깨달았던 스완과는 달리, 마르셀은 친해지면 친해질수록 질베르트가 자신이 상상한 것 이상의 세계를 보여 준다는 사실에 놀라지 않을 수 없었다. 그녀는 함께 책을 읽자고 도서관에 초대해 놓고서는 갑자기 샹젤리제 거리로 놀러 나가자고 졸랐고, 마르셀이 기다릴까 봐 신속하게 베르고트의 책을 빌려 주면서도 나중에는 빌려 준 사실조차 기억하지 못하곤 했다. 아버지 스완을 기쁘게 하기 위해서라면 열심히 공부할 줄도 알았지만, 그러다가도 놀러 갈 일이 생기면 거짓말을 해서라도 집을 나가지 않고는 못 배기는 소녀였다. 질베르트는 교양인 스완과 허영꾼 오데트가 뒤죽박죽 반죽된 조형물처럼 두 사람 중 그 누구의 자질이랄 수도 없는 것들을 마구 구현하는 존재였다. 결국 그녀는 댄스파티를 가려고 할 참에 불쑥 방문한 마르셀의 눈치 없음에 화산처럼 분노를 터뜨리고 말았다. 돌이켜보건대, 마르셀과 질베르트는 단 한 방울의 공통점도 갖고 있지 않은, '화성에서 온 남자와 금성에서 온 여자'였다.

처음에 질베르트는 마르셀이 갖지 못한 모든 것을 다 갖춘 존재였

클로드 모네(Claude Monet), 〈정원에서〉, 1895.

라일락의 계절이 끝나려는 무렵의 어느 날, 마르셀은 할아버지와 아버지를 따라 처음으로 메제글리즈 방향, 즉 스완네 집 쪽으로 산책에 나섰다. 분홍색 아가위나무 꽃을 발견하곤 그 빛깔과 모양과 향기를 즐기다가 문득 산책길 울타리 너머로 스완씨 댁의 정원을 바라보았다. 바로 그때 그곳에 뜻밖에도 질베르트가 서 있었다. 마르셀은 산책길에서 본 아가위나무 꽃 빛깔을 질베르트의 얼굴에 뿌려진 주근깨에서도 보았다. 소년과 소녀의 첫 만남이었다.

다. 마르셀은 그녀와 함께 있기만 해도 스완 같은 대부르주아적 삶에 성큼 발을 내딛을 수 있을 거라고 믿었다. 그런데 점차로 드러나는 사실은 그녀가 생각과는 완전히 다른 존재였을 뿐만 아니라 점점 더 예측 불가능한 존재로 되어 간다는 점이었다. 생각해 보면 당연한 일이다. 꽃삽을 든 풀밭의 소녀와 댄스홀 한가운데에서 정신없이 몸을 흔들고 있는 소녀 사이에는 아무런 공통점도 없지만 둘 다 모두 질베르트다. 부모님 앞에 있을 때와 친한 친구와 함께 있을 때, 존경하는 선생님과 있을 때나 사랑하는 연인과 함께 있을 때의 모습이 다르듯, 우리는 다양한 관계에서 매번 다른 역할을 수행하며 살아간다. 그런 점에서 누군가를 만난다는 것은 하나의 배경만(아가위 꽃밭 같은)을 가진 존재와 만나는 것이 아니라 수많은 배경을 가진 존재와 만나는 일이다. 마르셀은 질베르트가 변신할 때마다 곤란해했고 결국에는 가차 없이 그녀에게 버림받았지만, 시간이 지나 알 수 있었다. 단지 질베르트가 스완의 딸이어서가 아니라, 그녀가 언뜻 언뜻 보여 주었던 모순되고 이해 불가능한 여러 개의 세계들이야말로 자신이 매혹된 신비였다는 것을 말이다.

질베르트가 품고 있는 세계는 한없이 많다. 마르셀은 질베르트를 사랑하면서 그 예측할 수 없는 세계가 하나씩 펼쳐질 때마다 자신의 세계 역시 다시 펼쳐지고 있음을 알 수 있었다. 샹젤리제 거리에서 숨바꼭질을 좋아하는 소녀를 위해서라면 아픈 몸을 이끌고서라도 나가서 뛰놀 수 있었고, 서재가 아니라 색깔 구슬이나 최신식 장난감이 구비되어 있는 잡화점 안에서 엄청난 희열을 느낄 수도 있었다. 또 유치하고 순박한 시골 소년이었지만 등 돌린 질베르트의 마음을 되찾기 위해서라면 치밀하게 그녀의 부모님을 공략하는 모략가가 될 수도 있었다. 마르셀은 질베르트를 만나는 동안 애늙은이 공부벌레에 불과했던 자신이 씩씩하고 맹랑하기까지 한 장난꾸러기의 모습으로 다시 태어난다는 것을 체감했다. 그의 정체성 또한 프티 부르주아의 아들이라는 하나의 세계로만 수렴되지 않았던 것이다. 만약 질베르트가 없었더라면 마르셀은 이런 자신을 어떻게 알 수 있었겠는가? 이제 마르셀은 안다. 사랑한다는 것은 결국 수많은 세계들이 서로 만나고 서로를 펼쳐내는 드라마라는 것을!

마르셀의 첫사랑은 왜 실패할 수밖에 없었는가? 처음에 그는 질베르트가 자신은 속할 수 없는 건강과 예술의 세계에 속하는 사람이라고 생각했다. 이런 식으로 자신의 욕망을 투사하지 않았더라면, 마르셀은 결코 질베르트에게 반하지 않았을 것이다. 문제는 질베르트가 마르셀의 표상된 세계에 속하지 않는다는 사실이다. 때문에 마르셀은 그녀의 세계들이 다른 방식으로 펼쳐질 때마다 그것을 감당할 수 없었고 어찌할 줄을 몰라 머뭇거리기만 했다. 자신이 그녀 때문에 달라지고 있다는 것을 어정쩡하게 받아들였으며 점점 더 질베르트를 사랑하는 일에 자신이 없어졌다. 결국 마르셀이 사랑한 건 자신이었던 것이다.

마르셀의 연애론에 따르면, 우리의 첫사랑은 미지에 대한 우리의 동경을 반영한다. 우리는 한 소녀를 혹은 한 소년을 내가 가보고 싶고 경험하고 싶은 공상 속에서 발견한다. 그리고 상대가 그 세계에만 속하지 않는다는 사실을 깨달으면서 당황해하고, 서서히 실망하면서, 마침내 뒤돌아선다. 그렇게 첫사랑은 실패한다. 실패의 원인을 상대에게 돌리면서 말이다. 실패한 후에야 마르셀은 사랑의 원인이 나에게도 그에게도 있지 않다는 것을 깨닫는다. 사랑은 각기 다른 두 세계가 서로를 다채롭게 펼쳐내는 과정임을, 이때 필요한 것은 상대방의 낯선 세계와 자신의 낯선 모습을 적극적으로 받아들일 수 있는 여유와 자신감임을. 그럴 때 첫사랑은, 아니 실패한 모든 사랑은 값지다.

:: 마르셀과 알베르틴 : 사디스트와 마조히스트의 동상이몽

첫사랑에 실패하고 난 마르셀은 어떤 심정으로 아가씨들을 바라보게 될까? 나중에 마르셀은 발베크의 바닷가에서 뜨거운 햇살과 부서지는 포말을 즐기며 뛰어노는 소녀들을 보면서 자기 앞에 수없이 많은 세계가 출렁이고 있다는 것을 깨닫는다. 아래의 인용문은 꽃피는 아가씨들 중 한 명인 알베르틴에 대한 회상이다. 그녀의 아름다움은 파도의 포말처럼 일어나고 부서지고, 일어나고 또 부서지면서 찬란하게 해변을 장식한다.

알베르틴도 다른 아가씨들과 마찬가지였다. 어떤 날은 잿빛 안색에 침울한 표정으로 어떤 보랏빛의 투명함이 바다에서 이따금 일어나듯이 그것이 눈 속에 비스듬히 내려와서, 마치 유형에 처한 슬픔을 느끼는 듯했다. 또 어떤 날은 다른 날보다 더욱 매끈한 얼굴로 그 표면에 여러 가지 덧칠을 해서 다른 욕망이 들어갈 수 없게 했다. 그럴 때 옆에서 흘깃 그녀를 바라보면, 하얀 밀랍처럼 윤기 없던 두 뺨도 장미 빛깔을 띠고 있고 그 속이 환하게 들여다보여서 그 볼에 입맞추고 싶고 그 속에서 빠져나가려는 다른 안색도 붙잡고 싶었다. 또 어떤 때는 행복이 변화무쌍하게 맑은 빛으로 두 뺨을 적셔서 액체처럼 투명해진 살갗은 피부 밑에 눈 같은 것을 드러내 보이고 그 때문에 살색이 다른 빛깔로 보이기도 했지만, 살갗도 살갗 밑의 눈도 다른 물질로 된 것 같지는 않았다. [중략] 때로는 흰 얼굴 안에 단 한 점 코끝만 장미 빛깔로 보여서 그 작은 코는 놀리면서 같이 놀고 싶은 앙큼한 새끼 고양이의 코 같았다. 때로는 두 볼이 너무도 매끄러워서 우리 시선은 마치 세밀화를 바라보듯이 그 분홍빛 에나멜 위를 미끄러져 가는 듯했고, 그녀의 검은 머리카락이 성기게 몇 가닥 엉켜 있어서 볼의 색깔을 더욱 우아하고 고즈넉하게 보이게 했다. 그 볼의 혈색이 시클라멘처럼 보랏빛이 도는 장밋빛이 되기도 했다. 때로는 충혈되거나 열이 나거나 해서 그녀의 눈에 어떤 더욱 퇴폐적이고 부도덕한 것이 보였는데, 그때 볼 색깔은 어떤 종류의 장미가 지닌 암적색의 자줏빛, 거의 거무스름한 빛을 띨 때도 있었다. 이처럼 여러 가지의 알베르틴은 무대 위를 비추는 조명의 변화무쌍한 놀이에 따라 색이나 형태 특징이 변하곤 하는 무희의 모습처럼 그 하나하나가 다 달랐다. 나중에 내가 어떤 알베르틴을 떠올리는가에 따라, 나 스스로가 다른 인물로 변하는 습관을 가지게 된 것은 아마도 이 무렵 내가 그녀에게서 보게 된 인간이 그토록 다양했기 때문이었으리라.

— 「꽃피는 아가씨들 그늘에」

한 사람 한 사람은 너무나 다양한 세계들로 구성되어 있구나! 그것이 하나씩 하나씩 펼쳐질 때마다 얼마나 찬란한 아름다움이 펼쳐질 것인가? 그녀들 덕분에 나의 세계 또한 다채롭게 펼쳐진다니! 마르셀은 수많은 세계들이 깔깔거리며 해변 위에서 춤추는 것을 보면서 아찔한 기쁨을 느낀다. 과연 마르셀의 두 번째 사랑은 어떻게 실패하게 되며, 그는 실연의 고통 속에서 어떤 배움을 얻게 될 것인가?

질베르트의 가혹한 거절이 있고 난 뒤 마르셀은 조금 더 여유로운 사람이 되었으며, 이제는 느긋하게 해변의 아가씨들을 관조할 수 있을 정도로 사랑에 자신감이 붙었다. 그래서 그는 상대의 세계를 조금 더 적극적으로 탐험해 보기로 결심한다. 그가 두 번째로 사랑하게 되는 상대는 알베르틴 시모네 양이다. 그녀는 많은 점에서 질베르트와 닮았다. 우선 알베르틴은 건강하고 싹싹하다. 그녀는 일찍 부모를 여의고 봉탕 부인이라는 친척 아주머니에게 의탁되어 자란 덕분에 눈치가 빠르고 특히 자신에게 유리한 일을 기민하게 잘 판단할 줄 알았다. 경제적으로도 여유롭지 않은 처지에서도 탁월한 패션 센스를 발휘해 솜씨 좋게 옷을 차려 입어서 돈 많은 집안 아가씨들의 옷차림을 코치해 주기도 했다. 학교 성적은 그리 좋지 않았지만 재치 있는 행동 덕분에 친구들 사이에서 인기가 많았고, 자전거나 수영 같은 최신 스포츠에는 늘 앞장서는 쾌활하고 꿈 많은 프티 부르주아 아가씨였다.

마르셀이 알베르틴에게 반하게 된 것은 그녀가 발베크 해변에서 친구들과 열심히 놀고 있는 모습을 보면서부터다. 질베르트 때와 마찬가지로, 우선 그는 자신과 많이 다른 사람에게 호기심을 느꼈다. 그러나 질베르트에게 혹독하게 당했던 교훈을 잊지 않고, 이번에는 좀더 적극적으로 그녀에게 관심을 보이면서 노련하게 애정표현을 하기도 했다. 그러나 발베크에서 알베르틴은 좀처럼 마르셀의 사랑을 받아주지 않았다. 그녀가 받은 부르주아식 가정교육 때문이었다. 번듯한 가문에 시집가기 위해서는 어느 정도 연애문제가 깨끗해야 했다. 그런데 파리에서 재회한 알베르틴은 좀 달라져 있었다. 물론 명시적으로 언급되어 있지는 않지만, 마르셀이 레오니 아주머니의 유산을 상속받게 된 것과 사교계에 어느 정도 자리를 잡게 된 것이 어떤 역할을 하지 않았을까 짐작할 수 있다. 알베르틴의 눈에 마르셀이 이제 제법 괜찮은 신랑감으로 부각되기 시작한 모양이다.

알베르틴에게 거절당한 뒤 마르셀은 크게 상처받지 않았고, 큰 고통 없이 다른 부르주아 아가씨들 품을 자유롭게 오가면서 실연의 아픔을 잊으려고 했다. 그런데 알베르틴에게서 예측할 수 없는 어떤 모습을 보게 된 후 다시 알베르틴과 가까워지고 싶어하게 된다.

낯선 아가씨들 중의 하나가 피아노 앞에 앉고 앙드레는 알베르틴에게 왈츠를 추자고 했다. 이 작은 카지노에 아가씨들과 함께 있게 된다고 생각하니 기분이 좋아져서, 나는 코타르에게 저 아가씨들이 얼마나 춤을 잘 추는지를 언급했다. 그런데 그는 의사의 전문적인 소견에서, 내가 아가씨들과 인사하는 것을 확실히 본 이상 그 아가씨들과 내가 친구 사이임을 알아차렸을 텐데도, 그런 것들을 고려하지 않는 몹쓸 매너를 가지고 나에게 이렇게 대답했다. "옳지. 하지만 자기 딸에게 저런 나쁜 습관이 생기도록 내버려 두는 부모라니 대단히 무심하군요. 내 딸에게는 이런 곳에 절대로 출입하지 못하게 할 거요. 얼마나 잘났길래? 얼굴도 분간을 못하겠구먼. 어라? 저것 좀 봐요." 하고 그는 꼭 안고서 천천히 왈츠를 추는 알베르틴과 앙드레를 가리키면서 내게 말했다. "안경을 잃어버려서 잘 보이지는 않지만 저 두 아가씨가 쾌락의 극치를 맛보고 있다는 것은 확실하오. 잘 모르시겠지만 여성이 성적 쾌감을 얻는 것은 가슴을 통해서지요. 보시오. 두 아가씨의 가슴이 딱 붙어 있잖소." 정말로 앙드레와 알베르틴의 가슴은 붙어서 떨어지지 않았다. 코타르의 말이 그녀들의 귀에 들렸는지 아니면 뭔가를 알아챈 것인지, 두 아가씨는 왈츠는 계속 추면서도 가슴은 슬그머니 떼었다. 이 순간 앙드레는 알베르틴에게 뭔가를 이야기했는데, 알베르틴은 아까 내가 들었던 것과 똑같이 날카롭고도 의미심장한 웃음을 터뜨렸다. 그러나 그 웃음소리가 이번에 내게 가져다 준 것은 잔혹한 혼란이었다.

— 「소돔과 고모라」

누군가의 눈에 그것은 단지 친한 친구들 사이의 가벼운 춤일 것이다. 그런데 어떤 세계를 잘 알고 있는 사람에게 그것은 레즈비언 아가씨들끼리의 뜨거운 열애 장면으로 읽힌다. 한 카지노에서 알베르틴이 앙드레라는 여자친구와 다정히 춤을 추는 모습을 본 마르셀은 그것을 그저 귀엽다고만 생각하고 있었는데, 우연히 옆에 서 있던 의사 코타르가 그 춤이 심상치 않다고 한마디 던진 것이 그만 화근이 되었다. 이성애자인 마르셀의 눈에는 아무리 봐도 동성애자들끼리의 춤으로는 보이지 않는데 그것이 레즈비언들의 유희라니? 마르셀은 자신이 잘 알 수 없는 세계에 알베르틴이 속해 있다는 사실에 큰 충격을 받았다. 질베르트가 보여 주었던 미지의 세계는 그저 댄스나 구슬치기, 술래잡기 같은 단순한 놀이에 지나지 않았던 반면, 알베르틴이 보여 주는 이 미지의 영역은 아무리 노력해도 그가 동참할 수는 없는 세계였기 때문이다.

게다가 그 세계에는 연적이 있었다! 알베르틴이 여성과 나누는 사랑을 즐긴다고? 그렇다면 남성인 마르셀은 결코 그녀의 욕망을 충족시킬 수 없다. 알베르틴이 정말로 레즈비언이라면, 마르셀은 그의 연적에 맞서 절대로 승리할 수 없을 것이다. 그녀에게는 있는 무기가 그에게는 없기 때문이다. 의사 코타르가 알베르틴을 동성애자로 지목한 그 순간, 마르셀은 완벽하게 자신을 소외하는 세계가 자기 앞에 완강히 버티고 서 있다는 사실에 분노에 가까운 질투를 느낄 수밖에 없었다. 아무리 펼치려고 해도 펼쳐지지 않는 세계가 있다니! 그러나 비극적이게도, 이 이해 불가능성이라는 한계 조건이 그의 사랑을 부추겼다.

마르셀은 분노에 가까운 질투를 느끼면서 알베르틴의 행적을 추적하기 시작했다. 그는 그녀가 과거에 알고 지냈던 모든 친구들의 뒷조사에서부터 그녀가 방문했던 향락지에 떠돌던 추문까지를 샅샅이 추적하다가 끝내 그녀를 집 안에 가두기로 결심했다. 자기가 모르는 사이에 그녀가 어디서 무엇을 할지 모른다는 두려움을 도저히 참을 수 없었기 때문이다. 자기가 살고 있는 아파트의 방 몇 개만을 내주고는 이런저런 핑계를 대면서 알베르틴 혼자서는 아무 데도 못 나가게 했기 때문에, 마르셀과의 결혼을 꿈꾸었던 알베르틴은 혼전 동거라는 위험한 조건을 감수하고 그의 아파트에 짐을 풀 수밖에 없었다. 그러나 마르셀의 의심은 멈추지 않았다. 그는 알베르틴이 잠들었을 때에만 겨우 평온을 얻을 수 있었는데, 그녀의 눈이 보고 싶어하는 욕망의 현장들, 그녀의 입술이 감추려고 애쓰는 진실의 흔적들이 잠 속에 유폐될 때에야 비로소 질투에서 헤어 나올 수 있었던 것이다. 그는 단 하루도 편안히 잠들지 못하면서도 이 불행한 동거로부터 벗어날 수가 없었다.

그날부터 그녀는 나에게 모든 걸 숨겼다. 내가 여타의 남자친구는 물

존 윌리엄 고더드(John William Godward), 〈레스보스의 사포〉, 1904

사포(Sappho)는 기원전 7세기 에게 해의 섬 레스보스(Lesbos)의 여류 시인이다. 그녀는 여성들을 모아 시와 음악을 가르쳤는데, 이들 사이에서 사랑이 싹텄다. 여성 동성애자를 일컫는 레즈비언과 형용사 사픽(sapphic)이라는 단어의 유래를 말해 주는 이야기다. 뿐만 아니라 고대 그리스·로마·페르시아·이집트 등지의 유적과 유물에는 남성 동성애를 묘사한 그림과 부조 들이 많이 남아 있다. 이처럼 동성애의 기원이 오래되었다는 것은 무엇을 뜻하는 걸까?

론 여자친구와 함께 있다고 여겨지면 내 방을 피하곤 했다. 전에는 내가 젊은 아가씨에 대해 이야기하면 생생한 흥미로 눈을 반짝이던 그녀였지만. [중략] 그 무렵 나는 모든 것을 알 수 있었다. 그 작은 카지노에서 그녀가 앙드레의 가슴에서 자신의 가슴을 떼어냈을 때도 내가 그 자리에 있어서가 아니라 코타르 때문이었을 것이다. 그녀는 코타르가 틀림없이 나쁜 소문을 퍼뜨릴 거라고 생각했던 것이다. 하지만 그 무렵에 그녀는 이미 응고되기 시작해서, 그 입술 밖으로 신뢰의 말은 전혀 나오지 않았고 행동 또한 조심스러워져 있었다. 그 다음에 그녀는 내가 동요했을지도 모를 갖가지 것들을 자기 몸에서 떨쳐냈다. 그녀의 삶에서 내가 모르는 부분에 독성이라고는 없는 성격을 부여하고, 내 무지를 이용해서 그 독기 없음을 강조했다. 지금은 이 변화가 완료되어 내가 혼자가 아닐 때 자신의 방으로 가곤 하면서 그것이 단지 방해하지 않으려는 뜻에서일 뿐만 아니라, 자신이 타인에게 무관심하다는 것을 보이기 위해서 그렇게 하기도 했다. 그녀가 나에게 절대로 다시 하지 않을 한 가지 일이 있었다. 내가 전혀 괘념치 않았던 시절에는 그녀가 하던 일, 나에게는 전혀 상관이 없었기 때문에 그녀가 쉽게 하곤 했던 것, 그것은 바로 고백이었다. 그래서 나는 늘 재판관처럼 피고의 신중하지 못한 말이나 죄의 문제와 관계없이 해석될 수 있는 말투로부터 불확실한 결론을 끄집어낼 수밖에 없었다. 때문에 언제나 그녀는 나를 질투심에 가득 찬 사나이, 그녀를 심판하는 사나이라고 느꼈을 것이다. 우리의 약혼 생활은 거의 재판이나 다름없어서 알베르틴은 범죄자처럼 겁먹고 있었다.

—「갇힌 여인」

한 사람은 질투와 불안을 동력으로 삼고, 한 사람은 부유한 결혼에 대한 약속을 대가로 삼는 불행한 동거생활. 전자는 애인을 감시하고 추궁하면서 사랑을 확인하는 사디스트, 후자는 결혼을 위해 진실을 추궁당하는 것에 만족하는 마조히스트가 될 수밖에 없는 관계였다. 결국 마르셀은 여느 부르주아가 골동품이나 사치품을 사들이듯이 알베르틴을 집 안의 정물로 만들어버리고 말았다. 하지만 소유되는 그 순간 알베르틴의 발랄한 젊음은 식어버렸고, 씩씩하고 겁없던 그녀의 애정 표현은 공허하고 형식적인 것이 되어버렸다. 미지에 대한 동경과 호기심 때문에 시작된 사랑이었지만 시간이 흐를수록 추궁은 심해졌고 알베르틴은 더 깊은 침묵 속으로 숨어들었다. 이제 마르셀은 알베르틴에게서 자신이 보고 싶은 것만 보려 하고 있었다.

이전에는 알베르틴의 눈 속에서 신비로운 것을 본 듯해서 내 마음이 끓었는데, 지금은 그 눈에서 어떤 마음이 떠오르게 하는, 매우 온화하다가 금방 불통해지는 그 뺨에서 불가사의를 모조리 추방해 버리는 순간이 아니면 행복하지가 않았다. 내가 간절히 구하고자 하고 그것에 내 마음을 쉬게 했던 모습, 그 옆에서라면 죽어도 좋다고도 생각한 모습, 그것은 미지의 생활을 지닌 알베르틴이 아니라 가능한 한 나에게 잘 알려진 알베르틴(바로 이것 때문에 이 사랑은 불행하지 않고서는 계속될 수 없었다. 왜냐하면 본래 비밀에 대한 욕망이 들어 있지 않은 사랑이었기 때문이다), 아득한 세계를 반영하는 것이 아니라 단지 나와 함께 있고 나와 똑같이 되기만을 바라는 알베르틴(사실 그런 것 같은 생각이 드는 순간도 있었다), 바로 나의 소유물로서의 영상인 알베르틴이었다.

—「갇힌 여인」

마르셀의 사랑은 그녀를 자기와 똑같은 사람으로 만들려는 편협한 소유욕에 불과했다. 마르셀에게 동거나 결혼 약속이란 결국 자기가 원하는 방식으로만 살아 달라는 이기적인 요구였던 것이다. 처음에는 자신과 다르기 때문에 그토록 사랑스러워해 놓고는 이제 와서는 자신과 다르다는 사실이 참을 수 없어졌다니? 우리 역시 그가 나와 다르다는 사실, 즉 차이에 대한 욕망 때문에 사랑을 시작하지만 상대를 자신과 똑같은 존재로 바꾸려고 하는 동일시의 욕망에 사로잡힌다. 그런데 잘 생각해 보자. 도대체 누가 수인囚人인가? 알베르틴을 가두고 나서 정작 그 비좁은 아파트에 갇혀 버린 사람은 마르셀이 아닐까? 절친인 생 루와 산책을 할 때에도, 게르망트 공작 부인과 담소를 나눌 때에도, 마르셀의 머릿속을 채운 것은 오직 알베르틴뿐이었다.

누구나 무수한 세계 속에서 살아가고 각각의 세계 속에는 저마다 다른 인연의 장이 펼쳐져 있다. 우리가 누군가를 사랑한다는 말은 그 세계들 전부를 적극적으로 만나면서 나의 세계들도 계속해서 변용시키겠다는 것을 의미한다. 사랑한다면서 그의 어떤 세계는 마음에 들어서 펼쳐내고, 다른 어떤 세계는 무시한다는 것은 옳지 않다. 마르셀은 엘스티르와 친하고 패션 센스도 뛰어날뿐더러 상냥하기까지 한 알베르틴은 허락하면서 동성애라는 그녀의 또 다른 세계는 봉쇄하려고 애썼다. 사랑이 어떻게 이토록 이기적일 수 있단 말인가? 물론 이성애자인 그의 입장에서는 동성애의 세계를 펼쳐 보일 능력이 아예 없었던 탓도 있었으리라. 이렇게 놓고 본다면 이성애자의 사랑이란 늘 불완전할 수밖에 없다. 이성애자는 상대가 동성애자인지 아닌지조차 포착할 수 없을뿐더러 상대가 동성애자라면 그가 진정 원하는 쾌락과 교감의 세계에는 절대로 도달할 수 없기 때문이다.

이 사랑의 실패는 마르셀에게 중요한 교훈을 남긴다. 만약 마르셀이 알베르틴을 사랑하지 않았더라면 그는 동성애라고 하는 은폐된 세계를 짐작이나 할 수 있었을까? 알베르틴 덕분에 그는 자신이 알 필요도 없었고 알 수도 없었을 그 세계의 존재를 알게 되었다. 말 그대로, 잃어버린 세계의 거칠고 생생한 숨소리를 들을 수 있게 된 것이다. 애초에 마르셀이 원했던 것은 하나였다. 충분히 사랑하고 사랑받는 것! 알베르틴을 선택했을 때 그는 상대가 품고 있는 여러 겹의 세계를 해독하면서 풀어낼 기대감에 차 있었다. 그런데 바로 이 시도가 원천봉쇄됨으로써, 마르셀은 자신 앞에 펼쳐지는 무한한 세계 앞에 무릎을 꿇을 수밖에 없었다. 그러나 이런 실연, 이런 좌절이야말로 우리가 사랑을 통해서 얻을 수 있는 중요한 배움이다. 내가 사랑하는 누군가가 나에게 완벽하게 타자일 수 있다는 것.

마르셀은 스완과 오데트의 이야기를 되돌아보면서, 또 질베르트에 대한 자신의 어리석은 실패를 통해서, 어느 정도 사랑의 기술을 익혔다고 자신했었다. 매혹적인 대상을 향한 열렬한 갈망과 탐색이 그가 선택한 전략이었다. 애초에 도달 불가능한 영역이 있을 거라고는 예상하지도 못했기에 이 사랑의 실패는 그에게 엄청난 좌절감을 안겨주었다. 이성애자가 사랑을 통해 느낄 수 있는 행복에 한계가 있다면 동성애자들은 완전하고 충만한 행복을 느끼며 살아간단 말인가? 마르셀은 이제 동성애자들의 세계를 살펴보아야만 했다. 비록 그 세계 안으로 들어갈 수는 없을지라도 말이다.

:: 샤를뤼스 씨의 남자들 : 지옥에서의 한철

『잃어버린 시간을 찾아서』에서 동성애의 문제를 집중적으로 다루는 장은 「소돔과 고모라」다. 소돔과 고모라는 성경에 나오는 도시의 이름으로, 소돔은 남자 동성애자들의 세계를, 고모라는 여자 동성애자들의 세계를 뜻한다. 「소돔과 고모라」는 마르셀이 사랑을 통해서도 구원을 찾을 수 없다는 것을 통절히 깨닫게 되는 장으로, 작품의 클라이맥스라고도 할 수 있다. 『잃어버린 시간을 찾아서』의 이러한 구성 자체가 당대의 문학적 관점에서 보면 상당히 놀라운 일이었다. '소돔과 고모라'라는 이름을 가진 이 장이 나오기 전에 프랑스 근대문학사에서 동성애 문제를 본격적으로 다룬 작품은 전무후무했기 때문이다. 19세기 말과 20세기 초까지, 프랑스뿐만 아니라 유럽 전역에서 동성애는 사회적 금기였다. 이웃 영국의 오스카 와일드(1854~1900)는 동성애 문제로 재판을 치러야 했고, 공식적으로 동성애를 인정했다는 이유로 온갖 모욕을 다 받아야 했다. 결국 그는 창작의 에너지가 모두 고갈된 채로 비참한 죽음을 맞았는데, 이후로도 오스카 와일드의 삶은 동성애자들을 경고하기 위한 도구로 전락하기까지 했다.

물론 동성 간의 사랑이란 태곳적부터 있어온 일이다. 성경에 의존해서 생활규범을 만들어 온 서양에서는 공공연하게 동성애를 말하는 것이 하나의 금기였기는 했다. 그러나 그것이 노골적으로 사회적 지탄을 받게 된 것은 근대 이후의 일이다. 19세기 말과 20세기 초에 핵가족 중심으로 사회구조가 재편되자 재생산할 수 없는 관계, 부르주아의 핵가족 규범에 맞지 않는 이 사랑에 대해 특히 더 가혹한 비판이 이루어졌던 것이다. 이 시대의 동성애란 거의 천형에 가까운 패악이나 다름없었다. 이런 와중에 출현한 것이 바로 다음 장면이다.

샤를뤼스 씨와 쥐피앙의 눈길에 나타난 아름다움은 적어도 한 순간은 그 눈길이 뭔가를 의도할 목적은 없는 것처럼 보였다. 나는 처음으로 남작과 쥐피앙이 이런 아름다움을 드러내는 것을 보았다. 두 사람의 눈 속에 있는 것은 취리히의 하늘이 아니라 내가 아직 모르는 이름의 어떤 동방의 도시에 있는 하늘이었다. 샤를뤼스 씨와 재봉사를 붙잡을 수 있는 어떤 지점에서든, 어쨌든 그들은 협정을 맺고 있는 듯했고, 그 불필요한 눈길은 이미 확정된 결혼에 앞서 베풀어지는 향연처럼 의례적인 전주곡에 불과한 것 같았다. 두 사람은 자연에 아주 가까운 존재로 (이 비유를 되풀이하자면, 몇 분 동안 유심히 관찰한 한 인간이 잇따라 인간에서 새 인간으로, 물고기 인간으로, 곤충 인간으로 보일 정도로 그 변신 자체가 너무나 자연스러워서) 마치 암수 두 마리 새처럼 수컷(샤를뤼스 씨)은 앞으로 나아가려고 하고, 암컷(쥐피앙)은 그런 책략에 더는 어떤 신호로 답하지 않으려고 하면서 마치 새로운 친구를 놀람도 없이 흐리멍텅한 눈길로 바라볼 뿐이었는데, 이미 수컷이 첫발을 내딛은 마당에, 그닥 내키지 않는 듯이 쏘아보는 것이 상대를 틀림없이 더 애타게 하는 유일한 방책이라고 판단하고는 제 깃털을 매만지는 것 정도에서 마무리했다. 그러다가 쥐피앙은 무관심한 듯이 행동하는 것만으로는 만족하지 않는 듯했다. 자신의 뒤꽁무니를 좇아다니며 욕망을 일으키게 할 정도로 상대방을 정복했다고 확실히 믿게 되기까지 이제 단 몇 걸음만 남겨 두고 있었다. 쥐피앙은 일하러 가기로 결심하고 정문을 통해 거리로 나아갔다. 단지 두세 번 뒤돌아본 뒤에 마침내 거리로 나아갔다. 남작은 거리에서 그를 놓치게 될까 봐(거들먹거리면서 휘파람을 불면서 문지기에게 '또 봅시다.'를 빠트리지 않고 외쳤는데 문지기는 얼큰히 취한 상태로 뒷부엌에서 초대손님을 접대하느라 그 소리를 못 들었다) 따라잡으려고 힘차게 달려 나갔다. 샤를뤼스 씨가 커다란 땅벌처럼 윙윙대면서 문을 지나가는 동안에 다른 한 마리, 진짜 땅벌 한 마리가 안마당으로 들어왔다. 그것은 난초꽃이 그토록 기다리던 땅벌이었다. 그것 없이는 영원히 처녀로 남아 있어야 할 난초꽃을 위해 희귀한 꽃가루를 가져다주는 땅벌이었을지 누가 알겠는가?

—「소돔과 고모라」

이토록 뜨거운 구애라니! 심지어 대귀족과 재봉사라는 신분 차이에도 불구하고 두 남자는 서로의 존재를 단번에 알아본다. 그리고 곧바로 열정적인 육체관계에 돌입한다. 마르셀은 이 장면을 보면서 난초꽃과 땅벌의 수태를 떠올린다. 그만큼 동성애자의 만남은 자연스럽고 아름다워서 그들 사이에는 아무런 가식도 없으며 오직 상대를 향한 열정적 교태만이 있다. 이렇게 강렬한 만남 속에서 두 사람은 거짓 없는 쾌락을 맛본다. 마르셀은 샤를뤼스 씨와 쥐피앙의 관계를 여느 이성애자들의 관계와 마찬가지로 순수하고 열정에 찬 사랑으로 볼 수 있었다.

이 장면이 처음 발표되었을 때 수많은 평론가들이 칭찬을 아끼지 않았다. 그들은 난초꽃과 땅벌이라는 자연의 은유를 대단히 과학적이라며 칭찬을 아끼지 않았는데, 프루스트가 동성애를 이종異種 간의 결합, 즉 비정상적인 교합이라는 것을 제대로 설명했다고 오해했던 것이다. 여전히 세상은 동성애를 하나의 변태성욕쯤으로 바라보고 있었고, 프루스트의 동성애 또한 퇴폐적인 사회현상에 대한 객관적 묘

조반니 볼디니(Giovanni Boldini), 〈로베르 드 몽테스키유〉, 1890년대

샤를뤼스 씨의 모델로 알려진 몽테스키유 백작은 작가, 예술품 수집가, 사진 모델로도 활약했던 파리 사교계의 유명인사였다. 게르망트 공작 부인의 모델인 그레퓔르 공작 부인과는 사촌이었다. 프루스트는 백작과 평소에 친분이 있었고 그의 동성애 취향도 눈치챈 터였다. 몽테스키유는 프루스트의 소설에 등장하는 샤를뤼스 씨가 자신임을 알아채고는 프루스트와 결별했다고 한다.

사쯤으로 보아 넘기려 한 것이다.

하지만 평론가들의 생각은 일차원적인 해석에 불과하다. 마르셀이 동성애의 정사를 어떤 수위에서 묘사하는가가 아니라 그들의 삶을 어떻게 회상하는가를 살펴본다면 이야기는 완전히 달라진다. 우선, 『잃어버린 시간을 찾아서』에서 동성애자들의 대표격인 샤를뤼스 씨는 그 누구보다도 순정남이다. 그는 사랑하는 모렐에게 부와 명예를 선물하기 위해서 고귀한 신분도 훌훌 벗어던진 채 이 재능 없는 바이올리니스트의 매니저를 자처했다. 심지어 모렐이 그를 돈만 아는 변태성욕자쯤으로 취급할 때도 모든 오해를 포용하고 그를 이해했다. 그가 보여 주는 애인을 향한 배려심과 성실함은 허다하게 정부를 두고 사는 사람들의 과시적 사랑과는 질이 달랐다.

다음으로 지적할 수 있는 것은 동성애자들이 만드는 인간관계다. 콩브레의 피아노 선생이었던 뱅퇴유 씨는 그 딸이 레즈비언이라는 것을 안 뒤부터 평생 전전긍긍하며 살아야 했다. 만약 그 사실을 들키기라도 하는 날에는 당장 피아노 교습 자리가 끊길 뿐만 아니라 딸 혼삿길도 막히게 될 것이기 때문이다. 다른 재주가 아무것도 없는 이 불쌍한 딸이 자기가 죽고 나서 받을 비난과 멸시를 생각하면서 뱅퇴유는 잠 한숨 못자는 날도 많았으리라. 결국 그는 깊은 상심과 번민 속에서 과로로 죽고 말았다. 그런데도 그 딸과 그녀의 애인은 상복을 입고 태연하게 자신들의 일탈적 사랑을 즐겼다. 죽은 뱅퇴유의 입장에서는 혀를 깨물고 다시 죽어도 시원찮을 일이 아닐 수 없다. 그런데 이 몹쓸 '패륜아' 딸은 얼마 지나지 않아 자신이 한때 어쭙잖은 반항심에서 아버지를 모욕했다는 것을 깨달았다. 그녀는 뒤늦게 아버지의 고통과 사랑을 깨닫고는 깊이 반성했으며, 두 아가씨 사이의 관계도 어느덧 연인에서 편안한 친구, 가족같이 친밀한 사이로 바뀌었다.

오랜 시간이 흘러 뱅퇴유 딸의 애인은 이 불쌍한 아버지에게 깊이 속죄하는 마음을 갖게 되었는데, 결국 그녀는 그 누구도 뱅퇴유를 위해서 해줄 수 없었던 일을 해내게 된다. 설형문자가 점점이 찍힌 파피루스보다 더 판독 불가능했던 뱅퇴유의 미완성 악보를 완벽하게 복원해냈던 것이다. 그녀는 오랫동안 뱅퇴유의 집을 드나들면서 누구보다도 그의 음악을 많이 듣게 되었는데 그 덕분에 점점 더 그의 음악을 좋아하게 되었다. 그녀는 존경과 미안함, 그리고 고마운 마음을 담아 그가 이전에 작곡했던 모든 곡을 다시 들었고, 부분부분 찢기고 군데군데 낙서로 너덜너덜해진 악보 조각들을 읽고 또 읽었다. 그런 엄청난 수고 끝에 "미지의 환희, 영원히 풍요로울 형식, 진다홍빛으로 찬란한 '아침 천사'의 신비스런 희망"을 찾아낼 수 있었다. 그럼으로써 그녀는 불행했던 한 작곡가에게 불멸의 영광을 안겨 주게 된 것이다.

도대체 뱅퇴유 씨와 이 여인의 관계를 어떻게 설명할 수 있을까? '사회의 악덕'이라 치부되던 그 관계로부터 그 어떤 사제관계나 부녀 관계에서도 볼 수 없었던 예술적 교감, 정신적 이해가 탄생했다. 사회가 인정하지 않는 관계에서도 얼마든지 지극한 감사, 극진한 연모, 견고한 유대감이 생길 수 있는 것이다. 마르셀은 동성애에 얽힌 이야기들을 되돌아보면서 동성애적 삶 자체가 특별한 것은 아니라는 것을, 심지어 동성애자들과 함께 더욱 진실한 사랑과 우정을 만들 수 있다는 것을 배울 수 있었다.

어쨌든 이 악절의 특별한 어조에 대해 다시 말하자면, 이승의 평범한 삶이 주는 것과는 전혀 다른 예감이, 저승의 희열을 향한 과감한 접근이, 바로 콩브레의 성모 성월에 만나곤 했던 그 정중하면서도 초라했던 소시민의 내부에 구현되어 있었으니, 이 얼마나 놀라운가? 특히 난생처음 보는 형태의 기쁨을 드러내는 식으로, 내가 지금까지 받았던 것 중에서 가장 매혹적인 이 계시를 어떻게 그로부터 받게 되는 것일까? 항간에는 그가 죽었을 때 남긴 것이라곤 소나타뿐이고 나머지는 해독 불가능한 기호로 되어 있어서 모두 있으나마나 한 것들뿐이라고 하는데? 판독 불가능한 기호, 그런데 이것은 끈기와 지성, 작곡자를 향한 존경에 의해, 뱅퇴유 곁에서 오래 지냈기 때문에 그가 작업하는 방식을 잘 알고, 그의 표식을 통해 오케스트라를 판독할 수 있게 된 유일한 인물, 뱅퇴유 아가씨의 친구인 한 여성의 손으로 해독되었다. 그녀는 이 대작곡가의 생전부터 딸이 그 부친에게 바치는 숭배의 마음을 그 딸에게서 배웠던 것이다. 인간이 자기의 진심과는 정반대 쪽으로 기울어지는 순간도 있다. 앞에서도 이야기했었지만 이 두 아가씨는 모욕을 하는 것에 열광적인 기쁨을 느꼈었다. (부친에 대한 숭배가 이 딸의 모욕에 반드시 필요한 조건이었다. 물론 두 아가씨는 이 모욕의 기쁨을 뿌리쳤어야 했지만, 그렇다고 모독의 쾌락이 그녀들의 전부를 말해 주는 것은 아니었다.) 게다가 두 아가씨의 육체적이고 병적인 관계, 이 혼탁하고 거무스름한 불씨가 숭고하고 순결한 우정의 불길로 변해 가면서 그 모욕 행위는 천천히 줄어들면서, 마침내 불씨도 없이 꺼지고 말았다. 뱅퇴유 아가씨의 여자친구는 혹시 자신이 뱅퇴유의 죽음을 재촉했을지도 모른다는 번거로운 생각이 잠깐씩 떠올랐다. 하지만 뱅퇴유가 남긴 난해한 필적을 해독하기 위해 몇 년을 보낸 뒤에, 그녀는 그 누구도 알아볼 수 없는 상형문자에 정확한 해석법을 작성함으로써, 자신이 만년을 어둡게 했던 그 음악가에게 속죄의 마음으로 불멸의 영광을 얻게 해주었다는 위안을 얻었다. 법이 용인하지 않는 관계에서 정식 결혼에서 나타나는 유대와 똑같이 다양하면서도 복잡하고, 더 견고한 육친 간의 유대가 생겨날 수 있는 것이다.

—「갇힌 여인」

벨 에포크에 동성애자로 산다는 것은 어머니나 친구에게조차 자신의 사랑을 자랑할 수 없는, 어미 없는 아들이나 우정 없는 벗으로서 일생을 마감해야 한다는 것을 뜻했다. 그들은 거짓과 허위의 맹세 속에서 신음하다가 죽어간다. 이들은 동성애자가 아닌 척하지 않으면 견딜 수 없는 환경에서 자신이 행하는 위선 때문에 고독했고, 쾌락을 통해 얻고자 하는 행복 앞에서 죄의식을 느껴야만 하는 불행한 삶을 살았다. 동성애, 그것은 한 시대가 몸서리치며 경멸했던 악덕, 완벽하게 배제하고 무시한 벨 에포크의 '잃어버린 사랑'이었다.

동성애의 본좌인 샤를뤼스 씨는 앞 장에서 살펴보았던 것처럼 남색가, 변태성욕자로 생을 마감한다. 화염에 휩싸인 파리의 한가운데서 남색가들만을 위한 러브호텔을 차려 놓고 도를 넘는 쾌락을 추구하면서 몰락해 간다. 샤를뤼스 씨는 허락받을 수 없는 자신의 사랑에 매몰된 채 그 누구에게도 자신의 사랑을 드러내 놓지 못하는 비겁자로 죽었다. 이 시대에 동성애가 비집고 들어갈 틈은 없었고, 막대한 권력과 부를 갖고 있었던 샤를뤼스 씨는 그런 틈을 만들기 위해 아무런 노력도 하지 않았다. 사랑에 그 어떤 한계도 두지 않는 자들, 소돔과 고모라의 시민들이야말로 위대한 행복을 맛볼 수 있는 자들이건만, 그들은 결국 소돔과 고모라라는 자폐적 도가니에 빠져 허우적대다가 익사하고 말았던 것이다. 샤를뤼스 씨가 보여 주는 동성애란 지옥에서의 환락에 불과했다. 마르셀은 만민이 평등한 시대, 심지어 매춘부 오데트도 스완과 결혼할 수 있는 이 벨 에포크가 실은 진솔한 사랑의 활로를 폐쇄해버린 시대라는 것을 가슴 아프게 지켜보아야 했다.

『잃어버린 시간을 찾아서』이전에 동성애를 이토록 자연스럽고 당연하게, 심지어 아름답게 그린 문학 작품은 전무했다고 해도 과언이 아닐 것이다. 때문에 이 작품이 발표된 이후에 용기를 얻게 된 문학가들이 제법 있었다. 당시 이미 거장의 반열에 올라 있었던 앙드레 지드도 그중 한 사람이다. 동성애자였던 지드는 『잃어버린 시간을 찾아서』에 고무되어 동성애의 의미를 대화식으로 풀어낸 철학 소설 『코리동』(1920)을 썼다. 여기서 지드의 화자는 동성애자로 등장해 자신의 사랑을 적극적으로 변호하기 위해 최선을 다해 논변을 펼친다.

그렇다면 프루스트도 자신의 동성애를 변호하기 위해 「소돔과 고모라」를 썼던 것일까? 우리는 이 지점에서 마르셀이 동성애자가 아니라 이성애자로 나온다는 사실에 주목해야 한다. 마르셀은 프티 부르주아 출신으로 평범한 교육을 받고 자란 사람이다. 프루스트는 마르셀처럼 벨 에포크의 '보통의 독자' 눈에 비친 사랑의 세계를 가지고 이야기를 전개한다. 마르셀의 회상 속에서는 이성애자도 동성애자도 모두 시대의 그물에 걸려서 허우적대느라 참되고 성실한 인간관계를 맺지 못하고 산다. 똑같이 불행한 삶! 그러므로 문제는 동성애냐 이성애냐가 아니라 '어떻게 사랑하고 헤어질 것인가'다.

여러 결의 사랑을 통해 마르셀이 깨닫게 되는 것은 우리가 누군가를 사랑하는 마음에는 한계가 있을 수 없다는 점, 그렇기 때문에 우리가 사랑할 수 있는 방법 또한 무한하다는 점이다. 마르셀에게 동성애란 아직도 탐험해야 할 사랑의 세계가 참으로 무궁무진하다는 것을 알려 주는 하나의 창이었다. 프루스트는 분명 동성애자였다. 하지만 그가 보여 준 샤를뤼스 씨의 허무한 삶을 통해서 알 수 있듯이, 자폐적인 애욕을 통해서는 삶의 무상함을 극복할 수 없다. 그러나 동성애자든 이성애자든 사랑에 빠지면 도착적일 수밖에 없음을 발견하게 된다. 사랑을 믿는 이들에게는 미안하지만 사랑의 세계에서 본질적인 구원을 얻을 수는 없다는 것. 이게 마르셀의 깨달음이다.

:: 마르셀과 사라진 알베르틴 : 역류하는 망자의 사랑

마르셀은 수많은 속물적 의례들이 빼곡히 채워져 있는 살롱만큼이나 사랑의 세계 또한 엄청난 규범과 금기로 가득 차 있다는 것을 알 수 있었다. 마르셀도 알베르틴을 동성애의 세계로부터 구출해내야 한다는 사명감 때문에 그녀의 생기발랄한 아름다움을 화석화시키지 않았는가. 그는 알베르틴에게 단 한 번도 그녀의 애인들에 관해 직접 묻거나 동성애를 주제로 대화를 시도하지도 못했다. 동성애를 인정한다는 것 자체가 공포스러웠기 때문이다. 자신은 비록 이성애자이지만 동성애자를 사랑할 수도 있다는 것을, 알베르틴은 동성애자이지만 이성애자인 자신을 사랑할 수도 있다는 것을 받아들이지 못한다는 사실에 괴로워했다. 그래서 자신을 한없이 따스하게 바라보고 안쓰러워하는 알베르틴의 마음을 느끼면서도 애써 그녀를 무시했던 것이다. 결국 마르셀은 사랑에 대한 자신의 편견에 갇혀서 알베르틴의 진심을 서서히 놓치고 말았다.

알베르틴은 어느 날 아침 소리 없이 마르셀의 아파트를 떠나버렸다. 그리고 마르셀과 다시 시작할 것을 결심한 직후, 마르셀이 선물로 사준 말을 타다가 그만 낙마해서 죽고 말았다. 알베르틴의 갑작스러운 죽음으로 마르셀은 이 지독한 사랑으로부터 벗어날 기회를 얻은 듯했다. 그런데 놀랍게도 그녀의 죽음과 함께 지독했던 사랑의 제2부가 시작된다. 자신의 연적이 어디선가 알베르틴을 만나고 있을지 모른다

는 망상이 들기도 했고, 누군가가 그녀를 추억하고 있을지도 모른다는 사실이 점점 더 참기 어려워졌다. 마르셀의 질투는 알베르틴이 살아 있을 때보다 훨씬 더 심하게 불타올랐다. 그도 그럴 것이 이제는 알베르틴이 죽고 없기 때문에 더 이상 그녀를 원망할 수도, 비난할 수도, 심지어 그녀를 용서해 줄 수도 없었던 것이다. 마르셀은 질투로 더욱 고통받으면서 망자의 과거를 향한 추적을 계속해 나갔다. 그녀의 과거를 증언해 주는 갖가지 소식들이 날마다 그의 방문 앞에 도착했으며, 그 편지들과 함께 망자의 사랑은 거듭거듭 그의 마음속으로 역류해 들어왔다. 그렇게 마르셀은 알베르틴의 과거 속에 스스로를 유폐시킨 채 돈과 정력을 허비하면서 세월을 보냈다.

내 마음속에서 내 손으로 없애야 할 것은 한 사람의 알베르틴이 아니라, 수많은 알베르틴이었다. 모든 심상들이 한 순간 한 시기에 연결되어 있어서, 그때의 알베르틴을 떠올렸을 때 나는 나 자신이 바로 그 자리에 다시 놓이게 되는 것을 느꼈다. 그런 과거의 한 순간은 절대로 움직이지 않는 것이 아니다. 미래 쪽으로 (그 자체가 과거가 되고 마는 미래 쪽으로) 끌고 들어가는 움직임을, 우리 기억 속에서 우리 자신이 거기로 끌려 들어가면서 계속한다. 나는 비옷을 입은 알베르틴을 한 번도 애무한 적이 없었고, 항상 그녀가 그 갑옷을 벗기를 바랐는데, 만약 입은 채로 애무했다면 야외에서의 사랑, 나그네나 느낄 법한 친근감을 맛볼 수 있지 않았을까? 하지만 이제는 그렇게 할 수 없고, 그녀는 죽었다. 내가 모르는 척 안 했다면 그녀가 일부러 타인에게서 구하지도 않았을 쾌락을 나에게 언뜻 내비치는 밤에, 나는 그녀를 타락시킬까봐 두려워서 알면서도 모르는 척했었는데, 지금은 그 쾌락이 내 몸속에서 불길처럼 활활 달아오르는 욕망을 부추겼다.

―「사라진 알베르틴」

사랑하는 대상이 없는데도 사랑하는 관계가 지속된다니! 죽고 없는 연인을 향해 계속 질투를 느낀다는 것은 무엇을 의미하는가? 마르셀은 대상을 향한 자신의 애정과 미움 등이 여전히 살아 있다면 그 존재가 결코 죽었다고 할 수 없다는 사실을 알게 된다. 거꾸로, 질베르트는 여전히 살아 있었지만 더 이상 그녀에게는 아무런 감정을 느낄 수 없으므로 마르셀에게 그녀는 죽은 존재나 다름없었다. 관계에서 중요한 것은 실제의 생사여부가 아닌 것이다. 우리가 누군가를 망각하지 않는다면, 여전히 그 존재 때문에 번민하고 고통받고 웃거나 눈물 흘리고 있다면, 그는 여전히 내 삶 속에서 활동한다. 누군가에 대한 내 사랑이 죽어야만 비로소 그 존재의 종말이 가능한 것이다.

무엇이 사랑을 죽이는가? 나의 의지? 상대방의 거절? 둘 다 아니다. 정답은 바로 시간이다. 알베르틴에게서 받았던 최악의 고통도, 그녀를 통해 느꼈던 최고의 기쁨도, 결국에는 손 안에서 모래가 빠져나가듯 다 사라져 갔다. 오랜 시간이 흐른 어느 날, 그는 죽은 알베르틴으로부터 편지를 받고(그것은 질베르트의 편지를 착각한 것이었다) 전혀 반

가워하지 않는 자신을 발견했다. 집요한 추적 끝에 알베르틴이 그 누구보다 자신을 사랑했다는 것을 알 수 있었지만 이제는 그 사실도 그리 대단치 않게 여겨졌다. 그녀의 아름다움, 그녀의 따사로움, 그녀의 친절함, 그녀가 남긴 한 알 한 알의 과거가 가끔씩 되돌아왔지만 거기에는 더 이상 아무런 맛도 없었다. 망각의 힘을 거스를 수 있는 것은 아무것도 없다. 마르셀은 그토록 험난했던 지난 몇 년이 마치 타인의 일처럼 아득하게 느껴졌다. 타인의 일이라고? 그렇다. 그녀에 대한 내 사랑이 죽었으므로 그 시절의 나 역시 죽은 것이다. 그는 더 이상 내가 아니다.

시간은 모든 것을 해결한다. 이것은 시간만이 갖고 있는 위대한 능력, 즉 망각작용에 대한 찬미다. 그런데 뭔가를 망각한다는 것은 그 어떤 것을 기억하고 있던 자신의 소멸이기도 하다. 마르셀은 알베르틴을 향한 사랑이 서서히 사라지는 것을 느끼면서 망각을 통해 자신의 자아가 바뀌었음을 알게 되었다. 망각은 우리의 자아를 바꾼다. 달리 말하면, 이전의 삶을 죽이고 새 삶을 준 것이다. 우리의 자아는 망각과 함께 새로 태어나고, 덕분에 삶은 수많은 자아들이 복잡하게 서식하는 초원이 된다. 우리의 애정이 식는 것은 상대방이 죽었기 때문이 아니라, 그녀를 사랑했던 우리 자신이 죽었기 때문이다. 그러므로 수없이 많은 이별을 한 사람은 수없이 많이 자신을 떠나보낸 사람이 된다.

게르망트 부인 댁에서 슬픈 음성으로, 하지만 깊은 고통은 없이 그녀 이야기를 할 수 있었다. 왜냐하면 쉽게 알베르틴이 없는 삶을 견딜 수 있는 새로운 인간이 내 마음속에 나타났기 때문이다. 지금까지와는 다른 이름을 가져야만 할 이 새로운 '자아', 사랑했던 사람에 대해 무관심해짐으로써 이런 것이 출현한다는 사실이 나는 항상 두려웠었다. 질베르트를 사랑했던 그 시절에 그녀의 아버지가 내게 오세아니아에 가면 다시 돌아오고 싶지 않을 것이라고 했던 사실이나, 최근에 베르고트의 소설 한 대목에서 읽었던 것처럼 젊었을 때 열정적으로 사랑하는 여자와 떨어져 있다가 늙어서 다시 만나면 반갑지도 않을뿐더러 만나고 싶지도 않다는 인물에 대한 이야기가 이런 심정이 들게 하는 것이었다. 그러나 이런 사실을 두려워했던 '자아'는 무척 친절해서 망각과 함께 고통도 거의 씻어 주어서 편안한 마음을 보장해 주기도 했다. 그것은 운명이 우리에게 선사하는 수많은 대체 가능한 '자아' 중의 하나였으니, 운명은 뛰어난 식견을 가지고 있어서 고집 센 의사처럼 우리의 희망 같은 것은 듣지도 않다가, 적당한 때에 심하게 상처 입은 '자아'를 지체 없이 다른 자아로 갈아치우는 것이다. 운명은 다 떨어진 천을 깁듯 가끔 이런 식으로 교체하지만, 우리는 이 낡은 '자아'가 커다란 고통이나 상처를 줄 만한 것을 갖고 있지 않다면 이런 것을 깨닫지도 못한다. 다른 사람이 된 감탄 속에서 우리는 그런 고통을 잊는다. 자신의 과거 고통 따위는 타인의 것이고, 자기가 느끼지는 않지만 연민을 가지고 이야기는 할 수 있는 정도의 고통쯤으로 여겨지는 것이다. 고통스러웠던 기억이 희미하기 때문에, 그토록 무수한 고통을 겪었다는 사실에 무관심해지기도 한다.

―「사라진 알베르틴」

알베르틴의 사라짐, 그것은 그녀를 사랑했던 자신의 사라짐이었다. 시간은 가장 풍요롭고 행복한 순간을 앙상한 뼈대로 부패시키지만, 동시에 너무나 고통스럽고 황폐한 순간도 평범한 일상사로 부풀리는 힘을 갖고 있었다. 마르셀은 시간과 치른 고된 전투 끝에 삶의 무상함을 더욱 깊이 느꼈다.

나의 고통, 그리고 고통과 함께 어디론가 가버린 것들의 상실, 이것들은 생활의 대부분을 차지했던 병이 완쾌되었을 때 흔히 생기듯이 마음을 공허하게 만들었다. 사랑이 영원하지 않은 까닭은 아마도 기억이 항상 진실하지 않고, 인생이란 세포의 부단한 갱생으로 이루어지기 때문이리라. 그러나 이 갱신은 기억에 따라 변화해야 할 순간을 정지시키고 응고시키려는 의식에서 늦춰진다. 그리고 마음의 번뇌도 여자에 대한 욕망처럼 생각과 함께 커지는 것이기 때문에, 어떤 일로 바쁘면 욕망을 자제하는 것처럼 망각도 쉽게 만든다.

또 다른 반작용에서 점차 망각을 일어나게 만드는 것이 시간이라면, 그 망각에 의해 시간 관념도 크게 바뀐다. 공간 속에서 일어나는 것처럼 시간 속에서도 눈의 착각이 일어난다. 일을 하고 싶다, 잃어버린 시간을 되찾고 싶다, 생활을 혁신시키고 싶다, 차라리 인생을 시작하고 싶다, 라고 하는 예부터 갖고 있었던 이런 허무맹랑한 생각은 내가 언제나 젊을 거라는 착각을 준다. 하지만 알베르틴이 살아 있던 마지막 몇 개월 동안에 내 생활에서 일어난 사건들에 대한 내 기억은 (또는 내 마음속에 일어난 사건, 사람이 갑자기 확 변하거나 하면 대단히 오래 산 듯한 생각이 들기도 하니까) 그 수개월을 1년보다도 더 길게 느끼게 했다. 그리고 그토록 무수한 갖가지에 대한 나의 망각은 최근에 일어났던 사건으로부터 공허한 간격을 만들면서 나를 떨어뜨려 놓아서, 마치 그것을 옛날 일처럼 느껴지게 한다.(속된 말들이 그렇게 하듯이, 나는 그런 일을 '잊을' 시간을 가졌던 것이다.) 나의 기억 한가운데에서 이런 단편적이고 불규칙하게 가끔씩 나타나는 망각은 (마치 큰 바다 위에 짙은 안개가 나타나서 사물의 원근을 헷갈리게 하듯이) 시간 속의 거리 감각을 혼란스럽게 뒤섞고, 산산이 파괴하고, 저기는 작게 여기는 크게 만들 뿐만 아니라, 나 자신마저도 실제 이상으로 사물과 가깝거나 멀게 느끼게 했다.

— 「사라진 알베르틴」

스완과 오데트, 마르셀과 질베르트, 샤를뤼스 씨와 모렐, 마르셀과 알베르틴. 모든 사랑은 허무하게 끝이 났다. 사교계의 속물주의에 환멸을 느꼈던 마르셀에게 사랑의 세계도 헛되기는 마찬가지였다. 영원한 사랑은 어디에도 없으며, 사랑의 세계를 통해서는 타인의 숨겨진 세계, 내가 잃어버리고 사는 시간을 온전히 되찾을 수 없을 것이다. 모든 열정은 시간의 힘에 녹아내리기 마련이고, 모든 깨달음도 너무

늦게 찾아올 뿐이다. 마르셀은 자신이 갑자기 너무나 늙어버렸음을 깨달았다. 사회적 삶에서도 내적인 삶에서도 행복을 찾을 수 없다면 이제 남은 것은 무엇인가? 가만히 앉아서 죽음을 기다리는 일뿐이란 말인가?

:: 평범한 사랑이 위대한 우정보다 낫다

『잃어버린 시간을 찾아서』를 마르셀의 편력기로 읽다 보면 「사라진 알베르틴」에서 그가 맛본 허무감이 얼마나 쓰디쓴 것인지를 보다 확실하게 알 수 있다. 그는 삶의 덧없음을 느끼며 구원을 찾기 위해 열심히 자신의 과거 속으로 되돌아갔었다. 하지만 알베르틴과의 사랑은 시간의 무서운 파괴력을 확인시켜 주었을 뿐이다. 그렇다면 살롱의 세계와 사랑의 세계는 동일한가? 그렇지는 않다. 마르셀은 그 누구와도 온전히 사랑을 나눌 수 없었음에도 불구하고, 사회적 삶보다는 사랑을 통해서 비로소 진정한 성숙에 이르게 된다는 점을 깨달을 수 있었다. 왜인가?

마르셀이 밤잠을 설치면서 사랑했던 질베르트나 알베르틴, 그리고 한없이 동경했던 게르망트 공작 부인은 객관적으로 보아 마르셀에게 사랑받을 만한 지성도, 미모도 갖고 있지 않았다. 프랑수아즈는 왜 이런 여자들 때문에 쓸데없이 시간과 돈을 낭비하느냐고 마르셀을 구박하곤 했다. 하지만 어쩌랴? 자신처럼 지적이고 교양 있는 앙드레에게는 전혀 매력을 느낄 수가 없는 것을. 알베르틴이 충분히 똑똑하지 못하다는 것, 가난한 고아이기 때문에 자신의 취향을 현실로 만들 능력이 없다는 것, 그녀의 허영과 그녀의 동성애, 그 모든 것은 마르셀이 가질 수 없고 알 수 없는 것들이었다. 마르셀은 알베르틴처럼 자신이 가 닿을 수 없는 여인에게만 매력을 느꼈다. 오직 미지의 여인을 통해서만 영감을 얻을 수 있었다. 그런 여인만이 그를 사유하고 행동하도록 이끌었기 때문이다.

아가씨의 눈이 반짝이는 돌비늘에 불과하다고 간주하면, 우리가 굳이 탐욕스럽게 그녀의 생활을 궁금해하거나 그 생활을 우리 자신과 연결시키려고 하지 않을 것이다. 하지만 우리는 느낀다. 반사하고 있는 그 작은 원반 속에 반짝거리는 것이 오직 원반의 물질들 때문이 아니라는 것을. 그것은 우리가 잘 알지 못하는 것, 본인 스스로가 만들어 낸 검은 관념의 그림자라는 것을. 그것은 그녀가 알거나 알고 있는 장소에 대한 관념의 검은 그림자다. 예를 들면 나에게는 페르시아 낙원의 요정보다 더 아름다운 이 어린 요정이 들을 건너고 숲을 통과해서, 페달을 밟으며 나를 데려다주었을 수도 있는 경기장의 잔디 따위가 그렇다. 그녀가 돌아가려고 하는 그 검은 그림자는 그녀가 작성하거나 남이 그녀를 위해서 만든 계획의 그림자처럼 여겨진다. 특별히 욕망, 공감, 반발심, 비밀스럽게 지속적인 의지를 갖고 있는 그녀 자체 같기도 하다. 나는 그 눈 속에 들어 있는 것을 내가 갖지 못한다면, 이 자전거 타는 아가씨를 얻을 수 없다는 것을 알고 있다. 따라서 나에게 욕망을 불어넣고 있는 것은 그녀의 온 삶이다. 그것은 괴로운 욕망이었다. 왜냐하면 그것은 이룰 수 없는 것이면서 나를 도취시키는 것이기 때문이다. 지금까지 내 삶이라고 여겼던 것이 갑자기 내 삶임을 중단하고, 내가 메우고 싶어서 안달한 공간이 내 앞에 펼쳐지는 바람에 내 삶이 이 아가씨들의 삶으로 구성된 공간의 작은 부분에 불과한 것이 되고 말았다. 그러므로 이제는 자신의 행복이 아득해 보였다. 나와 그녀들 사이에는 그 어떤 공통적인 습관(아무런 공통관념)도 없을 것이기 때문에 그녀들과 사귀거나 그녀들을 즐겁게 하는 일을 더 어렵게 하고 있었다. 하지만 어떤 미지의 삶에 대한 내 영혼의 욕망(메마른 땅의 열렬한 갈증과도 같이, 지금까지 물 한 방울 받지 못한 만큼 더욱 더 탐욕스럽게 천천히 맛보면서 완전히 흡수하려고 달려드는 이 갈망)이 배부름을 뒤따라 내 마음에 나타난 이유는 그녀들과 나 사이에 그 어떤 공통점도 없다는 그 차이 때문이며, 아가씨들의 성격과 행동을 이루는 것 중에 내가 알고 있거나 가지고 있었던 요소가 하나도 없다는 생각 탓이었을 것이다.

— 「꽃피는 아가씨들 그늘에」

평범한 사랑이 위대한 우정보다 낫다! 우정의 세계에서 우리는 각자의 가치관, 철학, 생활방식을 동의하고 인정한다. 생 루는 마르셀이 외투 없이는 외출할 수 없는 사람이라는 것을 단 한 순간도 잊지 않았다. 하지만 마르셀은 이토록 친절한 친구와 함께 있을 때조차도 위안과 안락 이상을 느낄 수 없었다. 고민, 갈등, 충격 그런 번민이 완벽하게 소거된 상태. 그것이 마르셀에게는 우정의 세계였다. 그런 평온한 세계에서는 생 루가 어떤 사람인지를 전혀 고민할 필요가 없고, 생 루가 속한 세계를 잘 몰라도 전혀 문제되지 않았다. 생 루와는 평생을 두고 교류할 수 있겠지만, 매일매일 그와 나누는 대화란 한순간의 공허를 끝없이 되풀이하는 일이 될 것이다. 마르셀은 오직 나를 괴롭히는 연인만이, 불멸의 밤을 선물하는 잔인한 애인만이 자신을 사유하게 하고 세상을 더 탐구하고 싶게 만든다는 사실을 가슴 아프게 깨달았다.

대화처럼 우정은 아무런 효과가 없을 뿐만 아니라 해롭기도 하다. 왜냐하면 우리 중에 있는, 순전히 내면으로부터 자기 발전의 길을 발견해야 한다는 계율을 지키는 어떤 인간은 친구와 함께 있을 때 권태의 인상을 느끼기 때문이다. 그것은 내면의 깊이 쪽으로 발견의 나그네 길을 걸어가는 대신, 자기 자신의 옆에 머무를 때에 느낄 수밖에 없는 권태의 인상이다. 이런 인상도 우리가 다시 혼자가 되면 우리를 다그침으로써 그런 권태의 인상을 고치게 하고, 친구가 우리에게 했던 말을 감동과 함께 다시 떠올리게 하고, 그것을 귀한 재산처럼 여기도록 만든다. 그것은 우리가 바깥으로부터 돌을 쌓아 올려서 만드는 건물이 아니라, 자기 수액으로 줄기를 만들고 그 줄기에서 마디가 나와, 위로

잎이 무성해지는 나무와 같기 때문이다.

―「꽃피는 아가씨들 그늘에」

사랑이야말로 우리를 우리 자신으로부터 떠나게 한다. 마르셀은 자신이 옳다고 생각한 모든 것이 결국은 누군가의 말, 어떤 책의 가르침, 무언의 통념들에 불과하다는 것을 사교계의 허랑한 삶과 여러 사랑의 풍경들을 통해 배웠다. 그러한 선험적인 앎이야말로 오늘을 충실하게 살 수 없도록 하는 방해꾼이었다. 나의 두 발과 손으로 세상을 맛보려면, 일단은 지금 내가 갖고 있는 통념들을 떠나야 한다. 이때 우리를 정신적 육체적 한계까지 밀어붙이고 그것들을 뛰어넘게끔 추동하는 힘이 바로 사랑이다. 타인이 품고 있는 낯선 세계를 펼쳐 보이고 싶다는 욕망이 내가 서 있던 익숙한 세계를 박차고 나가도록 만들기 때문이다.

사랑을 둘러싼 대부분의 판타지와 달리, 『잃어버린 시간을 찾아서』의 연애 풍경은 아름답지 않다. 대신 연인들 사이를 감도는 불안, 공포, 혼란만이 있다. 오죽했으면 마르셀이 차라리 알베르틴이 날마다 자기 곁에서 잠만 잤으면 좋겠다고까지 토로했겠는가? 하지만 이 불신, 불편, 고통 속에서 마르셀은 사랑에 대해 성찰할 수 있었고, 그녀와 자신의 말과 행동을 다른 관점에서 바라볼 수 있었다. 우리는 이처럼 나를 괴롭히는 상대방 때문에 사랑에 대해 배운다. 이때의 배움이란 나라는 실체, 사랑에 대한 사전적 정의를 경험으로 확인한다는 말이 아니다. 마르셀 식의 사랑, 알베르틴 식의 사랑, 그 각각의 사랑들에 대해 통찰한다는 것을 의미한다. 사랑의 희로애락과 생로병사의 온갖 풍경들 속에서 상대방과 나 자신을 끊임없이 재발견한다는 것을 뜻한다.

　　알베르틴이 열려 있는 아무 문이나 가리지 않고, 강아지처럼 내 집에 기어들어 와서 여기저기 아무렇게나 마구 어지럽히고, 내 신세를 망치고 바늘 끝으로 마구 쑤시는 아픔을 주는 것을 보고 프랑수아즈는 나에게 (그 무렵에 이미 나는 약간의 글을 썼고, 두어 가지 번역도 하고 있었기 때문에) '아이고! 도련님의 시간을 모조리 낭비시키고 마는 그런 아가씨 대신에 얌전하고 작은 비서라도 두면, 도련님의 휘지(paperasse를 paperoles라고 틀리게 한 말)를 깔끔하게 정리하겠는데요!'하고 말했는데, 이것을 현명한 소리라고 생각했던 것은 내 잘못이었다. 내 시간을 뺏고 내 마음을 괴롭힌 알베르틴이 내 '휘지'를 정돈해 주었을 비서보다 문학적 관점에서 훨씬 더 유익했으리라. 번민 없이는 사랑을 할 수가 없고 괴로움을 겪지 않고는 진리를 배울 수도 없는 덜 떨어진 생물(아마도 온 자연계에서 오직 인간일)이기 때문에 인간은 끝내 쓸쓸한 최후를 맞이할 수밖에 없다. 하지만 행복한 세월은 곧 잃어버린 시간이다. 괴로움을 겪고 나서야 비로소 우리는 일에 착수한다. 고난을 먼저 치르지 않으면 안 된다는 생각, 언제나 새로운 작품을 위해 고난을 먼저 참아야 한다는 식으로 일에 관련된 그런 생각 때문에 우리는 번번이 작품에 착수하기를 꺼린다. 그런데 고난이 인생에서 만나는 최선의 것임을 알게 되면 우리는 두려움 없이 죽음을 열반으로 생각하게 된다.

—「되찾은 시간」

마르셀에게 사랑은 한계에 이르는 길이다. 작품에서 사랑하는 남자들은 모두 자신의 무능력에 절망한다. 그들은 모두 그녀 앞에서 자신이 한없이 부족한 존재라고 생각한다. 프루스트는 말한다. 자신에게 없는 모든 것을 깨닫게 해주는 힘, 그것이 바로 사랑이라고. 작품 안에서 결핍 없이 사는 사람들은 아무것도 알려고 하지 않았다. 언제라도 값비싼 빨간 드레스를 사 입을 수 있는 게르망트 공작 부인은 패션에 대해 별다른 안목이 없었지만, 너무나 가난해서 언제나 같은 드레스를 입고 파티에 나갈 수밖에 없었던 알베르틴은 당대 패션에 대해서 최고의 지식과 안목을 갖고 있었다. 이와 마찬가지로, 온전히 자신의 비밀을 다 알려 줄 수 없었던 알베르틴이 있었기에 마르셀도 사랑의 본질을 통찰할 수 있었다.

너무나 아파서 날마다 고통의 시간과 싸워야 했던 프루스트, 그야말로 진정 건강에 대해 생각하고 고민하지 않았을까? 풍요 속에서는 아무것도 발견할 수 없다. 한계와 절망만이 우리를 가르쳐 준다. 그런 의미에서, 실패한 사랑이야말로 마르셀에게는 사유와 배움의 교실이었다. 자신을 새롭게 바꾸고 낯선 삶을 살고자 하는 자들이여, 두려움 없이 사랑에 실패하시기를!

chapter. 05

되찾은 시간 :
예술과 수련

참된 삶, 끝내는 발견되고 환히 드러나는 삶, 유일무이한 삶,
실로 우리가 살아온 삶, 바로 이것이 문학이다. 어떤 의미에서는
예술가가 그렇듯이 모든 사람들의 의식 속에 순간순간 살아 있는 삶 말이다.
그렇지만 예술가가 아닌 사람들은 그것을 밝혀내려는 의도가 없기 때문에
그 삶을 보지 못한다. 그래서 그들의 과거는 쓸데없는 수많은 건판으로
뒤죽박죽이다. 왜냐하면 지성이 그 건판들을 '현상'하지 않았기 때문이다.
우리의 삶은 되찾아져야만 하며 타인의 삶도 그러하다.

:: 되찾는 시간, 배움

　허위로 가득 찬 사교계의 세계를 통해서도, 오해로 쌓은 사랑의 누각을 통해서도, 그 어떤 과거를 통해서도 마르셀은 깨달음을 얻을 수 있었다. 비록 우리가 매순간 시간을 잃어버리고 살아가고 있을지라도 과거는 언제나 새로운 진실을 안고 되돌아오고 있었다. 문제는 이 모든 깨달음들이 모두 너무 늦게 찾아온다는 사실이다. 벨 에포크의 속물주의와 사랑의 본질을 깨달은들 이미 허비해버린 살롱에서의 세월과 죽어버린 알베르틴을 되살려낼 수는 없다. 게다가 이렇게 되찾게 된 깨달음이 무슨 소용이 있는가? 진리만 잔뜩 짊어지고 살면서 현실 속에서는 결국 또 시간을 잃어버리면서 사는 일상을 반복해야 한단 말인가? 마들렌 과자 한 입으로 시작된 이 시간여행은 오히려 마르셀을 우울하게 하는 듯했다.

　그런데 마르셀이 모든 것은 허무하다는 결론을 내리려는 찰나, 자신이 아무짝에도 쓸모없는 인간이며 문학 따위에는 그 어떤 희망도 없다고 결론내리려는 바로 그 순간, 갑자기 어떤 계시가 그를 찾아왔다. 자신을 잊지 않고 불러 주는 게르망트 가문의 마티네에 참석하기 위해 저택의 안마당으로 들어섰을 때였다. 마르셀은 갑자기 돌부리에 걸려 넘어지게 되었는데, 순간 갑자기 우둘투둘한 돌멩이의 촉각적 충격과 함께 베네치아의 산 마르코 광장의 포석과 발베크 호텔의 빳빳한 냅킨과 해변의 신비로운 나무들, 심지어 콩브레에서 맛본 마들렌 과자의 맛까지 연속적으로 생생하게 되살아나는 게 아닌가. 그것은 하나의 완벽하고도 아름다운 시간의 윤무였다. 아래의 인용문을 통해 마르셀이 느낀 환희를 함께 맛보자. 맑고 소금기 있는 환상이 푸르스름한 유방 형태로 부풀어 오르고 청록색 바다의 날개가 공작의 꼬리처럼 펼쳐진다.

오랫동안 게르망트 대공을 모신 최고 급사가 나를 알아보고는 서재에 있는 내가 일부러 흡연실에 갈 필요 없게 과자를 담은 그릇과 오렌지 주스를 가져다주었고, 나는 냅킨을 받아 들고 입을 닦았다. 그러자마자 『아라비안 나이트』에 나오는 인물이 자기를 멀리로 데려다 줄 충직한 요정을 자신도 모르는 사이에 자기의 눈에만 보이도록 출현시키는 주문을 정확히 다 외웠을 때처럼, 하늘빛으로 세 개의 환상이 내 눈앞을 지나갔다. 하지만 이번에는 맑고 소금기가 있는 환상이며, 그것이 푸른 유방처럼 부풀어 올랐다. 그 인상이 어찌나 강렬한지, 내가 살아온 과거가 현재의 순간인 듯, 나는 정말이지 게르망트 대공 부인의 환영을 받을 것인가 아니면 모든 것이 거품처럼 꺼질 것인가가 의심스러웠던 그날들보다 더 얼떨떨해져서, 하인은 바닷가를 향한 창문을 막 열고 다른 모든 이들은 만조의 방파제를 따라 산책하러 내려오라고 나한테 청하고 있는 듯한 그런 기분이 들었다. 입을 닦으려고 집어 든 냅킨은, 발베크에 도착하던 첫날에 내가 창가에서 몸에 묻은 물기조차 닦기 힘들었던 빳빳이 풀먹인 냅킨과 똑같은 종류였고, 그리고 주름과 줄이 빳빳이 선 이 냅킨은 이제 게르망트 저택의 책꽂이 앞에서 공작새 꼬리처럼 초록빛 바다의 날개를 펼치고 있었다. 또한 나는 단지 그런 색채만 즐기는 것이 아니라, 그 색채가 떠올리게 만드는 내 지난 삶의 한 순간을 온전히 즐겼으니, 이 한순간이야말로 일찍부터 간절히 구하던 색채이자, 발베크에서는 어떤지 지치고 서글픈 그 느낌 때문에 충분히 즐길 수 없었던 것이었다. 그것이 지금 외적 지각 속에 있는 불완전한 것을 벗어버리고, 순수하고 비구상적인 방식으로 내 마음을 환희로 부풀게 했다.

—「되찾은 시간」

이 황홀한 과거의 재생이라니! 이 기쁨은 그때 그 순간에는 어쩐지 지치고 서글퍼서 충분히 느낄 수 없었던 것들이었다. 그것은 순수하고 비구상적인 환희 그 자체였다. 도대체 이 기쁨의 원인은 어디에 있는 것일까? 어째서 이 기쁨은 사교계나 사랑의 세월이 가져다준 깨달음보다 훨씬 더 깊은 충만함을 주는 것일까?

마르셀은 따져 보기로 했다. 과연 돌멩이에 걸려 넘어진 모든 사람이 자신과 같은 기쁨을 느낄 것인가? 아마 그렇지는 않을 것이다. 따라서 돌멩이라는 객관적 대상은 기쁨의 원인이 될 수 없다. 그렇다면 원인은 마르셀에게 있는가? 분명 그가 발베크, 베네치아, 콩브레에서 보낸 시간이 없었더라면 이와 같은 기쁨은 일어나지 않는다. 그러나 그가 돌멩이에 걸려 넘어지기 전까지 그의 과거는 무의미했다. 그렇다면 마르셀이 원인이라고도 할 수 없다. 도대체 원인은 어디에 있나?

우리가 자연이나 사회, 연예나 예술 등에 대해 가장 무관심한 방관자일 때에도, 모든 인상은 두 겹이어서 절반은 대상의 깍지 안에 감싸여 있고 나머지 절반은 우리 자신만 알아볼 수 있는 마음속으로 이어져 있다. 그래서 우리는 자연스럽게 이 후자를 대단치 않게 여기지만, 바로 그것이야말로 우리가 붙들어야 할 유일한 것이다. 그럼에도 불구하고 우리는 외부에 있기 때문에 깊이 탐구할 필요도 없고, 그렇기 때문에 우리가 조금의 노력도 들일 필요가 없는 다른 절반만 생각한다. 산사나 어떤 성당을 보면서 우리 마음속에 패인 작은 도랑을 알아차리려고 해도 그것은 쉽게 발견되지 않는다. 할 수 없이 우리는 (직시할 용기가 없는 우리의 생활로부터 이런 도피 속으로, 이른바 박학다식 속으로 숨어들어서) 음악이나 고고학을 잘 알고 있는 비전문가처럼 그것을 이해할 때까지 그 교향곡을 다시 연주하거나 성당을 다시 보러 가거나 한다.

―「되찾은 시간」

마르셀이 내린 결론은 이것이다. 우리가 자연이나 사회, 연애나 예술 등에 대해 가장 무심할 때조차 우리가 받는 인상은 항상 두 겹으로 되어 있다는 것! 하나는 대상의 꼬투리 속에 싸여 있고, 다른 절반은 우리만이 알아볼 수 있는 우리 자신의 마음속에 감싸여 있다. 이 각각의 인상들이 하나로 마주칠 때 비로소 어떤 효과(기쁨이나 행복감, 슬픔이나 우울함)가 펼쳐진다. 그러므로 객관적 대상과 주관적 존재 사이의 마주침이야말로 행복감의 원인이랄 수 있다.

마르셀에게 이것은 참으로 중요한 깨달음이었다. 스완이나 샤를뤼스 씨에게도 이런 환희가 왜 없었겠는가? 오늘을 사는 우리도 시내버스 손잡이를 잡다가 문득, 산책길에서 우연히 음악 소리를 듣다가 문득 어떤 충만한 기쁨에 사로잡힐 때가 있지 않는가? 그런데 스완은 뱅퇴유 소나타를 들으면서 자신이 느낀 행복감의 원인이 뱅퇴유 소나타에 있다고 생각했다. 그래서 소나타를 연주하는 살롱만 찾아다니다가 세월을 보냈건만 그는 기쁨을 재생할 수도, 행복의 원인을 파악할 수도 없었다. 그래서 죽을 때까지 뱅퇴유 칭찬만 하다가 삶을 마감했던 것이다. 마르셀이 보기에 대체로 많은 사람들은 자신들이 인상을 통해 받는 여러 가지 감정들의 원인을 객관적 대상에게 돌리는데, 바로 거기에 문제가 있었다. 분명 그것은 편하고 쉬운 길이다. 하지만 우리가 인상을 통해 받는 행복의 원인을 객관적 대상에게 돌리는 한 우리는 이 소중한 행복의 실체를 끝내 알아차리지 못하고 허공으로 날려버릴 수밖에 없다. 보다 정성을 들여서 들여다보아야 할 것은 과거의 한 순간이 우리 마음속에 파 놓은 도랑이다.

다시 돌멩이 이야기로 되돌아가 보자. 분명 돌멩이 없이는 이런 행복이 발생하지 않는다. 단지 내 마음만 들여다본다고 해서 이 행복이 재생되지 않는다. 뒤늦게 찾아온 알베르틴의 전보 같은 것이 아니라 왜 아무짝에도 쓸모없는 돌멩이란 말인가? 알베르틴이 감춘 거짓의 흔적을 찾기 위해 되살려냈던 과거는 비참하고 허탈한 기분만을 안겨 주었는데 말이다. 비밀은 돌멩이의 무의미성, 그것의 무용성에 있었다. 일상에서 우리는 유용성에 따라 대상을 판단한다. 집으로 가는 길에 대수롭지 않게 보던 고사리가 갑자기 의미 있는 대상으로 바뀌는 것은 선생님이 고사리의 사생활에 관해 조사하라는 숙제를 내줄 때다. 우리의 인식은 유의미성이라는 기준을 따르면서(숙제의 대상), 이성적으로(고사리의 사생활이라는 기준), 특정한 기억(교과서의 가르침)을 반복하게 된다.

하지만 유용성의 관점을 떠나 대상을 있는 그대로 접하게 되면 어떤 일이 벌어질까? 건물 귀퉁이에 삐죽이 고개를 내밀고 옹기종기 모여 앉아 있는 고사리의 작은 키들, 우둘투둘하게 굽고 말아 올린 등과 검푸른 듯도 하고 회갈색인 듯도 한 색감, 이런 고사리의 인상은 우리에게 무엇을 주는가? 누군가는 음지식물의 운명을, 누군가는 식물의 무리 생활을, 누군가는 그들의 훌륭한 생명력을, 누군가는 일용할 양식을 펼쳐낼 것이다. 딱히 목적을 갖지 않는 시선 속에서 고사리는 보다 더 다양하고 풍요로운 의미를 띤 존재로 보이는 것이다. 그렇다. 지성에 의해서 파악할 수 있는 존재의 의미는 모두 한정적이다. 반면 무용하고 감각적인 대상들은 보다 풍요로운 진실들을 펼쳐낸다. 이제 마르셀은 자신이 왜 지난 세월 동안 이와 같은 환희의 순간이 찾아올 때마다 번번이 그 이유를 알 수 없었는지를 깨달을 수 있었다. 그것은 실용적인 관점에서 기쁨을 해석해 왔기 때문이었다.

나는 급속도로 그런 모든 것들 위를 대강대강 지나쳐서 그 행복감과 그것에 반드시 수반되는 확실함의 원인을 꼭 찾아내야 한다. 옛날부터 미루고 또 미루어 왔던 탐구였지만 오늘은 그것을 꼭 해야 할 필요를 느낀다. 그런데 나는 그 원인을 갖가지 즐거운 인상들을 서로 비교하면서 분석하려고 했는데, 거기에서 현재와 과거의 순간에 동시에 존재하는 즐거움의 인생을 느꼈다. 그것이 어찌나 과거를 현재로 파고들게 하는지, 두 시간 중에 내가 어디에 있는지 애매했다. 실제로 그 순간 내 안에서 즐거운 인상을 맛보는 인간은 그 인상 속에 있는 과거와 지금과의 공통점, 말하자면 그 인상들 속에 있는 초시간적 영역에서 그 인상을 음미하고 있으며, 이런 인간이 등장하는 것은 그 인간이 과거와 현재 사이의 어떤 동일성에 의해 사물의 정수를 먹으면서, 그 정수를 즐길 수 있는 유일한 환경인 시간 밖으로 나갈 수 있을 때뿐이다. 프티트 마들렌의 맛을 무의식적으로 느꼈던 순간에 자기 죽음에 대한 불안이 갑자기 중단된 것 같은 생각이 들었던 이유가 바로 이것이었다. 그때 나라는 존재는 초시간적인 존재였기 때문에 미래의 무상함이 걱정스럽지 않았던 것이다. 이런 인간이 내 쪽으로 오거나 나에게 나타나거나 할 때란 오직 내가 행동하지 않을 때, 직접 그것을 누리지 않을 때뿐이다. 그때마다 유추의 기적은 나를 현재로부터 탈출시켰던 것이다. 이런 기적만이 내가 지나간 시간을, 잃어버린 시간을 되찾게 만드는 힘을 갖고 있었다. 내 기억의 노력이나 지성의 노력은 잃어버린 시간의 탐구에 언제나 실패해 왔었다.

―「되찾은 시간」

　　이제 새로운 배움의 원리를 정리해 볼 수 있겠다. 지금까지 마르셀에게 배움이란 사교계 생활과 연애라는 것 자체를 이해하려고 애쓴 끝에 얻을 수 있었던 목적 지향적 깨달음들이었다. 하지만 유용성을 떠나 돌멩이와 같이 무용하고 감각적인 대상과의 조우에 집중한다면, 보다 풍요로운 차원의 배움을 얻을 수도 있을 것이다. 게다가 이런 배움은 현재를 뒤늦은 후회와 허무한 각성의 시공간으로 만들지 않는다. 현재란 돌멩이와의 마주침이 일어나는 현장, 우연한 마주침의 무대로서 그 자체로 충만한 시공간이 될 것이기 때문이다.

　　이제 마르셀에게는 단 하나의 과제만 남게 되었다. 어떻게 지성이 아니라 감각을 통해 세계를 다시 체험할 것인가? 어떻게 과거-현재-미래라는 단선적 인과를 초월하여 시간의 여러 차원을 펼쳐낼 수 있는가? 그런 일을 할 수 있다면 죽음도 두렵지 않을 텐데! 어딘가에서 돌멩이 하나가 갑자기 발목을 잡기만을 기다릴 수는 없는 노릇이다.

마르셀은 능동적으로 그런 일을 할 수 있는 존재가 되어야만 했다.

:: 되찾은 시간, 예술

돌맹이는 분명 지성을 떠나 시간의 여러 차원을 동시적으로 펼쳐낼 수 있는 계기였다. 하지만 여기에는 커다란 함정이 있었는데, 시간들을 펼쳐낼 수 있다고 해도 그러한 펼쳐짐 자체가 순간에 그치고 만다는 것이다. 펼쳐진 모든 시간은 다시 휘발되어 사라져버리고 만다. 과거나 미래의 단선적 인과에 사로잡히지 않는 순간은 말 그대로 순간, 즉 무상한 찰나에 그치고 마는 것이다. 마르셀은 배움의 논리를 새롭게 깨달았지만 어느새 자신이 전날과 다름없이 파티장 한가운데에 들어와 있음을 알 수 있었다. 현재란 얼마든지 시간의 윤무가 일어날 수 있는 시공이지만, 가만히 있으면 그런 윤무도 환영처럼 왔다가 가버리기만을 반복할 것이다.

마르셀은 이 펼쳐진 시간을 어떤 식으로든지 육화해야만 했다. 우리가 시간을 얼마든지 펼쳐낼 수 있다는 것을, 현재야말로 진리의 바다라는 이 깨달음을 어떤 정신적 등가물로 전환해야 했다. 경험하고 있는 세계는 지금 사라지는 중이다. 어떻게 하면 찰나를, 깨달음을, 영원한 형식으로 붙들어 둘 수 있을까? 마침내 마르셀은 자신의 답을 찾을 수 있었다. 그럼으로써 허무했던 자신을 구원할 길을 발견했다. 그것은 바로 예술이었다.

　구름, 삼각형, 종탑, 꽃, 돌멩이 같은 것들의 심상을 응시하면서, 나는 그 형상 뒤에 반드시 발견해야만 하는 전혀 다른 그 무엇이 틀림없이 존재한다는 것을, 언뜻 보면 구체적인 형태만 드러낸 것 같은 상형문자처럼, 아마 그 형상 뒤에 그것으로부터 번역되어야 할 생각이 있는게 분명하다는 것을 느꼈다. 물론 그런 식의 판독은 힘들 것이지만 그것만이 어떤 진리를 읽게 만들 수 있었다. 왜냐하면 지성이 만천하에 직접 밝혀내는 진리는 삶이 어떤 물질적 인상을 가지고 시나브로 우리에게 전달해 준 진리에 비해 훨씬 깊이가 없고, 훨씬 필연성도 없는 것을 갖고 있기 때문이다. 물질적 인상이라고 하는 이유는 그것이 우리의 감각을 통해 육체로 들어오기 때문이기도 하지만, 우리가 그것으로부터 정신을 끌어낼 수가 있기 때문이다. 즉 어떤 경우에도, 이를테면 그것이 마르탱빌 종탑의 전망이 준 것 같은 인상이건, 또는 두 걸음걸이의 불균형이나 마들렌의 맛 같은 무의식적 기억이건, 그런 것을 생각하려고 노력하면서 감각을 그 감각과 같은 법칙을 지닌 사상의 모습으로 번역하기 위해서는, 자기 안에서 솟아오르는 감각을 어두컴컴한 곳에서 나오게 해서 그것을 어떤 정신적 등가물로 바꾸도록 애쓰지 않으면 안 된다. 그런데 나에게는 그 유일한 방법이 예술의 창작이 아니고 무엇일 수 있으랴? 당장 모든 일의 결과가 내 정신 속으로 밀려 들어오고 있었다. 포크 소리나 마들렌의 맛 같은 무의식적 기억이건 또는 마구 뒤엉켜 있어서 읽기 어려운 필적을 내 머릿속에서 모호하게 구성되어 있는 종탑, 잡초 같은 표상, 내가 그 의미를 탐구하고 있는 상징의 도움을 받아 그려진 진실이건, 그 첫 번째 특성은 내가 그것을 내 뜻대로 선별해서 부를 수가 없다는 점이었다. 나는 어디까지나 수동적으로 그것들이 오면 그대로 맞아들일 수밖에 없어서 그것이 그러한 것들의 진실성을 증명하는 표식이라는 생각이 들었다. 내가 굳이 발부리를 채인 안마당의 우둘투둘한 포석을 찾아갔던 것은 아니다. 그렇지만 그런 감각에 부딪치고 만 우연이야말로, 바로 그 감각이 불러들인 과거, 그 감각이 벗겨버린 여러 심상의 진실에 검인을 찍기 때문에, 우리는 빛 쪽으로 다시 떠오르려고 하는 그 감각의 노력을 느끼면서 되찾은 현실의 행복함을 느끼는 것이다. 이런 감각이야말로 그때 갖가지 인상에 의해 만들어진 화면 전체가 진실하다는 검인이고, 곧이어 그 감각을 뒤따라 당시의 숱한 인상은 의식적인 기억이나 관찰이 언제나 못 보기 때문에 알지 못하고 있었을 빛과 그림자의, 울퉁불퉁함과 푹 들어감의, 추억과 망각을 그토록 정확한 균형을 갖고 생생하게 재생한다.

―「되찾은 시간」

왜 예술이어야만 하는가? 예술은 지성의 세계에 갇히지 않기 때문이다. 이른바 '인문과학'이 세계를 논리적으로 규명하려고 한다면 음악과 회화는 감각적으로 세상을 포착해낸다. 그런데 바로 그러한 포착 속에서 실용적인 모든 관심이 제거된 대상의 다차원적인 모습이 드러난다. 감각적 세계를 다루는 예술은 하나의 대상이 속해 있던 여러 개의 이야기들을 동시적으로 풀어내는 힘을 지니고 있는 것이다. 반 고흐의 〈까마귀가 나는 밀밭〉(1890)을 보자. 노랗고 때로는 울긋불긋하기까지 한 밀밭에서 점점 어두워지면서도 비참하지는 않은 하늘을 향해 까마귀들이 날아간다. 검은 새들은 밀밭의 강력한 중력을 느끼면서도 채 어두워지지 않은 시공으로 막 몸을 일으키고 있다. 우

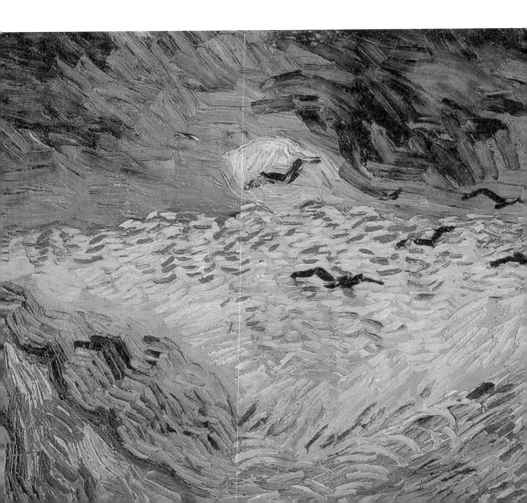

리는 고흐의 밀밭 앞에서 까마귀 한 마리 한 마리의 몸짓 이상의 것을 각자의 방식으로 깨닫는다.

판에 박힌 지식, 점점 더 우리를 사물의 본질로부터 멀어지게 만드는 생기 잃은 가르침들, 참된 예술은 바로 이것들에 의해 가려진 진리를 되찾아 주는 것이 아닐까? 일상 속에서 우리는 수많은 행복과 슬픔을 맛보지만 당장에는 그것에 침잠한 채로 허우적댈 수밖에 없고,

빈센트 반 고흐(Vincent van Gogh), 〈까마귀가 나는 밀밭〉, 1890

나중에 그것을 다시 느낄 때에는 그것의 소용없음에 한탄하며 허탈해하기가 일쑤다. 인상들을 어떤 진리로 밝혀 보지 못하고 세월의 흐름에 떠밀려 가면서 사는 것이다. 하지만 우리가 유용성의 차원을 떠나서 이 하나하나의 인상들을 현상할 수 있다면 이야기는 달라진다.

참된 예술의 위대함은 우리가 멀리 떨어져서 살고 있는 그 실재, 즉 식상한 지식이 농도와 불침투성을 점점 더해 감에 따라 우리로부터 점점 더 멀어져 가는 그런 실재를 다시 발견하게 하고 다시 판별하게 해서 그것을 우리가 알아차리도록 하는 데 있었다. 그리고 그런 진짜 실재란 우리가 그것을 알지도 못한 채 죽을 가능성이 대단히 높은 실재이다. 또한 그것은 순수한 의미에서 우리의 삶이기도 하다. 참된 삶, 끝내는 발견되고 환히 드러나는 삶, 유일무이한 삶, 실로 우리가 살아온 삶, 바로 이것이 문학이다. 어떤 의미에서는 예술가가 그렇듯이 모든 사람들의 의식 속에 순간순간 살아 있는 삶 말이다. 그렇지만 예술가가 아닌 사람들은 그것을 밝혀내려는 의도가 없기 때문에 그 삶을 보지 못한다. 그래서 그들의 과거는 쓸데없는 수많은 건판으로 뒤죽박죽이다. 왜냐하면 지성이 그 건판들을 '현상'하지 않았기 때문이다. 우리의 삶은 되찾아져야만 하며 타인의 삶도 그러하다. 왜냐하면 화가에게 색채가 그렇듯 작가에게 문체는 기술이 아니라 통찰력의 문제이기 때문이다. 결국 문체란 우리 앞에 드러난 세계를 그 형태를 통해 볼 수 있게 하는 질적인 차이다. 만약 예술이 없었다면 저마다에게 영원히 비밀로 남겨지게 될 그 차이의 드러내기인 것이고, 드러내려는 직접적이고 의식적인 방법으로서는 불가능하다. 오직 예술을 통해서만이 우리는 자신으로부터 떠날 수가 있고, 그 풍경이 달에서의 풍경만큼 우리가 모르고 있었을, 우리 눈에 비치는 것과는 다른 우주에 관해 알수 있다. 예술 덕분에, 우리는 단 하나의 세계, 즉 우리 자신에게 속한 세계만을 보는 대신에 늘어가는 세계를 본다. 또 독창적인 예술가가많으면 많을수록 그만큼 더 많이 우리의 마음대로 되는 세계, 무한 속에서 회전하는 무수한 세계, 그 이상으로 서로 다른 세계를 갖게 된다. 그리고 이 세계는 그 발광체의 중심이(설사 그것이 렘브란트라고 하건, 페르메이르라고 하건) 꺼지고 난 뒤 수 세기가 흐른 뒤에도 우리에게 특별한 빛을 보내온다.

—「되찾은 시간」

이제 마르셀은 뱅퇴유 소나타를 들으면서, 엘스티르의 그림 앞에서, 베르고트의 문장 속에서 자신이 느꼈던 것이 무엇인지를 깨달을 수 있었다. 그것은 바로 뱅퇴유나 엘스티르, 베르고트가 보았던 백 가지의 세계였다. 이들 예술가들은 자신의 운명과도 같은 감각들(음, 색, 심상)을 다듬고 다듬어 그 세계를 보여 주는 그들만의 건판을 만들었던 것이다. 예술의 스타일, 예술가의 문체란 그들 건판의 고유한 형태와 촉감인 것이다. 이런 개성 있는 건판이야말로 예술가가 죽고 난 뒤 수 세기가 지난 뒤까지도 여전히 진리의 특수한 광선을(뱅퇴유 식의, 엘스티르 식의, 베르고트 식의) 보내 줄 수 있을 것이다. 그리하여 예술이라는 건판은 지성을 통해서는 결코 포착할 수 없는 존재의 잃어버린 시간들을 발견하고 되비추면서 되찾아 주리라. 그렇게 되찾은 시간은 예술 속에서 영원한 생명력을 얻게 된다.

우리가 경험하는 삶은 유한하지만 예술은 무한하다. 오직 예술만이 갖가지 진리들로 충만한 이 현재를 우리에게 되돌려 줄 수 있다. 그렇기 때문에 예술은 사교계에서의 명성, 친구와의 즐거운 대화, 애인과의 뜨거운 열애, 발베크를 향한 기차여행 같은 갖가지 일상적 기쁨과는 비교도 되지 않는 다채롭고 풍요로운 행복을 가져다줄 수 있다.

:: 음악가 뱅퇴유 – 자신에게 던지는 천 번의 질문

우리의 삶은 허무하다. 세월이 모든 것을 흘려보내기 때문이다. 반면 예술은 삶에서 본질적인 것들을 포착하고 다시 펼쳐낸다. 문제는 이런 예술작품을 어떻게 창조할 수 있을까 하는 것. 예술을 해야겠다고 결심한다고 해서 갑자기 훌륭한 걸작을 만들 수 있을까? 시간 안에 펼쳐진 진리를 포착하는 일, 흘러가버리는 것들의 영원성을 드러내는 일, 그것은 행운이나 천부적 재능을 필요로 하는 것일까? 예술가는 순간순간이 지복至福이 될 그런 삶을 어떻게 만들어 갈 수 있을까? 마르셀은 자신의 운명을 다음과 같이 예측해 보게 된다.

내가 쓸 것은 죽어가는 병사가 아내에게 쓰는 이별의 글과도 달리 더 많은 사람들에게 보내는 더 긴 것이었다. 쓰려고 보니 한이 없었다. 나는 낮에는 잠을 자려고 애써야 할 것이다. 밤에는 일을 해야 하리라. 하지만 무수한 밤이, 어쩌면 백 일의 밤이, 혹은 천 일의 밤이 필요하리라. 내가 이야기를 중단하는 아침이면 샤리야르 왕처럼 너그럽지는 않은 내 운명의 주인께서 과연 내 사형 집행일을 연기해서, 그 밤에 다시 그 다음 이야기를 하게 할는지 어떨지 전혀 알 수 없는 불안을 느끼며 나는 살게 되리라.

—「되찾은 시간」

날마다 사형 집행을 연기하는 마음으로 오직 글을 쓰는 밤만을 위해 하루하루를 살아야만 한다고? 보다 많은 사람에게 쓰는 편지, 한밤에 깨어 쉴 새 없이 글을 써 나가는 삶. 마르셀의 운명은 만만치 않았다. 그는 작가가 되기 위해 "공격에 대처하듯이 부단히 자신의 힘을 재집결하여, 섬세하게 책을 준비하고, 고생을 견디듯 책을 견디고, 하나의 법칙을 따르듯 책을 받아들이고, 성당처럼 책을 건축하고, 양생법을 따르듯 책을 따르고, 장애물을 극복하듯 책을 극복하고, 우정을 정복하듯 책을 정복하고, 어린아이에게 영양을 주듯 책에게 영양을 주어, 하나의 우주를 창조하듯 책을 창조해야"(되찾은 시간) 한다. 예술가가 된다는 것은 전심전력으로 고독 속에서 자기를 공정해 가는 작업인 것이다.

사교계를 회상했을 때, 알베르틴의 과거를 추적하거나 샤를뤼스 씨의 삶을 되돌아보았을 때, 그때에도 과거는 생생히 되돌아왔고 마르셀은 사회적 삶이라든가 사랑에 대해 많은 것을 깨달을 수 있었다. 하지만 그런 방식으로 시간의 동시성을 체험하고 진실을 깨닫는 것은 삶에서 본질적인 것을 포착하고 펼쳐내는 일은 아니다. 「되찾은 시간」에서 마르셀은 예술의 의미보다 예술가의 삶에 대해 더 진지한 고민을 한다. 모든 것을 체험하더라도 그것이 예술이 될 수는 없다. 예술은 예술가의 수련에 의해 새로워진 경험이다. 그가 함께 세월을 보낸 예술가들은 창의적 영감이나 자신의 재능에는 전혀 관심이 없는 사람들이었다. 대신 자신의 감각과 철저한 노력에만 의지하면서 작업하는 예술의 수련자들이었다. 어째서 예술가는 수련하지 않으면 안 되는가? 자기를 조형해 가지 않으면 안 되는가? 지금부터 마르셀의 스승들을 만나 보자.

첫 번째 스승은 음악가 뱅퇴유 씨다. 그는 콩브레의 피아노 선생님이었다. 표정은 늘 어두웠고 이웃들과의 교류도 거의 없었다. 언제나 두꺼운 외투깃을 올리고 고개를 푹 수그린 채 자신의 앞발만 보면서 서둘러 귀가하는 시골 사람, 딱 그렇게 보이는 사람이 뱅퇴유 씨였다. 자신의 집에서 좀처럼 나오지 않는 이 소심한 피아니스트는 오래전에 아내를 잃고 혼자 딸 하나를 키우고 있었다. 마르셀은 뱅퇴유가 죽고 난 어느 날 우연히 산책길에서 이 딸의 비밀을 엿보게 된다. 그녀는 바로 동성애자였던 것. 뱅퇴유는 살아 있을 때 세상과 딸로부터 완전히 외면당했었다. 그런데 그가 죽기 얼마 전부터 그의 음악은 천천히 부르주아 살롱에 받아들여지더니, 항상 새로운 것을 추구하던 마담 베르뒤랭의 놀라운 감식안을 만족시켰다. 결국 뱅퇴유의 음악에 대해 사람들은 이렇게 말하기 시작했다. "마치 사랑의 거대한 바다가 소리로 육화된 듯하다!" 자, 보라. 바로 이것이 그 딸의 애인이 엄청난 수고 끝에 복원해낸 뱅퇴유의 음악, 스완을 비롯한 모든 사교계 사람들의 냉랭한 마음을 깨뜨려버린 뱅퇴유의 세계다.

내가 소나타의 우주를 다 알고, 소나타에 질려서 이에 뒤지지 않으면서도 다른 아름다운 세계를 상상해 보려고 했을 때, 나는 단지 소위 천국을 지상의 것인 목장, 꽃, 시내로 채워 놓는 시인들처럼 떠올린 것에 불과했다. 그런데 지금 눈앞에 있는 이 곡은, 설사 소나타를 몰랐다고 해도 소나타와 똑같은 기쁨을 주었다. 똑같이 아름다우면서도 완전히 다른 것이었다. 소나타가 백합처럼 새하얀 전원의 여명을 향해 펼쳐지고 그 발랄한 천진난만함을 찢으면서 흰 쥐손이풀 위에 꾸며져 있는 조촐한 인동덩굴 시렁 위를 가볍고도 집요하게 감기고 뒤엉켜 있는 반면에, 이 새로운 곡은 바다처럼 평탄하고 가지런한 표면 위에 벼락이 그친 어느 날 아침, 살을 에는 것 같은 고요와 무한한 허공 속에서 시작되고, 또 이 미지의 세계는 고요와 밤으로부터 끌려 나와 장밋빛 먼동이 트는 속에서 서서히 내 눈앞에 모습을 나타냈다. 전원풍의 천진난만한 소나타에는 전혀 없었던 아주 새로운 붉은 빛이 여명처럼 신기한 희망을 갖고 온 하늘을 물들이고 있었다. 그리고 벌써 노래 하나가 대기를 찌르고 있었다. 일곱 음조의 노래, 하지만 전혀 모르는 노래, 내가 상상한 것과는 전혀 다른 노래, 말이나 글로 표현할 수 없으면서도 동시에 소리 높여 지르는 듯한 노래, 소나타에서 이미 그랬던 것처럼 비둘기의 구구하는 소리가 아니라 대기를 찢고 곡의 처음을 장식했던 그 진홍빛 색깔과 똑같이 생생하게, 닭의 깊이 있는 울음과 같은 어떤 것, 무한한 아침의 말로 표현하기 어렵지만 날카로운 소리, 비에 씻기고 전기가 통하는 것 같은 대기(초목이 무성한 소나타의 세계와는 아주 멀리 떨어져 있어서 질이나 기압도 다른 이 대기)는 다홍빛으로 물든 여명의 약속을 지우면서 시시각각 변해 갔다.

—「갇힌 여인」

　뱅퇴유의 7중주곡은 미지의 세계를 선사했다. 여명의 신비로운 희망은 온 하늘을 물들이면서 대기를 찢는다. 시시각각으로 달라지는 기온과 대기의 움직임은 여명이 안겨 준 희망을 천천히 녹여버리는 듯하다. 그러나 정오가 되자 돌연 모든 행복의 둑이 터져버린다. 우렁찬 종소리가 조용한 공기를 진동시키듯, 장엄하게 사랑의 기쁨을 활활 태워 올리고 만다. 뱅퇴유의 음악은 진지하면서도 돌발적이었다. 익숙한 여러 음조를 사용하면서도 완전히 새로운 태도로 과감하게 음 하나하나를 재창조하고 있다. 분명 뱅퇴유는 음침하고 소심한 사나이였건만, 어떻게 그의 음악은 이토록 장엄하고 폭발적인 방식으로 사랑을 찬미할 수 있었을까?

뱅퇴유는 이 7중주곡을 딸의 악덕 때문에 가장 번민했던 시절에 창작했다. 그는 동성애를 철저히 단죄했던 사회적 통념이 자신에게 가하는 수치와 모욕을 감당하면서, 밤낮을 가리지 않고 사랑에 대해 묻고 또 물었다. 그는 딸을 원망하지 않았고 오직 자신의 길, 음악의 세계에서 답을 구하려고 했다. "새롭게 되려고 각고의 노력을 기울이면서, 제 자신에게 묻고, 제 자신의 온 창작열을 다해 자신의 깊은 본질에 도달"(「갇힌 여인」)하려고 애썼던 것이다. 마침내 이 불쌍한 음악가는 밥 한술도 제대로 뜰 수 없게 했던 번뇌의 고통을 뛰어넘고 우리가 짐작조차 하지 못하는 마음의 우주를 자신의 음표 하나하나에 실어 이 세계로 들여올 수 있었다. 수많은 형태로 자기 자신을 향해 던졌던 그의 물음이 이제 완전히 낯선 사랑의 정의를 싣고 우리를 찾아오게 된 것이다.

아래의 인용문을 통해 뱅퇴유 씨가 보냈을 그 엄청난 밤, 자신과 나누었을 그 천 번 이상의 대화를 한번 상상해 보자. 뱅퇴유가 보여주는바, 예술가는 자신을 고통스럽게 하는 생의 문턱 위에서 그 누구보다도 바로 자신에게 질문하고 절박한 마음으로 그 답을 찾아가는 존재다. 음악을 연구하는 사람들은 뱅퇴유의 음악이 바그너와 어떻게 비슷한지나 따지겠지만 뱅퇴유는 마치 라부아지에나 앙페르 같은 과학자가 새로운 과학의 법칙을 발견하듯이 고유한 사랑의 세계를 창조했다. 그럼으로써 그가 이전에 작곡했던 모든 악절을 뛰어넘었고,

자신도 모르는 사이에 음악의 역사를 비약시켰으며, 사랑으로 고통받는 모든 이들에게 구원의 노래를 선물했다. 그리고 마침내 불운했던 자신에게도 진정한 해방을 안겨 줄 수 있었다.

표면적으로는 다르지만 오히려 하나의 작품 속에 깊은 유사성, 그가 바란 유사성이 인식되는 것은 그가 새로워지려고 부단히 애쓰는 바로 그때였다. 반대로 뱅퇴유가 같은 하나의 악절을 여러 차례 다시 시작하면서 그것을 가지각색으로 변화시켜서, 유희 삼아 고의적으로 지적인 작업을 통해 별개의 두 걸작 사이에 유사성을 나타나게 했을 때, 그것은 다른 빛깔을 띠고 소란스럽게 울려 나오는 숨겨진 무의식적 유사성만큼 강렬한 인상은 주지 못했다. 왜냐하면 뱅퇴유는 무의식일 때에 새롭게 되려고 무척이나 애쓰면서 스스로에게 묻고, 그 자신의 창작 의욕이 지닌 모든 힘을 동원해 자신의 깊은 본질에 도달하려고 하고, 그곳에서 어떤 질문을 하던 간에 그의 본질과 같은 자기 자신의 어조로 답했기 때문이다. 하나의 어조, 뱅퇴유의 이 어조, 두 인간의 소리 사이에, 아니 두 종류의 동물 울음소리나 아우성 사이에서 인식되는 차별점보다 훨씬 더 큰 다름 때문에 여느 작곡가들의 어조와 구별되는 이 어조. 어떤 음악가의 생각과 뱅퇴유의 부단한 탐구, 자기 자신에게 수없이 많은 형태로 던질 물음, 그가 평소에 지니고 있었던 그런 생각 사이의 진정한 차별점 말이다. 평소의 생각이라고는 해도 이것은 천사들의 나라에서 일어나는 것처럼 분석적 논리를 떠난 것이라서, 우리는 그 심오함을 대강 미루어 짐작하지만, 마치 육체를 떠난 영혼이 영매에게 불려 나와서 죽음의 신비에 관해 질문을 받고도 아무런 대답을 할 수 없는 것처럼 인간의 언어로 옮기지 못하는 생각이다. 그것은 하나의 어조였다. 왜냐하면 오후부터 내게 강렬한 인상을 주었던 후천적 독창성이나 음악 평론가들이 작곡가들 사이에서 발견하곤 하는 근친 관계를 고려한다고 해도, 어쨌든 위대한 기수인 독창적인 음악가들이 그것을 향해 오르고, 언제라도 그리로 되돌아오는 것, 그것이야말로 유일무이한 어조라고 할 수 있고, 영혼이라는 말로는 도저히 설명할 수 없는 개별 존재의 표식이기 때문이다. 뱅퇴유가 더욱 웅장하고 위대한 것, 또 활기 있고 명랑한 것을 만들어서 그가 깨달은 바를 청춘의 정신 속에 아름답게 반영하려고 시도한다고 해도, 뱅퇴유는 자신도 모르는 사이에 그것 전부를 더 큰 물결, 그의 노래를 영원한 것, 즉각 그의 노래인 줄 알아보게 만드는 커다란 물결 아래로 침몰시켰다. 바로 이 노래, 다른 이들의 노래와도 다르면서 그의 모든 노래와 닮은 이 노래를 뱅퇴유는 어디서 배웠고 어디서 들었던 것일까? 예술가란 모두 이런 미지의 조국, 그 자신도 잊어버린 조국, 다른 위대한 예술가가 그곳으로부터 출발해서 뭍으로 향해 가는 조국과는 다른 어떤 조국의 시민이다. 뱅퇴유는 만년의 작품에서 이 조국에 가까워진 것이다.

—「갇힌 여인」

:: 화가 엘스티르 - 절차탁마하는 아틀리에의 수도승

마르셀이 엘스티르와 사귀기 시작한 것은 첫 번째 발베크 체류 때부터다. 그는 이미 거장으로 이름난 화가였고 그 무렵에는 노르망디해안을 그리기 위해 발베크 부근 아틀리에에 머물고 있었다. 그리고그는 화려한 명성과는 달리 작업과 산책, 작업실과 발베크의 자연만을 오가는 소박한 생활을 하고 있었다. 간소한 옷차림, 군더더기 없이 정갈한 생활. 만년의 엘스티르는 파리에서의 명성을 뒤로 하고 점점 더 많은 시간을 작업에 쏟으려고 하고 있었다. 프루스트는 19세기 후반에 활약했던 인상파 화가들을 참고해서 엘스티르를 창조했다고 한다. 특히 발베크의 엘스티르 같은 경우는 만년에 지베르니Giverny에서 〈수련〉 연작을 그리던 모네를 떠올리게 한다. 실제로 작품 속에서 발베크 부근의 농장 주인은 엘스티르로부터 〈바다 위의 해돋이〉를 선물로 받는데, 그것은 모네가 노르망디 해안을 그린 〈인상, 해돋이〉(1872)을 연상시킨다. 아마 엘스티르도 만년의 모네처럼 길고 하얀수염을 기르고 투박하고 낡았지만 주름마다 긴장이 서린 작업복을입고 화폭 앞에 서 있었으리라.

어느 날 엘스티르의 아틀리에를 방문한 마르셀은 들어서자마자 밀려드는 감동을 주체할 수 없었다. 그곳에는 셀 수 없이 많은 습작들이 빼곡히 들어차 있었고, 여러 가지 직사각형 화폭 위에 펼쳐진 그림들은 모두 미완성의 실험작들이었지만 그 하나하나가 완성작에 비

클로드 모네(Claude Monet), 〈인상, 해돋이〉, 1872

할 수 없는 어떤 비밀을 전해 주고 있는 듯했다. 엘스티르는 자연을 있는 그대로, 시적으로, 우리가 그것을 바라보는 바로 그 순간으로 창조하기 위해 고군분투하고 있었다. 그런데 그런 순간이라는 것은 보는 사람마다 다르고, 때와 장소에 따라서도 다르다. 엘스티르는 이토록 수많은 찰나들이 저마다의 빛으로 동시에 존재함을 증명하려 하고 있었다. 그는 붓과 물감을 통해 그동안 아무도 붙잡지 못했던 찰나들을 포착하려고 했고, 찰나들은 시시각각 변화하는 햇살과 부서지는 포말의 모습으로 새롭게 발명되는 중이었다. 그저 유명한 화가로만 생각했던 엘스티르가 마르셀에게 스승과 같은 존재가 되는 순간을 보자.

나는 완벽하게 행복했다. 아틀리에에 있는 온갖 습작품에 둘러싸임으로써, 내가 지금까지 현실의 전체적인 그림에서 떼어내지 않았던 수없이 많은 형태에 대해서 기쁨으로 충만한 시적인 어떤 인식에까지 나 자신이 높아질 수 있을 것 같았다. 엘스티르의 아틀리에는 새로운 창조의 실험실 같았고, 그곳에서 그는 여기저기에 놓여 있는 갖가지 직사각형의 화폭 위에 우리가 보고 있는 갖가지 것들을 그리면서 그것이 함몰되어 있었던 혼돈으로부터 그것을 꺼내어, 이쪽에서는 모래 위에 라일락빛 물거품을 부수는 큰 파도를, 저쪽에서는 배 한 척의 갑판 위에서 팔꿈치를 괴고 서 있는 흰 면옷을 입은 젊은이를 그리고 있었다. 젊은이의 상의와 파도의 물보라는 그 상의가 이제 아무도 입을 수 없고 그 물결이 이제 아무도 적시지 못하는, 다시 말해 그 물질성을 떠났음에도 아직 그 자체로 계속 존재한다는 사실을 통해 이미 하나의 존엄성을 얻고 있었다.

— 「꽃피는 아가씨들 그늘에」

마르셀은 완전한 행복을 느꼈다. 엘스티르의 아틀리에는 새로운 세계 창조의 실험실이었다. 그의 습작들은 마르셀이 그동한 한 번도 제대로 파악하지 못했던 높은 수준의 인식으로 그를 이끌고 있었다. 화폭 하나하나마다 담겨진 존재들, 파도의 물보라나 젊은이의 윗도리는 그 개체적 물질성을 떠나 화폭 위에서 낯선 존엄성을 구현하고 있었다. 엘스티르는 얼마나 많은 습작을 거치면서 여기까지 왔단 말인가? 마르셀은 습작 하나하나가 거쳐 왔을 무참한 실패의 길을 짐작해 보았다.

그런데 찰나의 고유함을 영원한 형식으로 포착하기 위해 먼저 해결해야 할 과제가 있다. 지금까지 그가 사물들을 바라보았던 방식을 먼저 해체해야 했던 것. 사과는 둥글고 빨갛게, 하늘은 푸르게, 이런 방식으로 대상을 재현하는 기존의 회화 관습을 거부하지 않고서는 그의 목표가 달성될 수 없었다. 그래서 엘스티르는 관습적인 재현 방법들 즉, 자기가 스승과 선배들로부터 배웠고 한때는 절대적으로 신봉하기까지 했던 회화의 모든 기법과 하나하나 대결하지 않으면 안 되었다. '아버지이신 천주'께서 온갖 사물에 이름을 붙이면서 그것을 창조했다고 하면, 엘스티르는 사물에서 그 이름을 없애버림으로써, 또는 다른 이름을 줌으로써 그것을 재창조하려 했던 것이다. 마치 뱅퇴유가 동성애에 대한 세속적 믿음을 벗기면서 사랑에 대한 새로운 정의를 내렸던 것처럼 말이다.

습작 하나하나는 이런 대결과 실패, 도전과 극복으로 보낸 엘스티르의 지난한 과정을 고스란히 보여 주고 있었다. 그것은 화가가 거쳤던 배움과 기술연마의 과정인 동시에 낡은 엘스티르가 새로운 엘스티르가 되기 위해 벗어던진 껍질들이었다. 엘스티르는 자신의 성공을 자랑하기 위해 이런 껍질을 부끄러워하거나 감추지 않았다. 한번은 이런 일이 있었다. 마르셀은 이 습작들 가운데서 오데트를 닮은 한 매춘부의 초상화를 발견하고는 자신도 모르게 경멸에 찬 눈으로 엘스티르를 바라보았다. '도도한 척하는 당신도 한때는 사교계와 매춘부를 좇아다니던 속물이었군!' 하는 생각이 들었던 것이다.

그는 진정한 거장답게 (순수 창작의 관점에서 보면 그의 유일한 결점은 그가 한낱 거장이라는 사실이었다. 예술가가 정신적 삶의 진실 속에서 완벽하게 살아가려면 혼자여야 하고 그의 제자들에게조차 자신을 아껴야 하기 때문이다) 젊은이에게 최고의 가르침을 주려고, 비록 그것이 자신이나 남들에 대한 것일지라도 그 모든 상황 속에서 그것이 가지고 있는 진실된 부분을 꺼내 주려고 애썼다. 그래서 그는 자존심을 회복하기 위한 말 대신에 나에게 가르침이 될 만한 것을 선택했다. 그는 다음과 같이 말했다. "아무리 총명한 사람도 그가 젊었던 시절에, 뒷날 떠올리기만 해도 불쾌해져서 할 수만 있다면 그런 기억을 머릿속에서 지워버리고 싶은 말과 생활을 하지 않은 사람은 없어요. 그렇지만 그것을 별로 후회하지 않아도 좋은 이유는 현자가 된다는 것 자체가 만만치 않은 수도이기 때문에 무엇보다 먼저 자신의 어리석고 못난 여러 모습을 두루 거치지 않고서는 그 최후의 모습을 얻을 수 없기 때문이죠. 명문가 출신에다가 중학교 때부터 가정교사에게 정신적 고결함, 도덕적이고 고상한 품위를 배운 청년들이 있다는 건 나도 잘 압니다. 아마 그들은 과거의 자기 인생에서 떼어내 버릴 것이 하나도 없어서 그들이 말했던 것을 모조리 떠벌리면서 발표하고 서명할 수도 있지요. 하지만 그들은 정신이 가난한 사람들로서 실천도 하지 않으면서 공허한 이론이나 앞세우는 자의 무력한 후예들입니다. 그들의 지성은 소극적이고 열매도 맺을 수 없는 불모지예요. 지혜란 배울 수가 없는 것이고, 아무도 도와주지 않고 면제해 주지 않는 여정을 걸은 뒤에 스스로 발견하는 것이죠. 왜냐면 지혜란 사물을 보는 하나의 관점이기 때문입니다. 그대가 지극히 감탄하는 생활, 고상하다고도 생각하는 태도조차도 아버지나 교사로부터 배운 것이 아니라 생활의 언저리를 지배하고 있는 악덕이나 평범한 것들로부터 영향을 받으면서 아주 다른 출발점으로부터 일어난 거예요. 그런 삶은 투쟁과 승리를 나타냅니다. 이제는 알아보기도 쉽지 않은 그때 그 모습이 아주 불쾌한 것이라는 점은 잘 압니다. 하지만 그런 모습을 부정해서는 안 되지요. 왜냐하면 그것이야말로 우리가 진실한 삶을 살았다는 증거이고, 우리가 누리는 인생과 그 정신의 법칙에 따른 삶의 무수한 공통 요소들로부터, 이를테면 화가의 경우에는 아틀리에의 생활이나 예술가 동아리의 생활로부터, 그 생활을 초월하는 무엇을 끌어냈다는 표시이니까요.

— 「꽃피는 아가씨들 그늘에」

엘스티르는 완전무결한 예술가를 자처하지 않고 인생의 진실을 알려 주며 예술가의 삶으로 마르셀을 초대했다. 습작처럼 그의 삶도 여러 차례 변신을 거듭했다. 누가 보아도 어리석고 밉살스러운 번데기 시절도 있었다. 한때는 마담 베르뒤랭에게서 근근이 후원을 받으며 그녀의 취향을 만족시켜 줄 예술 이야기를 해주는 소식통이었지만, 그는 엉망진창이나 다름없는 사교계 생활 속에서 자신의 속물주의와 평범한 재능을 직시했고 그것들 모두를 넘어설 결심을 했던 것이다. 껍질을 벗고 새로 태어나기 위해 캔버스 앞에 머무는 시간은 점점 더 늘어났고, 이 목표에 집중하자 그의 생활은 점점 더 간소해졌다. 나중에는 범박한 사교생활을 철저히 금하고 거의 수도승처럼 아틀리에에서 찰나를 향한 부단한 실험에 매진하게 되었다. 세계를 새롭게 포착하기 위해서는 무엇보다 먼저 자신을 수도하는 현자처럼 바꾸어야 했다.

베르뒤랭의 귀여운 '암사슴'이 회화 예술의 거장이 되리라고 누가 감히 상상이나 했겠는가? 그는 아무도 도와주지 않는 길을 걸어 온 갖 오욕과 실패를 넘으며 비로소 자신을 발견했던 것이다. 바로 그가 소년 마르셀을 향해 너그러운 미소를 지었다. 누가 예술가가 될 수 있는가? 스완과 샤를뤼스 씨는 예술에 관한 박학다식에도 불구하고 쓰지도, 그리지도, 노래하지도 못했다. 그들은 자신이 가진 부, 명예, 지위 그 어느 것 하나도 손에서 놓을 수 없었다. 자기 자신을 갈고 닦기보다는 살롱을 장식하고 인맥을 관리하려 했다. 하지만 엘스티르는 친구들이나 제자가 떨어져 나가고, 기괴한 실험이라는 불명예를 얻고, 전도유망했던 지위를 잃기도 하면서, 혼자 힘으로 여기까지 왔다. 그것은 거의 현자의 삶이었다.

:: 소설가 베르고트 – 나비를 좇는 아이처럼, 아이처럼!

베르고트는 이 작품에 등장하는 모든 인물들 중 가장 못생긴 사람이다. 세상은 그의 소설을 읽고 그 세련된 어투와 상쾌한 심상에 박수를 보냈지만, 직접 그를 만난 이들 중 실망하지 않는 사람은 거의 없었다. 달팽이 껍질처럼 생긴 붉은 코, 듬성듬성 고르지 못하게 뭉쳐 있는 검은 턱수염, 작은 키와 굵은 허리, 근시안이어서 뭔가를 볼 때마다 고개부터 앞으로 튀어나오고 마는, 촌스럽고 경망스러운 행동까지! 인간 베르고트에게는 어느 하나 사랑스러운 구석이 없었다. 게다가 그는 고급 살롱을 드나들기 좋아했고 속물 중의 속물들과 어울리면서 시간을 보내거나 매춘부 뒤꽁무니를 좇는 일에도 일가견이 있었다. 돈이면 돈, 연애면 연애, 그는 어떤 속물적 주제도 가리지 않고 이야기를 나눌 수 있는 천박한 교양인으로 보였다. 그런 우둘투둘 못난이가 '투명하고 섬세한' 문체로 베르뒤랭 부인부터 게르망트 공작 부인까지 모든 사교계 마담들의 심금을 울렸던 것이다.

처음엔 마르셀도 베르고트의 외모에 큰 실망을 했다. 그런데 주의를 기울이고 보니 베르고트는 그 허랑방탕해 보이는 나날 속에서 쉬지 않고 말놀이를 하며 사는 게 아닌가? 일단 그는 남들이 자신을 어떻게 보는지는 전혀 상관하지 않았다. 욕이나 비속어를 쓰고 구태의연한 상투어를 구사하면서, 심지어 어떤 때에는 경박한 신조어들을 더듬거리기도 하면서 자신이 말할 수 있는 모든 음률을 재해석하고 어떻게든 다른 방식으로 음미하려고 애썼다. 사랑이라는 하나의 단어에 몰두한 뱅퇴유와 달리 베르고트는 모든 단어에 집중했고, 자기의 아틀리에에서 고독하게 실험한 엘스티르와 달리 베르고트는 일상을 실험 현장으로 삼았다. 그의 말이 편협하고 이기적으로 보이는 까닭은 우리가 이미 알고 있는 것에 대해서는 그가 아무것도 말하지 않기 때문이다. 그는 지엽적이고 시시한 것에 대해서도 열광적으로 달려들어 너무나 익숙해져서 당연하게 생각하는 말들의 껍데기를 벗기려고 했다. 뱅퇴유가 악보 위에서, 엘스티르가 캔버스 위에서 시대의 통념과 규범에 맞서 싸웠듯이, 베르고트는 평범하고 일상적인 대화 속에서 관습화된 단어들을 검토하고 새롭게 되살려내기 위해 노력하고 있었다.

물질·경험·언어 밑에 있는 어떤 다른 것을 보여 주기 위해 예술가가 하는 이런 작업은, 우리가 우리 자신에게 등을 돌리고 살아가는 때, 그리고 자존심이나 열정, 지성과 습관 등이 우리의 진실한 인상을 덮어 감추려고 그 인상들 위에 상투적인 말과 우리가 잘못 알고서는 삶이라고 부르는 실질적인 목적 등을 쌓고 있을 때, 매순간 그런 것들로부터 비롯되는 자존심이 우리 마음속에서 하는 것과는 완전히 반대되는 작업이다. 즉 이렇게 복잡한 예술이야말로 유일하게 살아 있는 예술이다. 오직 이 예술만이 우리 자신의 삶을 타인을 위해 표현해 주고, 우리 자신을 위해서도 보여 준다. 다시 말하면 '관찰될' 수 없는 생활에서 관찰되는 외모란 번역되고 때로는 거꾸로 읽히기도 하고, 종국에는 고민 끝에 해석되는 삶이다. 참된 예술은 우리의 자존심, 열정, 모방심, 추상적인 지혜나 습관 등에 의한 작업을 반드시 타파해야 하며, 이와는 반대쪽이야말로 참된 예술이 우리에게 그것을 따르도록 이끄는 방향, 실재 존재하는 것이 우리 자신이 모르는 사이에 누워 있는 깊이로 되돌아가게 하는 방향이다. 당연히 참된 삶을 다시 창조하고 인상을 새롭게 한다는 것은 너무나 매력적인 일이다. 하지만 이와 같은 작업에는 갖가지 종류의 용기, 심지어 감정적인 용기까지가 필요하다. 왜냐하면 무엇보다도 우리의 가장 고귀한 환상을 지워 버려야 하고, 스스로 착실하게 만들어낸 객관성에 대한 믿음도 버려야 할 뿐만 아니라 '그녀는 몹시 사랑스러웠다'라는 말로 백 번이나 자신을 위로하는 대신에, 그 반대 쪽에서 '나는 그녀와 포옹하는 일이 즐거웠다'라는 것을 꿰뚫어 읽어내야 하기 때문이다. 실제로 내가 연애 시절에 느꼈던 것이야말로 누구나 다 똑같이 느끼는 것들이다. 그러나 모두가 느끼는 것을 램프 앞으로 가져가지 않으면 그것은 그저 검기만 한 건판, 그 자체조차도 뒤집어 보지 않으면 안 되는 건판 같은 것과 유사해진다. 즉 지성을 들이대지 않으면 그것이 무엇인지 알 수 없는 것이다. 그렇기 때문에 지성으로 비추어보고, 그것을 지적으로 다루는 그런 수고 끝에 비로소 과거에 느꼈던 그 모습을 분간할 수 있다.

―「되찾은 시간」

일상의 매순간을 언어의 실험장으로 삼았던 베르고트. 더 놀라운 것은 베르고트의 만년이다. 나이가 들자 베르고트도 매너리즘에 빠지고 말았다. 더 이상 어디로 걸음을 내딛어야 할지 모를 정도로 자신의 작품이 완벽하다는 생각마저 들었다. 그러던 중 그는 네덜란드 화가 얀 페르메이르의 전시회에 들르게 된다.

마침내 페르메이르의 그림 앞에 섰다. 그의 기억에서는 더 빛나고, 그가 알고 있는 모든 그림과는 확실히 다른 작품이었다. 그런데 처음으로 그는 비평가의 기사 덕분에 작고 푸른 인물이 몇몇 보이는 장밋빛 모래를 주의 깊게 살피다가 마침내 슬쩍 얼굴을 내비치고 있는 노란색 벽면의 풍요로운 질감을 발견했다. 그의 어지럼증은 점점 더 심해졌다. 그는 아이가 노란나비를 붙잡으려 할 때처럼 이 풍요로운 황

얀 페르메이르(Jan Vermeer), 〈델프트의 풍경〉, 1660~1661

색 벽면을 뚫어져라 바라보았다. "나도 이렇게 글을 썼어야만 했군." 그는 중얼거렸다. '내 최근 작품은 모두 무미건조해. 물감이 거듭 덧칠해진 이 조그마한 노란 벽면처럼 문장 자체를 풍요롭게 했어야 했어.' 그러는 와중에도 지독한 어지럼증이 그를 붙잡고 놓아주지 않았다. 그의 머릿속에 천상의 저울이 나타났고, 한쪽 쟁반에는 그의 목숨이 다른 한쪽 쟁반에는 노란색으로 훌륭하게 그려진 작은 벽면이 들어 있는 것이 보였다.

—「갇힌 여인」

페르메이르의 그림 앞에서 그는 무엇을 보았던가? 도시의 작은 항구, 깊숙이 들어온 바닷물과 소박하고 작게 들어서 있는 건물들, 작고 푸른 인물 몇몇, 모래는 장미색. 그런데 노란색 벽면 하나가 슬쩍 얼굴을 내밀고 있었다. 이 벽면은 사실 보통의 관객 눈에는 잘 들어오지도 않는 작은 면에 지나지 않지만 베르고트는 이 앞에서 심한 어지럼증을 느꼈다. 그는 페르메이르가 이 벽면을 수없이 덧칠했다는 것을 발견할 수 있었다. "노란색 벽면의 풍요로운 질감!" 화가는 하나의 색, 그 색의 인상을 얻기 위해 수없이 많이 고쳐 그렸던 것이다. 베르고트는 이 벽면 앞에서 마치 자신이 노랑나비를 붙잡으려 하는 어린아이가 된 것 같았다. 나비를 붙잡으려고 손을 이리 뻗고 저리 뻗으면서 깔깔깔 웃고 또 안타까워하고 그러면서도 다시 또 손을 내미는 어린아이처럼 글을 써 나가야 한다는 것을 깨달았다. 언어가 주는 환상에 갇히지 않고, 그 모든 객관성에 대한 믿음을 버리고! 글쓰기에 완료란 없다. 그것은 언제나 미끄러지고 손아귀에서 빠져나가는 의미들을 사뿐히 또 사뿐히 길어 올리고 바꾸어내는 작업이어야 한다. 그러나 바로 이와 같은 깨달음을 얻었을 때, 위대한 베르고트는 이 거대한 풍경 바로 밑에서 자신의 생을 마감하고 말았다.

글쓰기에 대한 깨달음과 함께 생을 마감하는 작가, 바로 그런 작가에 의해서 작품은 비로소 영생을 얻는다. 마르셀은 베르고트를 통해 죽을 때까지 글을 고치면서 사는 것이야말로 작가의 삶임을, 최후까지 글쓰기에 대해 배우는 존재야말로 작가임을 알 수 있었다.

마침내 마르셀은 글쓰기를 결심했다. 이제 그는 부단히 자신을 단련해 가면서 재봉사처럼 요리사처럼 숱한 인상들, 수많은 과거들 그 하나하나를 재료로 삼아 풍미 좋은 하나의 개성적인 작품을 만드는 일에 착수하려 한다. 나비를 좇는 아이처럼 수정하고 또 수정하면서.

이른바 프랑수아즈가 말하는 도련님의 '휘지'라는 그 원고는 풀칠해서 한 장에 또 한 장을 이어 붙이는 바람에 군데군데 너덜너덜해졌다. 정말 필요하다면 프랑수아즈가 나를 도와서 이어 붙여 줄지도 모르지. 마치 옷의 해진 부분에 천조각을 대거나, 내가 인쇄공을 기다리듯이 유리장이를 기다리면서 부엌의 깨진 유리에 신문지 조각을 바르듯이 말이다.

(프랑수아즈는 벌레 먹은 나무처럼 구멍이 숭숭 뚫린 내 노트를 가리키면

서 말하곤 했다. "모조리 좀이 쓸었네요. 보세요. 아주 끔찍해요. 이 종이 모서리는 완전히 레이스 같아요." 하고서는 재봉사처럼, 이리 보고 저리 살피면서 "이건 수선 못 한다고 봐요, 아예 틀렸어요. 애석해라. 도련님의 제일 아름다운 생각들이 적혀 있는 건지도 모르는데, 콩브레에서 말들 하는 것처럼 좀 벌레처럼 눈 밝은 모피 상인은 없어요. 그놈은 언제나 최고급 모피만 쏠거든요.")

게다가 이 책에서는 무수한 젊은 아가씨들, 너무나 많은 성당, 온갖 소나타에 바탕을 둔 단 하나의 소나타, 오직 하나의 성당, 오직 한 사람의 아가씨를 만드는 데에 기여한 무수한 인상에 의해서 (인간이건 사물이건 간에) 각 개성이 만들어졌기 때문에, 나는 내 책을 프랑수아즈가 엄선해서 고른 고기토막을 듬뿍 넣고 고아서 깊은 젤리의 풍미를 만든 그 쇠고깃국같이, 저 노르푸아 씨가 칭찬하던 그 쇠고깃국의 조리법과 같은 식으로 만드는 게 아닐까?

—「되찾은 시간」

:: 예술가와 수련하는 삶

예술가가 된다는 것은 부단한 자기 검토와 수정, 인식 자체의 전환과 새 창조를 위해 날마다 에너지를 집중하면서 매진하는 것을 의미한다. 바로 이런 이유 때문에 드레퓌스 사건이나 세계대전 같은 수많은 사건이 일어났지만 이를 통해 하나의 작품을 만드는 사람은 그토록 드물었던 것이다. 대중은 특별한 사건사고 앞에서 흥분하고, 사랑에 빠진 사람은 열애의 정념 속에서 자신을 소진시킨다. 하지만 예술가는 오직 음‡을 이해하고, 빛을 해석하고, 언어를 다듬을 수 있는 시간과 정력을 확보하기 위해 들뜬 생활로부터 거리를 둔다. 최대한의 작업 시간을 확보하기 위해 일상을 계획하고, 효율적인 성과를 위해 규칙적인 섭생을 한다. 그 어떤 실패에도 당황하지 않을 수 있게 침착하고 배짱 두둑한 마음 기르기에도 힘쓴다. 그렇다. 예술은 영감이나 재능으로 하는 작업이 아닌 것이다. 예술가는 이와 같이 끊임없이 자신을 만들어 가는 와중에 작품을 창조한다. 바로 이 점을 강조하기 위해 프루스트는 자신의 주인공이 써서 남길 작품에 대한 이야기 대신에 작가가 어떤 존재인가를 깨닫게 되는 과정을 그토록 강조했던 것이다.

뱅퇴유처럼 번민하고, 엘스티르처럼 수련하고, 베르고트처럼 깨달음을 향해 전진하는 자. 그 모두가 바로 프루스트였다. 부자에다가 살롱을 자주 출입했던 프루스트를 방탕하고 겉멋 든 사람으로 오해할수가 있다. 또 그가 평생 허약했기 때문에 침대 위에서 마땅히 할 일이 없어서 이런 엄청난 글을 쓸 수 있었다고 말하는 사람도 있다. 하지만 생각해 보자. 프루스트는 자신의 생애에 오직 이 한 작품만을 남겼다. 오직 한 편의 소설만을 남긴 예술가. 누가 광기에 사로잡혀 13년을, 오직 영감에만 의지해서 글을 써 내려갈 수 있겠는가? 이 작

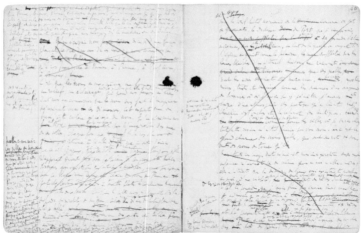

『잃어버린 시간을 찾아서』 친필 원고.

품은 "오래전부터 나는 일찍 잠자리에 들어 왔다."라고 하는 첫 문장부터 "시간 안에 자리한 인간을 그려 보련다."라는 마지막 문장까지 빈틈없이 조작되어 있다. 단 한 사람의 인물도 허투루 등장했다가 사라지는 법이 없다. 30대 후반의 프루스트와 40대 후반의 프루스트는 시간의 흐름에 전혀 구애받지 않고 동일한 어조로 말하고 있다. 프루스트는 무려 13년 가까이를 이 작품에 집중했다. 목표는 하나였다. 되찾은 시간의 창조.

프루스트는 어떻게 글을 썼던가? 그는 생트뵈브에 대한 반박을 준비하면서부터 이미 『잃어버린 시간을 찾아서』의 작가였다. 이때부터 그는 마르셀이 희망했던 것처럼 하루도 쉬지 않고 수련하듯이 글을 썼다. 마치 수도승처럼 침대 위에서 밤에는 쓰고 낮에는 자는 삶을 이어 갔다. (프루스트는 언제부터인지 아침 8시에 자고 오후 3시에 일어나는 습관을 갖게 되었는데 죽을 때까지 이 버릇을 고치지 못했다고 한다.) 참으로 엄격하게 자기가 정한 규칙을 지켰다. 어떤 날은 영감에 꽂혀 몇십장씩 써 나가고 그러다가 기운이 빠져 한 며칠 쉬는 불규칙한 생활 속에서는 『잃어버린 시간을 찾아서』가 보여 주는 탄탄하고 치밀한 이야기의 호흡을 유지할 수 없기 때문이다.

앞에서도 말했듯이, 프루스트는 이미 이 작품에 착수했을 때부터 작품의 구조를 확정지었다. 그는 처음과 끝이 하나의 원처럼 맞물리는 구조 안에 치밀하게 복선과 암시를 설정하고 기억과 기억 사이의 관계, 기억이 돌아오는 시점과 물러나는 시점을 배치했다. 엄청난 긴

장감과 에너지로 처음부터 끝까지 이야기를 밀어붙인 것이다. 그는 이 모든 작업을 위해서는 극도로 절제하고 극기하지 않으면 안 되었으리라고 생각할 수 있다. 낮에는 자고 밤에는 글을 쓰면서 체력이 떨어지는 것을 막기 위해 섭생과 산책을 관리하는 삶. 글쓰기라는 단 하나의 과업에 매진하기 위해 일상 자체를 철저히 제작하는 삶. 그것이 바로 수련하는 삶, 수도승의 삶이었다.

어디 프루스트뿐이랴? 우리가 잘 알고 있는 위대한 작가들은 대부분 이와 같은 삶을 살았다. 프루스트가 존경했던 플로베르는 친구들에게 보낸 편지에서 이런 수련자의 삶을 강조했었다. 오늘도, 내일도, 언제까지나, "생각하고, 일하고, 글을 써라. 한눈 팔지 않고!" 플로베르는 『보바리 부인』(1857)의 성공 후 엄청난 부와 명성을 쥐게 되었다. 하지만 그는 그러한 화려한 스포트라이트를 절제와 집중을 방해하는 커다란 장애로 생각했다. 그는 소매를 걷어 올리고 대리석을 다듬는 일꾼처럼 살기를 원했다. 영감이 아니라 인내 속에 길이 있으며 오래도록 에너지를 모으는 가운데에서만 아름다운 것들은 창조된다는 믿음. 그것이야말로 그를 작가로 만들어 준 힘이었다.

매일 끈기 있게 일정한 시간 동안 작업을 하도록 해요. 차분하게 공부하는 생활의 습관을 들이도록 하고, 그러면 거기에서 우선 커다란 매혹을 느낄 것이고, 그로부터 힘을 얻게 될 거요. 나 또한 하얗게 밤을 지새우는 괴벽이 있었지. 그런 습관은 사람을 지치게만 할 뿐 아무런 도움이 안 돼. 정신적 영감이

베네치아 여행 중 호텔 테라스에 앉아 멀리 운하를 응시하고 있는 프루스트.

라는 것과 유사한 모든 것을 경계해야 하오. 그런 것은 일부러 지어낸 열광과 선입견일 따름이거든. 이런 열광은 대부분의 경우 그 자체로부터 나온 것이 아니라, 다만 자신에게 의도적으로 불러일으킨 것에 지나지 않아, 더욱이 우리는 영감 속에서 사는 것이 아니지 않소. [중략] 책을 읽고, 많이 명상하고, 항상 문체에 대해 생각하고, 글을 가능한 한 최소로 써야만 해. 최소한으로 쓴다는 것은 다른 이유에서가 아니라, 다만 생각이 어떤 형식을 달라고 요구하고 또 우리가 그에 정확히 부합하는 명확한 형식을 찾아 주기까지 우리 속에서 계속 뒤척여댈 때, 그 흥분한 생각을 가라앉히기 위한 것일 뿐이오. 우리는 인내하고 오래도록 에너지를 모으는 가운데 아름다운 것들을 만들 수 있기에 이른다는 것을 명심해요.

— 루이즈 콜레에게, 1848. 12. 13, 방미경 엮음, 『플로베르』, 문학과지성사, 201쪽 재인용

공무원이었던 카프카도 마찬가지였다. 그는 평생을 주경야서晝耕夜書하는 삶을 살았다. 일상에 매몰되지 않으면서도, 자신을 잠식하는 그 삶 한가운데에서 삶을 구속하는 인식의 그물들을 걷어내려고 애썼다. 그는 자신의 장편소설이나 일기 등이 출판되는 것을 결코 원하지 않았고, 그의 삶에서 가장 중요한 것은 오늘 하루도 글을 쓴다는 그 사실 하나였다. 위대한 작가들은 모두 이런 절제된 자기 수련의 과정을 통해서 에너지를 모으고 창작의 힘을 기르지 않았을까?

마르셀은 뱅퇴유, 엘스티르, 베르고트의 인생을 통해서, 천재적인 작품을 만들어내는 사람들은 세련되고 으리으리한 삶을 사는 사람

들이 아니라는 것을, 작품의 천재성은 작가의 개성에서 나오는 것이 아니라는 사실을 배울 수 있었다. 뱅퇴유는 소심하고 음침한 피아노 선생에 불과했지만 불멸의 음악을 창조했다. 수도승처럼 금욕적인 엘스티르의 화폭 위에선 미술사 전체를 놀라게 할 만한 화려한 도약이 펼쳐졌다. 라 베르마 같은 대배우는 딸과 사위에게는 돈이나 벌어 오는 기계였지만, 무대 위에서는 오직 자기 육신 하나로 고대 그리스를 부활시킬 줄 알았다. 위대한 작품들은 그저 누구나 다 알 만한 가족사와 평범하기까지 한 속물적 생활 속에서 탄생했다. 어떻게 그럴 수 있단 말인가? 비밀은 바로 그들의 절차탁마하는 삶에 있었다.

천재적인 작품을 만들어내는 사람들은 가장 세련된 환경에 살면서 최고의 화술과 폭넓은 교양을 갖고 있는 사람들이 아니라, 그들 자신만을 위해 사는 삶을 갑자기 멈추고 그들의 개성을 마치 거울처럼 만드는 능력을 갖고 있는 이들이다. 그렇게 해서 그들의 삶이 설사 사회적으로 어떤 의미에서는 지적으로도 무척 초라해 보이는 것이라 할지라도 바로 그것을 그 거울에 반사시킨다. 천재란 사물을 반사하는 능력에 따르는 것이지 반사된 볼거리 자체의 질에 있는 것이 아니다. 젊은 베르고트가 어린 시절을 보냈던 불건전한 가정 생활이나, 거기에서 형제들과 나누었던 그리 재치 있지도 않은 수다를 독자의 세계에 드러낼 수 있었던 날, 그날이야말로 그보다 재능도 있고 월등하기도 했던 그의 친구들보다 그가 더 높이 날아간 순간이었다. 그의 친구들은 베르고트 가족들이 속물이라며 얼마간 멸시를 보이면서 멋들어진 롤스로이스 자가용을 타고 자신들 집으로 돌아갈 것이다. 하지만 베르고트는 마침내 그의 소박한 기계로 '이륙해서' 이미 그들 위를 날았다.

— 「꽃피는 아가씨들 그늘에」

걸작은 예술가의 지극히 평범한 삶에서 갑자기 이륙하듯 훌쩍 날아올라 고공비행을 한다. 작가는 어쩔 수 없이 자신이 경험한 것을 통해서 작품을 쓸 수밖에 없다. 하지만 자신의 개인적인 경험을 이해받기 위해 글을 쓸 수는 없다. 중요한 것은 작가 자신의 개성을 반영할 수 있느냐 없느냐가 아니다. 예술가는 드레퓌스 사건이나 제1차 세계대전을 통해서도 인류사의 법칙을 생각하지만, 배신한 애인 때문에 속상해하는 젊은 남자의 눈물을 보고도 인생의 보편적 의미를 깨닫는다. 그는 마주치는 모든 일에서 삶의 보편적인 이치와 교훈으로 가는 길을 닦는다.

마르셀, 작가-의사가 되다

새로운 슬픔이 찾아올 때마다 마음에 무뎌진 통증은 깃발처럼
영원히 변치 않는 심상의 표식을 그 자신의 머리 위에 높이 휘날릴 수 있으므로,
슬픔이 주는 육신의 아픔을 견디면서 슬픔의 선물인 영혼의 지혜를 얻도록 하자.
육신이 갈가리 찢기는 대로 내버려 두자. 육체를 떠난 새로운 토막들 각각은
이제 반짝반짝 빛내면서 읽을 만한 것이 되어 작품에 참여할 것이고,
재능이 보다 풍부한 누군가라면 쓸모없는 그 고민을 가지고도 완벽한 작품을 만들고,
감상이 생명을 갉아먹을수록 더더욱 작품을 확실하게 만들기 때문이다.

마르셀에게 '되찾은 시간', 즉 예술의 창조란 전혀 낭만적인 일이 아니다. 뱅퇴유처럼 번민하고, 엘스티르처럼 죽도록 습작하고, 베르고트처럼 죽는 그 순간까지도 뭔가 배우는 삶이 예술가의 삶, 즉 '되찾은 시간'이다. 이런 부단한 정진만이 허무의 나락으로 떨어지는 것을 막는다. 삶을 냉소적으로 바라보지 않게 하고, 언제나 신선한 공기를 맛보면서 살게 한다. 예술의 창조란 그 자체로 예술가의 양생법이다.

게르망트네의 마티네에서, 마르셀은 예술가야말로 의사라는 것을, 자신이 작가-의사가 되어야 한다는 것을 실감했다. 누구보다 자신을 먼저 치유하는 의사! 애인의 거짓말이 안긴 고통을 통해 보편적 차원에서 사랑의 문제를 탐구하는 일은 작가에게는 건전하고 꼭 필요한 작업이어서, 이 일을 해내면 "작가는 마치 건강한 사람이 운동이나 사우나를 할 때처럼 행복해진다." 만약 사랑하는 도중에 이런 창작을 할 수 있다면, "그는 가끔은 애인에 대한 생각을 잊고 그녀를 훨씬 장엄한 실재 속에서 바라보게 되리라. 그리고 그녀가 주는 쾌락과 슬픔을 조금 약한 강도의 심장병 정도로 앓게 될 것이다. 만약 사랑이 끝난 후에 글을 쓰게 된다면, 질투나 집착이 불러 일으켰던 모든 번민을 다시 맛봐야 하는 고통이야 있겠지만, 그 고통을 보편적인 형태로 사유하는 과정에서 그 숨막히는 압박감은 저절로 풀어지고, 결국에는 옛사랑에 대한 그리움과 함께 지적 쾌락만 남게 될 것이다."

예술가는 보다 많은 사람을 위해 자신의 몸에 먼저 위험한 접종을 하는 의사처럼 자신의 고통 속으로 되돌아가고 또 되돌아간다. 하지만 그는 보다 보편적인 차원에서 자신의 상처를 조망한다. 그럼으로써 자신의 슬픔을 위로하고, 비슷한 이유로 눈물을 흘렸던 다른 사람들에게도 희망을 준다. 뱅퇴유, 엘스티르, 베르고트는 자신의 걸작으로 불운했던 삶을 보상받은 것이 아니라, 창작을 하는 그 순간에 이미 이런 행복을 맛보았다. 이처럼 예술가는 작품을 통해 생의 모든 상처와 갖가지 아픔을 기쁨으로 바꾸며 산다. 그래서 홀로 번민하지만, 결코 외롭지는 않다.

격정적인 슬픔은 끝내 목숨을 앗아 간다. 너무나 심한 상처를 새롭게 입을 때마다, 한쪽 혈관이 관자놀이 언저리나 눈 밑에 당장 터질 듯할 정도로 불끈 솟구쳐 뻗치는 것을 느낄 수 있다. 이런 식으로 세상의 비웃음을 샀던 렘브란트 영감이나 베토벤 영감 같은 이들의 상처난 무서운 얼굴이 천천히 만들어졌던 것이다. 그러므로 마음에 번뇌가 없다면 눈 밑이 불룩해지고 이마에 주름살이 패인들 무슨 소용이랴. 그러나 힘은 스스로 다른 힘으로 변환될 수 있으므로, 지속된 불꽃은 빛이 되고 번개는 사진 촬영을 가능하게 한다. 새로운 슬픔이 찾아올 때마다 마음에 무뎌진 통증은 깃발처럼 영원히 변치 않는 심상의 표식을 그 자신의 머리 위에 높이 휘날릴 수 있으므로, 슬픔이 주는 육신의 아픔을 견디면서 슬픔의 선물인 영혼의 지혜를 얻도록 하자. 육신이 갈가리 찢기는 대로 내버려 두자. 육체를 떠난 새로운 토막들 각각은 이제 반짝반짝 빛내면서 읽을 만한 것이 되어 작품에 참여할 것이고, 재능이 보다 풍부한 누군가라면 쓸모없는 그 고민을 가지고도 완벽한 작품을 만들고, 감상이 생명을 갉아먹을수록 더더욱 작품을 확실하게 만들기 때문이다.

—「되찾은 시간」

『잃어버린 시간을 찾아서』가 발표되었을 때, 많은 독자들은 인물들의 다채로운 욕망을 추적해 나가는 이 작품에 깜짝 놀랐으며, 이것을 프루스트의 광적인 편집증 때문이라고 비난하기도 했다. 숨 막힐 듯한 심리묘사를 정신병에 가깝다고 말하는 사람도 있었다. 사실, 프루스트가 지나치게 섬세하고 예민하다는 것은 사교계에서는 널리 알려져 있던 사실이었다. 그는 사교계 생활 내내, 그리고 작품 집필 기간 내내 환자 취급을 받기 일쑤였다. 그러나 프루스트는 작품 속에서 단 한 번도 아픔의 상태를 기술하거나 주인공이 느끼는 정신적 피로에 대해 쓰지 않았다. 오히려 이 작품을 지탱하는 것은 거짓말과 오해 속에서도 진실을 찾기 위해 고투하는 프루스트의 냉정한 인내심과 뜨거운 정신력이다. 프루스트는 벨 에포크 시대 인간 군상들에 대한 정교한 사유와 분석을 멈추지 않았다. 그리고 흔들림 없이 그것들을 펼쳐 나갔다.

덧붙여 말해 두어야 할 것은 프루스트가 밀실의 창조자가 아니라는 점이다. 허약하고 예민했던 그였지만, 의외로 그는 많은 사람들과 대화하면서 작품을 써 나갔다. 글쓰기를 하나의 비전으로 갖기 시작했을 때부터 그는 자신의 목소리와 문장이 더 많은 존재들과 만나야 한다고 생각했다. 사실 프루스트는 천식과 면역질환으로 고통받고 있었고, 혼자 힘으로 이 모든 것을 다할 수 없다는 사실을 분명하게 인식했다. 온전히 작가 혼자 구상하고, 집필하고, 교정하면서 완성되는 작품, 프루스트는 일찌감치부터 이런 밀폐된 창작 생활에 별 의미를 두지 않았다. 약한 체력 탓에 펜을 들 수조차 없는 순간이 온다면 어째야 한단 말인가? 프루스트는 철저히 체력을 안배하길 원했으며, 규칙적으로 작업할 수 있게 일상을 조율해야만 했다. 그리고 자신의 눈과 손을 대신할 사람들을 찾아 나섰다. 그의 말을 대신 받아쓰고, 또 그것을 타이핑하고, 교정을 위해 다시 소리 내어 읽어 줄 비서들을 고용했다. 1909년부터 1912년까지는 6명이 일했고, 1922년 죽을 때까지 모두 40명의 도우미가 그의 손과 눈이 되었다.

프루스트는 자신의 작품 세계를 전혀 공감하지 못하는 사람의 손도 마다하지 않았다. 매일매일 지속적으로 영감을 발산시키고 수렴하는 일을 누군가와 함께하기를 원했다. 『잃어버린 시간을 찾아서』의 숨은 손들은 학력도 고르지 않았고 취향도 다 달랐지만 프루스트는

자크 에밀 블랑슈(Jacque-Emile Blanche), 〈프루스트의 초상〉, 1892

스물한 살의 프루스트가 화폭에 담겼다. 프루스트가 파리 대학 법학부에 진학한 뒤로, 사교계를 드나들며 다양한 사람들과 친분을 맺던 시기이다. 프루스트는 섬세하고 자상하고 지적이었던 어머니를 많이 닮았다.

빈번하게 일어나는 그들의 무식한 실수도 탓하지 않았다. 함께 아이디어 노트를 메모하고 거기에 살을 붙여 구술한 다음에는 타이핑된 또 다른 원고를 교정하는 일을 반복했다. 프루스트는 작품에 각인된 오타, 타인의 신체를 통과한 글자들도 기꺼이 자신의 작품이라고 받아들일 만큼 여유가 있었다. 이 모든 것에 병적 징후는 없다.

1권 「스완네 집 쪽으로」가 책으로 만들어지는 동안 2권 「꽃피는 아가씨들 그늘에」의 초고가 마련되고 있었고, 그 와중에 「소돔과 고모라」의 스케치가 두텁게 쌓여 갔다. 고독한 침상이 아니라 언제나 몇 사람씩 들락날락거리는 분주한 침상. 그 방으로 수없이 많은 커피와 과자가 제공되었을 것이다. 이런 이름 없는 손과 귀에 대한 친밀한 신뢰가 없었더라면 그의 글쓰기는 불가능했으리라. 병은 그를 고립시키지 못했다. 『잃어버린 시간을 찾아서』를 쓰면서 그는 오히려 친구들 속으로, 세상 속으로 걸어 들어갔다. 비록 생의 후반부에 창작의 고뇌와 체력의 한계 때문에 고통을 받긴 했지만, 그는 생애 그 어느 때보다 많은 친구들을 사귀면서 힘차게 글을 써 나갔다. 프루스트는 그렇게 건강을 살았고, 덕분에 그의 작품을 읽는 우리는 삶에 대한 건강한 비전을 선물로 받게 되었다.

함께 읽으면 좋은 책들

벨 에포크 시대를 보여 주는 책

• 스테판 외에 그림, 정재곤 옮김, 『잃어버린 시간을 찾아서』, 열화당

지금까지 번역되어 나온 것은 모두 6권으로, 원작 소설을 만화로 만든 것이다. 스테판 외에는 감히 분절할 수조차 없는 작품의 명장면들을 만화 컷 안에 훌륭하게 마무리해 넣었다. 특히 제1권 「스완네 집 쪽으로」에 나오는 콩브레의 정경이나, 스완의 저택 내부의 도서관 모습은 실제 현장을 고증하듯이 상세하게 그려져 있어서 작품을 입체적으로 이해하는 데 도움을 준다. 줄거리 파악이 어려운 『잃어버린 시간을 찾아서』의 맥을 짚어 가면서 읽기에 이보다 더 좋은 참고서는 없을 것이다. 특히 이 만화본의 6권에는 작품의 배경이 되는 파리 곳곳이 지도와 함께 소개되어 있다.

• 스티븐 컨, 박성관 옮김, 『시간과 공간의 문화사 1880~1918』, 휴머니스트, 2004

스티븐 컨은 『육체의 문화사』, 『사랑의 문화사』 등 세기말과 세기초 유럽 문화와 예술을 관통하는 갖가지 의식들을 추적하는 데 정열을 쏟는 사람이다. 이 책을 통해서 우리는 프루스트와 동시대인들이 어떻게 근대성을 획득하게 되었는지 확인할 수 있다. 특히 프루스트의 시간관이 어떤 기술문명의 발달에 힘입고 있는지, 또 그와 비슷한 시간 탐구자들의 노력에는 어떤 것들이 있는지를 상세히 소개하고 있다.

• 이지은, 『부르주아의 유쾌한 사생활』, 지안, 2011

벨 에포크 시대 부르주아들의 화려한 소비, 여가, 문화생활을 전반적으로 망라한 책이다. 이 책을 통해 우리는 마르셀이 질베르트를 만나기 위해 숨차게 달려가곤 했던 샹젤리제 거리, 라 베르마의 공연 포스터가 붙어 있던 가로수의 포스터 기둥, 마담 베르뒤랭 부인의 카페트와 장식장 등을 생생하게 확인할 수 있다.

마르셀 프루스트의 철학과 삶을 공부할 수 있는 책

• 마르셀 프루스트, 유예진 옮김, 『독서에 관하여』, 은행나무, 2014

마르셀 프루스트의 산문 중에서 그의 예술론, 특히 회화에 관한 논의들을 옮긴이가 선별해서 번역한 책이다. 프루스트가 샤르댕과 렘브란트, 와토, 모네 등을 어떻게 공부했는지를 알수 있으며, 『잃어버린 시간을 찾아서』의 화가 엘스티르의 원형을 발견할 수 있게 해준다.

• 르네 지라르, 김치수·송의경 옮김, 『낭만적 거짓과 소설적 진실』, 한길사, 2001

르네 지라르는 이 책에서 프루스트와 도스토예프스키의 작품에 나타나는 욕망 구조를 다루면서 부르주아적 세계관을 비판한다. 마르셀이 속물들의 세계라고 비판해 마지않았던 살롱의 사교계. 지라르는 그 사교계를 지배하는 것이 '타인의 욕망을 욕망하는 것', 다시 말해 누군가 앞에서 과시하고, 누군가와 비교해 우월해지고 싶어하는 욕망이라는 점을 면밀히 고찰한다.

• 유예진, 『프루스트의 화가들』, 현암사, 2010

프루스트 작품에 나오는 수많은 회화 작품들을 작품 속의 내용에 맞게 설명하고 있는 책이다. 프루스트 작품에 나온 그림들을 따로 설명한 책, 에릭 카펠리스의 『그림과 함께 읽는 잃어버린 시간을 찾아서』(이형식 옮김, 까치, 2008)도 있는데, 여기서는 회화 작품과 관련된 책의 본문만 나열하고 있어서 프루스트의 회화론을 이해하기가 어렵다. 『프루스트의 화가들』은 마치 프루스트가 소개하듯이 작품들을 설명하고 있는 것이 장점! 『잃어버린 시간을 찾아서』를 읽어 나가면서 옆에 두고 그때그때 함께 보면 더욱 깊숙이 프루스트의 세계로 들어갈 수 있다.

• 유예진, 『프루스트가 사랑한 작가들』, 현암사, 2012

『프루스트의 화가들』의 2부라 할 수 있는 작가편이다. 이 책에서는 실존 인물이 아닌 베르고트를 프루스트의 정신적 멘토인 러스킨과 연결시키면서 보다 적극적으로 재현해 준다. 또, 국내에는 잘 소개되지 않았던 롤랑 바르트의 프루스트론까지도 상세하게 설명하고 있다. 『프루스트의 화가들』과 마찬가지로 계속 옆에 두면서 『잃어버린 시간을 찾아서』와 함께 읽어 볼 만하다.

• 장 이브 타디에, 하태환 옮김, 『프루스트 1, 2』, 책세상, 2000

국내에 번역 출판된 유일한 프루스트 전기다. 『잃어버린 시간을 찾아서』를 읽기 전에 읽어서는 절대 안 된다. 작가에 대해 너무 많은 정보를 흡수하다 보면, 어느새 질려서 작품을 읽을 엄두를 내지 못할 수도 있기 때문이다. 하지만 아주 자세하게 프루스트의 사생활을 다루고 있어서 자신의 창작 노트를 남기지 않은 프루스트가 어떤 책과 어떤 예술작품을 재료로 창작해 나갔는지를 이해하는 데 큰 도움을 준다. 『잃어버린 시간을 찾아서』를 완독한 독자에게 강추!

• 조나 래러, 최애리·안시열 옮김, 『프루스트는 신경과학자였다』, 지호, 2007

프루스트의 저 유명한 마들렌 과자 사건을 신경과학의 입장에서 분석했다. 프루스트는 신경과학의 발달을 예측이라도 했던 것일까? 미각이 기억과 맺는 과학적 설명은 작품에 그대로 들어맞는다. 이 책에서는 월트 휘트먼, 세잔, 버지니아 울프 등 다른 예술가들의 창조적 비밀을 신경과학을 통해 풀어내고 있어서 흥미롭다.

• 조르주 벨몽, 심민화 옮김, 『나의 프루스트씨』, 시공사, 2003

프루스트의 동반자, 하녀 셀레스트 엘바레의 회상을 기록한 것으로 작품에 매진했던 프루스트의 일상과 작가 개인의 취향을 잘 보여 주는 책이다. 더할 나위 없이 친절하고 섬세하고 고상한 지성의 소유자 셀레스트 엘바레는 프루스트가 자신을 누구보다도 잘 이해할 사람이라고 평가했다. 작품 속에서 그녀는 요리의 예술가 프랑수아즈의 모습으로 육화된다. 이 책은 마르셀과 프랑수아즈의 실제 모습을 생생히 그려 보여 주고 있어, 『잃어버린 시간을 찾아서』의 번외편이나 다름없다.

• 질 들뢰즈, 서동욱 옮김, 『프루스트와 기호들』, 민음사, 2004

들뢰즈는 『프루스트와 기호들』을 통해 자신의 '차이의 철학'을 발전, 심화시켰다. 이 책에서 들뢰즈는 프루스트를 '잃어버린 진리 찾기'의 수련자로 읽어낸다. 선험적인 지식과 주어진 전제들을 추종하는 대신에, 망각된 진리들의 세계를 새롭게 탄생시키려는 프루스트! 이 책은 번역자인 서동욱 선생님의 친절한 각주 안내가 있어, 프루스트뿐만 아니라 들뢰즈 철학을 이해하는 데에도 많은 도움을 준다.

『잃어버린 시간을 찾아서』의 벗들

• 에밀 졸라, 유기환 옮김, 『나는 고발한다』(1898), 책세상, 2005

작품 속에서 마르셀은 직접적으로 드레퓌스를 옹호하지는 않지만, 프루스트는 열렬한 드레퓌스주의자였다. 이 불행한 유대인을 향한 민족적 증오를 지켜보면서, 프루스트는 소신 있게 정치적 주장을 하기도 했다. 작품 속에서도 등장하는 에밀 졸라 역시 드레퓌스 장교를 옹호하다가 재판까지 받게 되는데, 프루스트는 그가 발표한 『나는 고발한다』를 양심적 지식인의 용기 있는 목소리를 담았다고 해서 높이 평가했다.

• 헤르만 헤세, 전영애 옮김, 『데미안』(1919), 민음사, 2005

『데미안』과 「꽃피는 아가씨들 그늘에」는 같은 해에 출판되었다. '내 속에서 솟아 나오려는 것, 바로 그것을 나는 살아 보려고 했다. 왜 그것이 그토록 어려웠을까?'로 시작되는 이 작품에 대해 토마스 만은 놀라울 정도로 시대의 무의식, 즉 허무주의를 건드렸다고 평가했다. 헤세는 부모님과 선생님, 가장 권위 있는 성서의 가르침이 아니라 오직 자기 자신을 향해 던지는 끊임없는 질문만이 우리가 우리 삶에 책임을 지면서 씩씩하게 살아갈 수 있는 방법이라는 것을 에밀 싱클레어의 모험을 통해 보여 준다.

• 버지니아 울프, 최애리 옮김, 『댈러웨이 부인』(1925), 열린책들, 2009

버지니아 울프는 프루스트가 펼쳐내 보여 준 세계 앞에서 늘 열등감을 느꼈다고 한다. "프루스트는 내 자신의 표현 욕구를 너무 자극해서, 문장 하나도 쉽게 쓸 수 없어요. '아, 내가 그렇게 쓸 수 있다면' 하고 나는 외치죠. 그리고 순간 그가 불러일으키는 놀라운 흥분과 충만함 때문에 나도 그렇게 쓸 수 있다고 느끼고 펜을 잡게 되지만, 나는 그렇게 쓸 수 없어요." (알랭 드 보통, 지주형 옮김, 『프루스트를 좋아하세요?』, 생각의 나무, 2005, 254쪽 재인용) 울프는 프루스트가 자신의 손에서는 언제나 빠져나갔던 것을 어떻게 그렇게 확고하고 아름답게 담아낼 수 있었는지에 감탄했으며, 말년에야 겨우 『잃어버린 시간을 찾아서』를 완독할 수 있었다고 한다. 『댈러웨이 부인』에 나오는 두 인물, 댈러웨이 부인과 셉티머스는 마르셀처럼 자신들의 잃어버린 시간을 되찾는 모험을 감행한다. 여기서도 꽃향기, 시계 종소리, 식탁보의 느낌과 같이 감각인상과 그것이 불러일으키는 무의지적 기억은 중요한 역할을 한다.

• 사무엘 베케트, 오증자 옮김, 『고도를 기다리며』(1952), 민음사, 2000

프루스트의 열렬한 팬이었던 사무엘 베케트. 그는 프루스트에 대한 연구서를 발표하기도 했는데(『Prouts』(1931)) 베케트도 프루스트처럼 '목적', '미래', '이름'의 명징성에 대해 회의했다. 『고도를 기다리며』에 나오는 블라디미르와 에스트라공이 정체를 알 수 없는 고도를 기다리며 보내는 그 '무한한 시간'이야말로 프루스트가 간절히 붙잡기를 원했던, 잃어버린 시간을 닮았다.

마르셀 프루스트 연보

1871년   7월 10일 의학 박사 아드리앵 프루스트와 부유한 유대인 증권업자의 딸 잔 베유 사이의 첫째 아들로 태어났다. 『잃어버린 시간을 찾아서』에서 어머니와 외할머니 가 마르셀에게 지대한 영향을 미쳤듯이, 프루스트 역시 일생 동안 외가쪽 친척들 과 밀접한 관계를 맺으면서 살았다.

1873년   (2세) 남동생 로베르 프루스트가 태어났다

1878년   (7세) 아버지의 고향 일리에서 여름 휴가를 보낸다. 일리에는 '콩브레'의 배경이 된다.

1881년   (10세) 불로뉴 숲을 산책하고 난 뒤에 첫 번째 천식 발작을 일으켰고, 이때부터 천식으로 평생 고생하게 된다.

1882년   (11세) 콩도르세 중학교에 입학하고, 『잃어버린 시간을 찾아서』에서 할머니의 애 독 작품이 되는 세비네 부인의 책, 발자크와 아나톨 프랑스 등 프랑스 주요 문인 들의 작품을 공부한다.

1888년   (17세) 철학 수업 시간을 통해 친구들과 교내 잡지 「르뷔 릴라(La Revue Lilas)」 를 창간하기도 하고, 여러 친구들에게 보낸 편지에서 동성애 문제를 언급하기 시 작한다. 또 본격적으로 사교계에 출입하게 된다.

1889년   (18세) 콩도르세 중학교를 우수하게 졸업하고 바칼로레아(대학 입학 자격 시험) 에도 통과한다. 이해 오를레앙의 보병 연대에서 1년 간 군 복무를 한다. 하지만 병 약해서 고된 훈련을 면제받았고 사교계 출입도 여전히 이어졌다.

1890년   (19세) 병역을 마치고 파리 대학 법학부에 입학한다. 아버지는 외교관이 되기를 희망하지만 프루스트 자신은 예술과 철학 공부에 매진하기를 원했고 글을 쓰고 싶어했다.

1892년 (21세) 친구들과 월간지 「르 방케(Le Banquet)」를 창간하고 정기적으로 원고를 발표한다. 이때 썼던 글은 후에 『즐거움과 나날들』이라는 책에 다시 실리게 된다. 나중에 '발베크'의 무대를 구성하는 데 도움이 될 휴가지 트루빌에서 머물기도 한다.

1893년 (22세) 3월에 「르 방케」가 제8호로 폐간된다. 사교계에서 나중에 '샤를뤼스 남작'의 모델이 되는 로베르 드 몽테스키유와 사귀게 된다. 그는 벨 에포크 시대 수많은 예술가들을 매료시켰던 댄디였다.

1894년 (23세) 10월 15일 드레퓌스 대위가 체포되고 프루스트는 드레퓌스 대위를 옹호하기 위해 적극적인 활동을 편다.

1895년 (24세) 3월에 문학사의 자격으로 졸업하고, 마자랭 도서관의 무급 직원으로 취직한다. 하지만 직업에 충실하지 않았고 오래지 않아 사직했다. 이해 외할머니가 떠나 깊은 상심에 빠진다.

1896년 (25세) 첫 작품 『즐거움과 나날들』을 출간한다. 작가 사후에 『장 상퇴유』라는 제목으로 출간될 소설을 쓰기 시작한다.

1898년 (27세) 드레퓌스를 옹호하고 지식인의 책임을 촉구한 에밀 졸라의 재판에 참석한다. 이 장면은 나중에 『잃어버린 시간을 찾아서』에서 베르뒈랭 부인의 재판 참석을 통해 다시 재현된다.

1899년 (28세) 존 러스킨의 저서를 읽고 연구하기 시작하고, 어머니의 도움으로 『아미앵의 성서』 번역에 착수한다. 드레퓌스가 사면됨으로써 드레퓌스 사건을 중심으로 불거졌던 프랑스의 반유대주의와 민족주의 문제가 표면적으로는 마무리된다.

1900년 (29세) 네덜란드를 여행했고 화가 얀 페르메이르의 〈델프트의 풍경〉을 보게 된다. 나중에 『잃어버린 시간을 찾아서』에서 예술가의 죽음과 걸작의 탄생을 이 작품을 통해서 그려 보이게 된다.

1903년 (32세) 2월 동생 로베르 프루스트는 결혼하고, 11월 26일에는 아버지 아드리앵 프루스트가 뇌출혈로 사망한다.

1904년 (33세) 러스킨 번역 『아미앵의 성서』가 긴 서문과 주석을 포함한 상태로 출간된다. 곧이어 러스킨의 『참깨와 백합들』 번역을 시작한다.

1905년 (34세) 9월 어머니가 요독증으로 사망한다. 이 충격으로 심하게 고통받았으며 정신병 증상까지 보여 요양원에 입원하게 된다.

1906년 (35세) 5월 러스킨의 『참깨와 백합들』을 출판했다. 파리 오스망 가 102번지로 이사한다.

1907년 (36세) '발베크'의 또 다른 모델이 되는 카부르의 그랑 호텔에서 휴가를 보내고, 알베르틴의 모델이 되는 택시 기사 알프레드 아고스티넬리도 만난다.

1908년 (37세) 발자크, 공쿠르, 생트뵈브, 플로베르 등 여러 작가들의 문체를 모방한 작품을 쓴다. 곧이어 『생트뵈브에 반대하며』에 착수한다.

1909년 (38세) 건강이 악화되었지만 원고의 구상을 거듭하고 초고를 만들어 나간다.

1912년 (41세) 『생트뵈브에 반대하며』를 『잃어버린 시간을 찾아서』로 바꾸고 구조를 확장하고 세부를 구상하면서 작품의 방향을 확실히 해 나간다.

1913년 (42세) 출판을 의뢰했던 모든 출판사에서 거절당하고 결국 자비로 출판하기로 하고 그라세 출판사와 계약한다. 11월 8일 제1권 「스완네 집 쪽으로」가 출판되었다. 셀레스트 알바레가 가정부로 고용되고, 그녀는 결국 프랑수아즈라는 인물을 창조해내는 데 큰 역할을 하게 된다.

1914년 (43세) 출판을 거절했던 NRF 출판사의 극찬을 받고, NRF의 편집자였던 앙드레 지드로부터 정중한 사과와 함께 『잃어버린 시간을 찾아서』의 출판 요청을 받는다. 그러나 제1차 세계대전이 일어나 소설의 출판이 중지된다.

1915년 (44세) 전쟁 동안 작품의 퇴고에만 집중한다.

1918년 (47세) 11월 11일, 제1차 세계대전이 종결되었고, 11월 30일 「스완네 집 쪽으로」의 재판과 제2권 『꽃피는 아가씨들 그늘에』가 NRF 출판사에서 출간되었다.

1919년 (48세) 모작품들과 러스킨의 두 번역서에 붙인 서문으로 구성된 『모작과 잡록』을 출간하고, 12월 10일 「꽃피는 아가씨들 그늘에」로 공쿠르상을 수상한다. 파리의 아믈랭 가 44번지로 이사하고 죽을 때까지 이 집에서 산다.

1920년 (49세) 「게르망트 쪽 1」을 출간하고, 레지옹 도뇌르 훈장을 받는다.

1921년 (50세) 「게르망트 쪽 2」, 「소돔과 고모라 1」을 출간한다. 이해 12월 로베르 드 몽테스키유가 사망한다.

1922년 (51세) 「소돔과 고모라 2」를 출간하고, 10월에 기관지염으로 병석에 눕는다. 11월 18일 가정부이자 조수인 셀레스트 알바레와 함께 새벽까지 「갇힌 여인」을 퇴고하다가 극심한 피로로 고통받고 호흡 곤란을 일으켜, 오후 4시 반에 사망했다.

1923년 제5권 「갇힌 여인」이 출간된다.

1925년 제6권 「사라진 알베르틴」이 출간된다.

1927년 제7권 「되찾은 시간」이 출간됨으로써 『잃어버린 시간을 찾아서』가 완간된다.

국립중앙도서관 출판시도서목록(CIP)

잃어버린 시간을 찾아서 : 한 작가의 배움과 수련 /
오선민 지음. -- 서울 : 작은길출판사, 2014
p. ; cm

권말부록: 함께 읽으면 좋을 책들
≪마르셀 프루스트 연보≫ 수록
ISBN 978-89-98066-06-2 04860 : \ 16000
ISBN 978-89-98066-12-3 (세트) 04800

프루스트(인명:소설가)[Proust, Marcel]
프랑스 문학[--文學]

863.099-KDC5
843.912-DDC21   CIP2014028466

잃어버린 시간을 찾아서
한 작가의 배움과 수련

ⓒ 오선민 2014

2014년 11월 3일 초판 1쇄 펴냄
오선민 지음

펴낸이 최지영 | 펴낸곳 작은길출판사 | 출판등록 2011년 10월 26일 제2011-25호
주소 서울 노원구 덕릉로79길 23 103-1409 | 전화 02-996-9430
팩스 0303-3444-9430 | 전자우편 jhagungheel@naver.com
블로그 주소 jhagungheel.blog.me | 페이스북페이지 www.facebook.com/jhagungheelpress

ISBN 978-89-98066-06-2 04860
ISBN 978-89-98066-12-3 04800(세트)